觀光旅運專業辭彙

The Travel Dictionary

朱靜姿◎編著

序

　　《觀光旅運專業辭彙》（*The Travel Dictionary*）歷經數年，匯集了超過六千個英文單字、片語、代號、首字母縮略字、縮寫字以及專業術語。其題材非常廣泛，包括了旅遊、航空、觀光、地理學、氣候、文化、語言、政治、經濟貿易、宗教、食物餐飲以及藝術等豐富的專業知識。為幫助讀者有效吸收相關的知識，全書採取生動詳細解說的方式，將複雜難懂的專業術語變得淺顯易懂。

　　希望本書的出版，可以幫助所有觀光旅運科系的學生、本業的在職人員，以及想要自修充實自我的學員們。

　　《觀光旅運專業辭彙》將會是一本實用的工具書。

朱靜姿

June 9, 2010

A

A (n.) 這個字母在電腦化訂位的處理中代表availability，表示還有機位的意思；另外也是服務等級的代碼（a class of service code）。

a la carte (ph.) 照菜單點菜，而且每一道菜分別訂價，與套餐（set menu）不同。

AAA (abbr.) **American Automobile Association** 美國汽車協會，提供它的會員旅遊地圖、旅遊手冊、汽車保險、道路服務，以及其他相關的服務。

AAD (abbr.) **Agent Automated Deduction** 代理商的自動扣除額。

AAL (abbr.) **American Airlines** 美國航空公司。

AAR (abbr.) **Association of American Railroads** 美國鐵路協會。

AARP (abbr.) **American Association of Retired Persons** 美國退休人士協會，會員全是五十歲以上的退休人士。

ABA (abbr.) **American Bus Association** 美國公車協會。

abacus (n.) 算盤。

ABACUS 亞洲地區旅行社電腦訂位銷售系統，主要使用地區在亞洲，目前有國泰、中華、馬來西亞、菲律賓、新加坡、皇家汶萊、勝安、港龍，Worldspan以及全日空等航空公司共同合資，經由ABACUS系統，可以隨時得知全世界航空公司的班機時刻及訂價，訂位完成也可以馬上得到航空公司的電腦訂位代號。

abaft (adv.) 在船尾；向船尾。(prep.) 在……的近船尾的地方。

abalone (n.) 鮑魚。

Abbevillian (adj.) 歐洲舊石器時代文化的。

abbey (n.) 修道院。

ABC islands (ph.) Aruba（阿魯巴）、Bonaire（博內耳）及Curacao（庫拉索）三個島嶼的暱稱。

A

Abnaki (n.) 居住於美國緬因州或是加拿大魁北克南部的印第安人，艾布納基族。

abo (n.) 對澳洲土著的貶稱，土佬之意。

ABTA (abbr.) **Association of British Travel Agents** 英國旅行社從業公會。

aboard (adv.) 在船上；上船；在飛機上；上飛機；在車上；上車。 (prep.) 在船上；上船；在飛機上；上飛機；在車上；上車。

Abominable Snowman (ph.) 傳說中的喜馬拉雅山雪人。

aborigine (n.) 土著居民。

aborigines (n.) 原住民。

about-ship (v.) 改變航向。

abovedeck (adv.) 在甲板上。

abroad (n.) 異國；海外。 (adv.) 在國外；到國外。

absinth (n.) 苦艾酒。

abstractionism (n.) 美術的抽象派；抽象主義理論。

abstractionist (n.) 抽象派藝術家。 (adj.) 抽象派藝術的。

Abu Dhabi (ph.) 阿布達比，阿拉伯聯合大公國（United Arab Emirates）的首都。

Abuja (n.) 阿布札，奈及利亞（Nigeria）的首都。

a/c (abbr.) **air conditioning** 空氣調節。

access code (ph.) 電腦使用者查詢各種資訊的登入密碼。

accommodation (n.) 賣給旅客的膳宿，船或車的預訂舖位或是座位。

Accra (n.) 阿克拉，為西非國家迦納（Ghana）的首都。

accreditation (n.) 被聯盟或是協會所允許可以販售機票、車票、船票，或是其他旅遊的服務。

ACL (abbr.) **American Cruise Line** 美國客輪公司。

acrophobia (n.) 懼高症。

acts of God (ph.) 天災；不可抗拒之力。

ACTA (abbr.) **Alliance of Canadian Travel Associations** 加拿大旅遊

協會聯盟。

ACTE (abbr.) **Association of Corporate Travel Executives** 公司旅遊經營管理協會。

ACTOA (abbr.) **Air Charter Tour Operators of America** 美國包機旅遊業。

actual flying time (ph.) 實際飛行時間。

ACV (abbr.) **hovercraft** 水陸兩用氣墊船（Air Cushion Vehicle）。

AD (abbr.) **Agent's Discount** 代理商優惠票，例如：AD50 代表50%優惠，AD75 代表75%優惠，AD100 代表100%優惠。

AD (abbr.) **Advantage Rent-a-Car** 汽車出租公司。

A.D. Fare (ph.) **Agent Discount Fare** 代理商優惠票。

ADB (abbr.) **Air Discount Bulletin** 機票折扣公告。

Addis Ababa (ph.) 阿地斯阿貝巴，為衣索匹亞（Ethiopia）的首都。

add-ons (n.) 團體旅遊在旅遊的途中，旅行社會提供一些不包括在團費內的額外自費旅遊選擇，旅客可以依照自己的喜好做選擇，也可以不參加。

additional amount paid (ph.) 需要補足的差額，當有需要更換機票時，如果兩張機票價格不一樣時，在票據上可以看到原來機票的價錢與更換機票後需要補足的差額。

additional amount credited (ph.) 需要退回的差額，當有需要更換機票時，如果兩張機票價格不一樣時，在票據上可以看到原來機票的價錢與更換機票後需要退回的差額。

adiabatic rate (ph.) 一個常規，海拔每一千呎的高度，溫度則會降低華氏 3.5 度。

adieu (n.) 告別；辭行。(int.) 再見。

adios (int.) 西班牙語的「再見」。

adjoining rooms (ph.) 鄰接的客房或是艙房，共用一片牆，但房內並無可互通的門。

A

ADR (abbr.) **Average Daily Rate** 每日平均房價。

ADS (abbr.) **Agency Data Systems** 旅行社的資料數據系統。

ADT (abbr.) **Alaska or Atlantic Daylight Time** 阿拉斯加或是大西洋的日光（白晝）時間。

advance purchase requirement (ph.) 對於有些較低價購得的機票，航空公司有規定，旅客要在飛機起飛的一定的天數前事先購買，一般大約是七天前、十四天前，以及二十一天前。

Adventism (n.) 相信耶穌即將再生；相信世界末日將至的基督教派。

adventure (n.) 冒險活動；冒險；冒險精神。

adventure playground (ph.) 設備有供兒童攀爬等設施的冒險遊樂園。

adventure tour (ph.) 以冒險活動為主的旅遊，例如：泛舟、騎馬，或是登山等之類的活動。

AEA (abbr.) **Association of European Airlines** 歐洲航空公司協會。

Aegean (adj.) 愛琴海的；多島海的。

Aegean Sea (ph.) 愛琴海。

aerodynamics (n.) 空氣動力學；航空動力學

aeronautics (n.) 航空學

aerospace (n.) 地球大氣層及其外面的空間。

AFA (abbr.) **Association of Flight Attendants** 空中服務人員協會。

affinity charter (ph.) 由相同興趣與嗜好之人士所組成的團體所包用的飛機。

affinity group (ph.) 相同興趣與嗜好之人士所組成的團體。

affinity group airfare (ph.) 只有相同興趣與嗜好之人士所組成的團體，才能享有的飛機優惠票價。

affluent (adj.) 富裕的

Afghanistan (n.) 阿富汗。

AFT (abbr.) **Actual Flying Time** 實際飛行時間。

Agency Account Number (ph.) 旅行社識別帳號，給旅行社代理的識別

號碼，以便利確認身分。

agency data systems (ph.) 旅行社的資料數據系統。

agent (n.) 一位被授權幫旅遊供應商銷售旅遊產品以及旅遊服務的人員。

agent discount fare (ph.) 代理商優惠票。

agent sine (ph.) 由兩個字母所組成的旅行社職員個人識別碼。

agent's coupon (ph.) 機票上的公司存根。

agoraphobia (n.) 心理學名詞，廣場恐懼症、曠野恐懼症，或是陌生環境恐懼症。

AGT (abbr.) **Agent** 一位被授權幫旅遊供應商銷售旅遊產品以及旅遊服務的代理人員。

AH&MA (abbr.) **American Hotel and Motel Association** 美國飯店與汽車旅館協會。

Al (abbr.) **America International** 汽車出租公司。

air mile (ph.) 空哩，1空哩相當於 6,076 呎的距離。

Air Passenger Tariff (ph.) 票價匯率書。

air taxi (ph.) 最多可乘載十九位旅客的飛機，通常只有在一個半徑250英哩的範圍內做營運。

airbus (n.) 空中巴士，一架雙引擎的廣體型飛機，最省油的飛行速度為每小時 576 英哩，可乘載 201 至 345 位旅客。

aircraft (n.) 飛機。

aircraft (n.) **narrow-bodied** 窄體型而且只有單一走道的飛機，例如：Airbus空中巴士的A319、A320；Boeing波音727、737、757；McDonnell Douglas的DC9、MD80、MD87以及MD90，另外所有商用載貨飛機都不列在廣體型的飛機名單上。

aircraft (n.) **wide-bodied** 廣體型的飛機，有兩個走道的飛機，並可以搭載大量的旅客，例如：Airbus空中巴士的A300、A310、A330、A340；Boeing波音747、767、777；McDonnell Douglas的DC10、MD11以及 Lockheed的L1011。

A

aircraft piracy (ph.) **hijacking** 劫機。

airdrome (n.) 美飛機場，空軍基地。

airglow (n.) 大氣光。

airline (n.) 航空公司。

airline (major) (n.) 美國主流的航空公司，一年營業額要超過十億美元，目前被旅遊部評級為美國主流的航空公司有Alaska、America West、American、American Trans Air、Continental、Delta、Northwest、Southwest、TWA、United，以及US Airways。

airline (national) (n.) 美國國內航空公司，一年營業額在於一億美元到十億美元之間。

airline (regional) (n.) 美國區域航空公司，年營業額少於一億美元。

airline check in procedures and departure formalities (ph.) 機場辦理登機以及離境的作業。

Airline Record Locator Number (ph.) 當旅客向航空公司訂位後，航空公司給予的一個獨一無二的確認號碼。

airline plate (ph.) 由航空公司發行，用來使機票生效的印版。

airline ticket + hotel+ city sightseeing (ph.) 機票 + 酒店 + 市區觀光的自由行旅遊產品。

airport access fee (ph.) 一個由位於機場內的汽車出租公司所要負擔的機場服務費（airport service charge），以讓自己公司的巴士或是箱型車得以在機場內做接送旅客的營運作業。

airport check in counter (n.) 機場內各航空公司辦理旅客報到以及行李檢查的櫃台。

airport code (ph.) 機場代號，每一個機場都有一個由三個英文字母所組成的代號，以紐約為例，John F. Kennedy International Airport 的代號為JFK，La Guardia 機場的代號為 LGA，NewWark Airport 的代號為 EWR。

airport departure tax (ph.) 機場稅。

airport express (ph.) 機場巴士。

airport hotel (ph.) 機場飯店。

airport service charge (ph.) **airport access fee** 一個由位於機場內的汽車出租公司所要負擔的機場服務費，以讓自己公司的巴士或是箱型車得以在機場內做接送旅客的營運作業。

airport transfer (ph.) 一種把旅客從機場載到飯店，從飯店載到機場，或是到其他特定地點的服務，這種服務可以包含於套裝旅遊的價格內，也可以分開來計算。

airsickness (n.) 暈機。

airsickness bag (ph.) 暈機嘔吐袋，置放於飛機上座位前方的袋子內。

airworthy (adj.) 適於飛行的，適航的，飛機性能良好的。

akvavit (aquavit) (n.) 斯堪地那維亞的開胃烈酒，用馬鈴薯或是穀物蒸餾而成，也稱為「生命水」。

AL (abbr.) **Alamo** 汽車出租公司。

Alaska or Atlantic Daylight Time (ph.) 阿拉斯加或是大西洋的日光（白晝）時間。

Albania (n.) 阿爾巴尼亞。

Algeria (n.) 阿爾及利亞。

Algiers (n.) 阿爾及爾，阿爾及利亞首都。

all-expense tour (all-inclusive tour) (ph.) 包含一切費用的全備旅遊。

all-inclusive tour (all-expense tour) (ph.) 包含一切費用的全備旅遊。

all-in (adj.) 全部包括的。

alleyway (n.) 在船上的走廊通道。

allocentric (adj.) 比較喜歡到特殊的地點旅行的。

allotment (n.) 分配物，指在某個特定的日期，被分配給某旅行社要賣給大眾的一個定量的飯店客房、船艙等的產品。

aloha (int.) 夏威夷人與人打招呼的用語，意為：你好；歡迎；珍重；再見。

A

ALPA (abbr.) **Airline Pilots Association** 航空公司飛行員協會。

altitude (n.) 飛機飛行的高度，海拔。

alumni tour (ph.) 此種旅遊是幫那些之前曾經參加過同一家旅行社所辦的旅遊行程的客人所設計的。

a.m. (abbr.) 指凌晨 12:00 到中午 12:00 之間（before noon）。

Amadeus (n.) 一個建立在歐洲的全球電腦訂位系統（global distribution system），主要合夥的航空公司有法航（Air France）、大陸航空（Continental Airlines）、西班牙航空（Iberia Airlines），以及德國航空（Lufthansa German Airlines）。

Amadeus Global Travel Distribution (ph.) 全球電腦訂位系統之一，由法國航空、德國航空、西班牙航空、北歐航空檔等所建立。

amenities (n.) 由旅遊業者所提供的額外的服務與設備的供應。

American breakfast (ph.) 美式早餐。

American Express Company (ph.) 美國運通卡公司。

American Plan (AP) (ph.) 住宿的房價內包含一日三餐（Full Pension）。

American service (ph.) 美式服務。

American sightseeing international (ph.) 美國觀光國際公司。

American Society of Travel Agents (ph.) 美洲旅行業協會。

American Steamship and Tourist Agents Association (ph.) 美洲輪船與旅行業協會。

America Westcoast (ph.) 美西團。

AMEX (abbr.) **American Express Company** 美國運通卡公司。

amity (n.) 和睦；親善；國與國之間的友好關係。

Amman (n.) 阿曼，為約旦（Jordan）的首都。

among carriers (ph.) 航空公司之間的競爭。

amphibious aircraft (ph.) 水陸兩用飛機。

Amsterdam (n.) 阿姆斯特丹，荷蘭（Netherlands）憲法上規定的首都，但實際的首都為海牙（Hague）。

Amtrak (n.) **National Railroad Passenger Corporation** 美國鐵路公司。

amusement park (ph.) theme park，主題樂園或是遊樂園，例如：迪斯尼樂園。

anachronism (n.) 落伍的人或是事務。

Andorra (n.) 安道爾共和國。

Andorra La Vella (n.) 安道爾市，安道爾共和國（Andorra）首都。

Angola (n.) 安哥拉。

Ankara (n.) 安卡拉，土耳其的首都。

annual series booking (ph.) 年度訂位。

answering service (ph.) 一種專門幫客戶接聽電話的服務。

Antananarivo (n.) 塔那那利佛，馬達加斯加（Madagascar）的首都。

anteroom (n.) 前廳；候見室。

Antigua & Barbuda (ph.) 英協和國，安地卡與巴布達。

antipodean day (ph.) 由於經過了國際換日線而多一天（meridian day）。

AP (abbr.) America Plan 住房的房價包含一日三餐（Full Pension）。

apartheid (n.) 南非的種族隔離政策。

APEX (abbr.) **Advanced Purchase Excursion Fare** 事先購買的短途旅遊費用。

aphelion (n.) 遠日點。

Apia (n.) 阿皮亞，西薩摩亞（Western Samoa）的首都。

apolitical (adj.) 不關心政治的。

Apollo (n.) 全球電腦訂位系統之一，營運遍及加拿大、歐洲、南美、非洲、亞洲等，目前由位於美國與墨西哥的 Galileo International 公司所管理，其他的業務也包括了飯店訂房的 "RoomMaster" 系統，以及租車的 "CarMaster" 訂車系統。

application of fares (ph.) 票價之適用。

apres-ski (n.) 滑雪後在滑雪場所的社交活動或是休息時間。

觀光旅運專業辭彙

A

APT (abbr.) **Airline Passenger Tariff** 航空公司的乘客價目表。

aquavit (n.) **akvavit** 斯堪地那維亞的開胃烈酒，用馬鈴薯或是穀物蒸餾而成，也稱爲「生命水」。

aqueduct (n.) 高架渠；溝渠；橋管。

Area 1 (ph.) **Traffic Conference 1 (TC1)** 飛行區域的第一大區域，西起白令海峽，包括北美洲、中美洲、南美洲、阿拉斯加、太平洋中的夏威夷群島，以及大西洋的格林蘭，東至百慕達爲止。

Area 2 (ph.) **Traffic Conference 2 (TC2)** 飛行區域的第二大區域，西起冰島，包括大西洋中的Azores群島、歐洲、非洲以及中東，東至蘇俄的烏拉山脈以及伊朗。

Area 3 (ph.) Traffic Conference 3 (TC3) 飛行區域的第三大區域，西起烏拉山脈、阿富汗、巴基斯坦，包括亞洲全部、澳洲、紐西蘭、太平洋中的關島、威克島、南太平洋中的美屬薩摩亞，東至太平洋中的法屬大溪地。

ARC (abbr.) **Airline Reporting Corporation**。

archipelago (n.) 群島；列島。

archive (n.) 檔案保管處；資料庫。(v.) 把……存檔。

Argentina (n.) 阿根廷。

Armenia (n.) 亞美尼亞，原爲蘇聯共和國之一，於1991年9月獨立，現在爲獨立國協之一員。

ARR (abbr.) arrive、arrived、arriving 或是 arrival「到達」的縮寫。

ARTA (abbr.) **Association of Retail Travel Agents** 零售旅行社協會。

artifact (n.) 手工藝品；加工品；人工製品。

ASAP (abbr.) **As Soon As Possible** 盡快；愈快愈好。

ASC (abbr.) **Advising Schedule Change** 行程改變的通知。

Ashkhabad (n.) 阿什喀巴德，土庫曼（Turkmenistan）的首都。

Asmara (n.) 阿斯瑪拉，厄立特里亞（Eritrea）的首都。

association of flight attendants (ph.) 空中服務人員協會。

assistant guide (ph.) 助理導遊。

AST (abbr.) **Alaska or Atlantic Standard Time** 阿拉斯加或是大西洋標準時間。

ASTA (abbr.) **American Society of Travel Agents** 美洲旅行業協會。

ASTA Canada 加拿大美洲旅行業協會。

Astana (n.) 阿斯塔納，哈薩克斯坦（Kazakhstan）的首都。

astern (adv.) 在飛機或是船的尾部；向飛機或是船的尾部；在飛機或是船的後面。

Asuncion (n.) 亞松森，巴拉圭（Paraguay）的首都。

asylum (n.) 政治避難權；庇護權。

AT (abbr.) **Via the Atlantic**，經由大西洋，成爲一個顯示飛機票價的全球指標。

ATA (abbr.) **Air Transport Association** 美國的航空運輸協會，它的主要作用爲建立航空公司間的標準規範與原則。

ATAC (abbr.) **Air Transport Association** 加拿大航空運輸協會。

ATB (abbr.) **Automated Ticket / Boarding Pass** 自動化的機票／登機證，結合了機票、登機證以及行李領取單於一個單一的證明單據上。

ATFDS (abbr.) **Automated Ticket and Fare Determination System** 自動化的機票，以及票價判斷系統。

Athens (n.) 雅典，爲希臘（Greece）的首都。

Atlantic Standard Time (ph.) 加拿大的一個位於第 60 經線的時區，也稱爲省標準時間（Provincial Standard Time）。

ATM (abbr.) **Automated Ticketing Machine / Automated Teller Machine** 自動售票機／自動提款機。

atoll (n.) 環狀珊瑚島。

atrium (n.) 天井前廳，中庭。

ATW (abbr.) **Around the World** 環繞全世界。

au jus (ph.) 指肉帶原汁的。

A

au lait (ph.) 加牛奶的。

au naturel (ph.) 自然狀態的；裸體的。

au pair (ph.) 以服務交換的，例如幫忙做家務或是帶小孩來換取住宿、膳食等。

auditor's coupon (ph.) 機票上的審計票根。

aurora australis (ph.) 南極光。

aurora borealis (ph.) 北極光。

Aussie explorer passes (ph.) 灰狗巴士分段票。

Aussie pass (ph.) 灰狗巴士聯票。

Australasia (n.) 澳大拉西亞，泛指澳洲、紐西蘭、斐濟、薩摩亞、大溪地島，以及附近南太平洋諸島。

Australasian (adj.) 澳大利亞的。

Australia (n.) 澳大利亞。

Australian (n.) 澳大利亞人。(adj.) 澳大利亞的。

Australian Rules (n.) 每隊都有十八位參賽者的澳大利亞式橄欖球賽規則。

Australoid (n.) 澳大利亞的土著人種，包括了澳洲土人、巴布亞人、美拉尼西亞人、菲律賓人、馬來半島的矮小黑人，以及印度中部與南部的某些部族。

Australopithecus (n.) 最早在非洲發現的靈長類化石，南猿。

Austria (n.) 奧地利。

Austronesia (n.) 位於太平洋的中南部諸島。

autobahn (n.) 在德國以及歐洲其他地方的高速汽車專門公路。

autoboat (n.) 汽艇。

autobus (n.) 公車。

autocade (n.) 汽車隊。

autocar (n.) 汽車。

autocross (n.) 汽車越野賽。

autogiro (n.) 直昇機。

autograph (n.) 親筆；尤指名人的親筆簽名。(v.) 親筆簽名於……。

automated reservation system (ph.) 自動訂位／訂房系統，電腦化的系統可以直接到航空公司、飯店，以及其他旅遊供應商的訂位系統去訂位／訂房或是購票。

automobile (n.) 汽車。(adj.) 汽車的。

autoroute (n.) 法國的多線道高速公路。

autostrada (n.) 義大利的汽車專用高速公路。

autumn (n.) 秋季；秋天。(adj.) 秋季的；秋天的。

avail (n.) **availability**，有效，可得到的東西。

avalanche (n.) 雪崩；山崩。(v.) 崩塌。

avalement (n.) 在滑雪時將腳彎曲，保持身體放低的姿勢。

average daily rate (ph.) 每日平均房價。

aviation (n.) 航空；飛行；航空學。

aviation security (ph.) 飛航安全；飛安。

aviator (n.) 飛行員。

A.W. (abbr.) **America Westcoast** 美西團。

Azerbaijan (n.) 亞塞拜然，原為蘇聯共和國之一，於1991年8月獨立，現在為獨立國協之一員。

Azores (Portugal) (n.) 葡屬亞速爾群島。

B

B&B (abbr.) **bed and breakfast** 民宿；提供住宿及早餐的旅館或住家。

baccarat (n.) 巴卡拉，又譯百家樂，一種紙牌賭博遊戲。

back office automation (ph.) 通常是指會提供經營管理報告，以及文字處理的電腦化會計系統。

backpack travel (ph.) 自助旅遊

backpacker (n.) 徒步旅行者；背著背包的徒步旅行者。

backpacking (n.) 徒步旅行。

back-seat driver (ph.) 坐在汽車後座、對駕駛人指手指腳的人；干涉的事情與自己的職責無關的人。

back country (ph.) 偏遠地區（美國）。

back road (ph.) 鄉村小道。

back seat (ph.) 汽車後座。

back street (ph.) 小街；偏僻的街道。

back-to-back ticking (ph.) 一種用投機取巧的方法來躲開航空公司給予購買便宜機票的種種限制，最後可以得到一個最合算的機票價格與自己可以在日期上自由選擇的結果的購票行為，例如：航空公司提供較便宜的機票給 "Saturday-night stayover" 的旅客，因此有的旅客不想要星期六在目的地多住一晚，就向航空公司訂兩張來回的機票，一張是從甲地到乙地的來回機票，掛上電話後，冉拿起電話訂一張從乙地到甲地的來回機票，並且只用兩張來回機票單程的部分來符合便宜機票要求停留星期六晚上的條件，以及自己可以自由選擇回程日期而不受限的需要。

bacon (n.) 燻豬肉；鹹豬肉。

Bactrian camel (ph.) 在亞洲發現的雙峰駱駝。

baggage (n.) 行李（為不可數名詞）。

baggage (n.) 搭機旅客的隨身行李，交由航空公司托運處理（checked baggage）。

baggage (n.) 搭機旅客的隨身行李，由旅客自行攜帶上飛機（unchecked baggage）。

baggage allowance (ph.) 當旅客搭乘飛機時，航空公司給予每位旅客免費行李拖運的總數量與重量。

baggage car (ph.) 列車的行李車。

baggage check (ph.) 提領行李票（baggage claim ticket），在機場辦理登機手續後，航空公司的地勤人員會把托運行李的提領行李票訂在機票上，如果有遇上行李遺失的話，可以憑提領行李票向航空公司要求尋找。

baggage claim ticket (ph.) 提領行李票（baggage check），在機場辦理登機手續後，航空公司的地勤人員會把托運行李的提領行李票訂在機票上，如果有遇上行李遺失的話，可以憑提領行李票向航空公司要求尋找。

baggage room (ph.) 車站等的行李寄放處。

baggage tag (ph.) 行李識別證，在機場辦理登機手續後，航空公司的地勤人員會在托運行李上貼上一張識別證。

baggies (n.) 寬鬆的游泳短褲。

Baghdad (n.) 巴格達，伊拉克（Iraq）的首都。

bagnio (n.) 義大利或是土耳其的澡堂。

bagpipes (n.) 蘇格蘭等地的風笛。

Baguio (n.) 菲律賓的碧瑤市。

Bahamas (n.) 位於西印度群島的巴哈馬。

Bahrain (n.) 位於阿拉伯半島的巴林。

Baht (n.) 銖，泰國的貨幣單位。

baignoire (n.) 劇院的最下面一層的包廂。

Baikal (n.) 貝加爾湖。

bailout (n.) 跳傘。

Bairam (n.) 伊斯蘭教的祭典，拜蘭節。

bait and switch (ph.) 在美國為引誘顧客改變購買低價品的心態而改為購買高價品的廣告。

bakery (n.) 麵包或是糕餅的烘焙房、糕點麵包店；麵包以及糕點的總稱。

baking (n.) 烘焙；烘烤。

baking powder (ph.) 發粉；焙粉。

baking soda (ph.) 小蘇打。

baking tray (ph.) 烘盤；烤盤。

baksheesh (n.) 小費（bakshish）；在阿拉伯國家所使用類似小費之意。

Baku (n.) 巴庫，亞塞拜然（Azerbaijan）的首都。

balcony (n.) 陽台、露台、劇院的包廂、樓廳。

Balkantourist (n.) **National Travel Agency of Bulgaria** 保加利亞國家旅行社。

ballroom (n.) 跳舞的大廳。

ballroom dancing (ph.) 兩人跳的交際舞。

ballpark figure (ph.) 大約；大略估計。

balsamic vinegar (ph.) 葡萄做成的甜醋。

Balt (n.) 波羅的海東南岸地區的居民。

balti (n.) 發源於印度的巴爾蒂鍋菜。

Baltic (adj.) 波羅的海的。

Baltic States (adj.) 波羅的海諸國，包括波蘭、丹麥、芬蘭、立陶宛、愛沙尼亞，以及拉脫維亞等國。

Baltimore (n.) 位於美國馬里蘭州的巴爾的摩港市。

Balto-Slavic (n.) 印歐語中的波羅的海斯拉夫語系。

Bamako (n.) 巴馬科，位於非洲瀕臨尼日河的馬利共和國首。

bamboo (n.) 竹；竹子。

bamboo curtain (ph.) 竹幕。

bamboo shoot (ph.) 竹筍。

Bandar Seri Begawan (ph.) 斯里巴加萬港，汶萊（Brunei）的首都。

Bangkok (n.) 曼谷，泰國（Thailand）的首都。

Bangui (n.) 班基，中非共和國（Central African Republic）的首都。

Bangladesh (n.) 孟加拉共和國。

Banjul (n.) 班竹，甘比亞（Gambia）的首都。

bank buying rate (ph.) 銀行購買（買入）外匯的匯率。

bank card (ph.) 銀行卡。

bank of America (ph.) 美國商業銀行。

banquet style (ph.) 旅遊團體用餐時的座位排列方式，可能是面對面的長桌型，也可能是六到十人座的圓桌排列。

Barbados (n.) 巴貝多，拉丁美洲的國家。

bareboat charter (ph.) 由客戶負責船隻人員以及其他供應的船隻包租業務。

barometric pressure (ph.) 大氣壓力；氣壓。

barter (n.) 以等價貨物或是勞務來進行易貨的交換貿易，而不以金錢做交換。

base fare (ph.) 還未加上營業稅與機場服務費的飛機票價。

basic currency (ph.) 基本幣值。

basilica (n.) 古羅馬長方形的會堂；長方形建築或教堂。

basin (n.) 盆地；凹地；河川的流域；海灣；內港。

basinet (n.) 小嬰兒床。

Basse-Terre (n.) 巴士特爾，法屬瓜德羅普島（Guadeloupe）首都。

Basseterre (n.) 巴士特爾，聖克里斯多福與尼維斯（St. Kitts & Nevis）的首都。

bay (n.) 海或是湖泊的灣。

bayou (n.) 海灣。

B

bazaar (n.) 中東國家等的市場或是商店街；工藝品店。

BB (abbr.) **Buffet Breakfast** 自助早餐。

BBML (abbr.) **Baby Meal** 飛機內供應的嬰兒餐。

BBR (abbr.) **bank buying rate** 銀行購買（買入）外匯的匯率。

beam (n.) 船的橫樑。

beaufort scale (ph.) 蒲福風級，風力分為 0 至 12 級，風速分為 0 至 17 級。

bed and breakfast (ph.) 民宿；提供住宿以及早餐的旅館或是住家。

bedienung 小費已包含在帳單上之意（德國）。

bedroom (n.) 在火車上有廁所與盥洗設備的兩人小客房。(adj.) 美國城郊住宅區的。

beeper (n.) 攜帶型的傳呼器。

beer (n.) 啤酒。

Beijing (n.) 北京，中國（China）的首都。

Beirut (n.) 貝魯特，黎巴嫩（Lebanon）的首都。

Belarus (Belorussia, Byelorussia, White Russia) (n.) 白俄羅斯，原為蘇聯共和國之一，於1991年8月獨立。

Belgium (n.) 比利時。

Belgrade (n.) 貝爾格勒，南斯拉夫（Yugoslavia）的首都。

Belize (n.) 貝里斯，中美洲國家。

bell captain (ph.) 飯店內的男侍領班。

bellhop (n.) 飯店內幫旅客從辦理住房登記的櫃台、處理行李到旅客客房的員工。

Belmopan (n.)貝爾牟潘，貝里斯（Belize）的首都。

Benelux (n.) 荷蘭、比利時、盧森堡三國的關稅同盟。

Benin (n.) 貝南，位於非洲西部的一共和國。

Berlin (n.) 柏林，前東德的首都。

Bermuda triangle (ph.) 百慕達神秘三角，百慕達、波多黎各及佛羅里

達州所形成的三角地帶，有許多飛機與船隻在此無法解釋地失蹤，因此得名。

Bermuda plan (ph.) 百慕達的計價方式，即飯店的住宿有包含美式早餐。

Bermuda shorts (ph.) 百慕達式短褲。

Bern (n.) 伯恩，瑞士（Switzerland）的首都。

better buy (ph.) 物美價廉的產品。

berth (n.) 火車或是船的舖位。

beverage (n.) 飲料。

Beverly Hills (ph.) 比佛利山莊，位於美國洛杉磯附近的小城，因為此地住著許多的電影明星而著名。

Bhutan (n.) 不丹。

bidet (n.) 坐浴盆。

bike (n.) bicycle，腳踏車（口語）。

bilge (n.) 船底（彎曲部）。

bilingual (adj.) 能說兩種語言的；雙語的。(n.) 能說兩種語言的人。

bill of fare (ph.) 餐廳裡供客人點菜的菜單。

billabong (n.) 死河；死水潭（澳洲）。

billboard (n.) 廣告牌。

biodegradable (adj.) 生物所能分解的，而不會傷害到環境。

biorhythm (n.) 生物週期，生物器官週期性的變化。

birthrate (n.) 出生率。

Bissau (n.) 比索，幾內亞比索（Guinea-Bissau）的首都。

bistro (n.) 像是夜總會般的小酒館，小飯館。

bitter (n.) 苦酒。

bitumen (n.) 瀝青。

biz (n.) 業務；生意（口語）。

Black and Decker (ph.) 單調乏味的工作。

B

black bear (ph.) 黑熊。

black belt (ph.) 黑人聚居的地帶。

black book (ph.) 黑名冊。

black cherry (ph.) 產於北美的黑櫻桃。

Black Country (ph.) 英格蘭中部的工業區，曾經有過嚴重的工業污染，所以稱為黑區。

black diamonds (ph.) 煤。

Black English (ph.) 黑人的英語（美國）。

Black Forest (ph.) 德國西南部的山林地區。

black gold (ph.) 煤。

black market (ph.) 不合法的黑市交易，指貨品的交易或是黑市的外幣兌換。

black marketer (ph.) 不合法的黑市商人。

black pepper (ph.) 黑胡椒粉。

black tea (ph.) 紅茶。

black tie (ph.) 男子禮服的黑色領結。

blackberry (n.) 黑莓。

blackfellow (n.) 澳洲土著。

Blackfoot (n.) 美國印第安人的第一族；美國印第安人的第一族的語言。

blackshirt (n.) 義大利或是德國的黑衫黨黨員。

blackout dates (ph.) 在一個日期或是一個連續日期內，某些價位的旅遊是無法進行的，可能是航空公司、飯店或是租車公司的規定，某些價位的產品在這段時間內不可使用，通常這段時期大都是國定假日或是特別的節日。

B.L.D (abbr.) 旅遊團體的每日行程表下方有印刷B.L.D.三個字母，代表著今日的遊程中是否有包括早餐、午餐、晚餐，或是三餐全包（breakfast, lunch and dinner）。有時也會出現CB，代表歐式早餐（continental breakfast），或是BR，代表早午餐（brunch）。

block (n.) 一些爲旅遊團體所保留的客房，位子或是機票。

board (v.) 上飛機、上船，或是上車等。

boarding pass (ph.) 登機證，一張印有旅客姓名、登機門以及座位號碼，由航空公司或是船公司核發，允許乘客可以登機、登船的紙製證件。旅客只有在辦理完登機手續後才能拿到登機證，無登機證的機票是無效的，搭船的旅客可稱它爲登船證（embarkation card）。

boatel (n.) 設有可以停靠遊艇設備的飯店。

Boeing (n.) 波音客機。

bodegas (n.) 酒店；酒窖；酒吧（西班牙）。

bog (n.) 沼澤。

Bogota (n.) 哥倫比亞（Colombia）的首都。

Bolivia (n.) 玻利維亞。

bon voyage (ph.) 一路平安，旅途愉快之意（法語）。

Bonn (n.) 波昂，德國（Germany）的首都。

booking (n.) 客房、機票、艙房、座位等的預訂。

booking code (ph.) 預訂代碼，使用不同的英文字母來代表每一個不同價位產品的預訂。

booth (n.) 商品展覽場的有蓬貨攤。

Bosnla-Herzegovina (n.) 玻茲尼亞澤哥維那共和國。

Bossanova (n.) 巴西式（bossa nova）的森巴舞曲與摩登爵士混合的音樂與舞蹈。

Botswana (n.) 波紮那，非洲東部的共和國。

bourse (n.) 法國交易所。

bow (n.) 船頭，客輪的前頭。

BP (abbr.) **Bermuda plan** 住宿飯店的房價內含美式早餐或歐式早餐。

BRAC (abbr.) **Budget rent-a-car Budget** 租車公司。

Brahman (n.) 印度婆羅門階層，在印度社會的種姓制度（caste）裡，擁有崇高的地位與階級，也不乏有許多婆羅門階層的人從事神職的祭祀

工作。

Brasilia (n.) 巴西利亞，巴西（Brazil）的首都。

Bratislava (n.) 伯拉地斯瓦拉，捷克斯洛伐克共和國（Slovak Republic）的首都。

Brazil (n.) 巴西。

Brazzaville (n.) 布拉薩，剛果（Congo）的首都。

BSP(abbr.) 銀行清帳計畫（Bank Settlement Plan）。

brasserie (n.) 簡單的餐館或是酒店。

break-even point (abbr.) 收支平衡點。

breaker (n.) 打在岸邊岩石上的碎浪，救生艇上使用的小水桶。

bridge (n.) 橋樑；艦船的駕駛台。

Bridgetown (n.) 布列治敦，巴貝多（Barbad）的首都。

brioche (n.) 早餐食用的小奶油蛋捲。

Britannia (n.) 大不列顛。

Briton (n.) 英國人。

BritRail pass 一種允許綜合火車在指定的時間內可以在英國行駛旅遊的通行證。

broker (n.) 中間人；掮客；經紀人。

brothel (n.) 妓院。

brown bagging (ph.) 客人得以自行帶瓶酒進入餐廳或酒吧，而不受限制。

Brunei (n.) 汶萊。

Brussels (n.) 布魯塞爾，比利時（Belgium）的首都。

BTA (abbr.) **British Tourist Authority** 英國觀光旅遊局。

buccaneer (pirate) (n.) 海盜。

Bucharest (n.) 布加勒斯特，羅馬尼亞（Romania）的首都。

buckshee (adj.) 免費的；額外的。

bucolic (adj.) 鄉下風味的。

Budapest (n.) 布達佩斯，匈牙利（Hungary）的首都。

Buddhism (n.) 佛教。

Buddhist (n.) 佛教徒。

budget (n.) 預算；經費。

Buenos Aires (ph.) 布宜諾斯艾利斯，阿根廷（Argentina）的首都。

buffer zone (ph.) 指美國的邊界，往南，往北各延長 225 英哩的緩衝區，要被收取 8% 的機票稅。

buffet (n.) 自助式的餐飲，食物與飲料全部陳列於桌上，由客人自行取用。

Bujumbura (n.) 布松布拉，蒲隆地共和國（Burundi）的首都。

Bulgaria (n.) 保加利亞。

bulkhead (n.) 船艙的隔板，將船隔成客艙。

bulkhead seats (ph.) 直接位於隔板後面的座位。

bumping (n.) 航空公司在超額訂位時常使用的慣例，會要求已經確認機位的旅客自願放棄機位，搭下一班飛機，而航空公司則會補償這些旅客一些做為下次旅行時可以使用的折價券。

bungalow (n.) 平房；小屋。

bungalow hotel (n.) 小木屋。

bungee jumping (ph.) 高空彈跳（bungie jumping）。

burg (n.) 村、鎮、城（美國）。

Burger King (n.) 漢堡王。

burgomaster (n.) 荷蘭、德國等歐洲國家的市長。

Burgundy (n.) 法國勃艮地的紅、白葡萄酒。

Burkina Faso (ph.) 布基那法索國，一非洲國家，以前稱為上伏塔（Upper Volta）。

Burma (Myanmar) (n.) 緬甸，以前稱為Burma，現稱為Myanmar。

burro (donkey) (n.) 驢子。

Burundi (n.) 蒲隆地共和國，位於中非的一共和國。

B

bus (n.) 巴士;公車。

bus boy (ph.) 餐廳裡清理桌上盤子的員工。

bus shelter (n.) 公車候車亭。

bus station (n.) 公車站。

bus stop (n.) 公車的停車站。

bushman (n.) 居住於叢林地的人,例如:南非的布西曼族或在澳大利亞的一些土著。

business class (C) (ph.) 飛機上的商務艙（C-class）。

business class premium (J) (ph.) 如同商務艙,但收費較商務艙貴（J-class）。

business travel (ph.) 商務旅遊。

business travelers (ph.) 商務旅客。

butter knife (ph.) 用來塗奶油用的餐刀。

buttered toast (ph.) 奶油土司。

buttress (n.) 拱壁;扶壁。

buyer's market (ph.) 買方市場,表示貨品可以大量供應,因此買方可以以較低的價錢購買。

BVI (abbr.) **British Virgin Islands** 英屬維爾京群島。

BWIA (abbr.) **British West Indies Airline** 英屬西印度航空公司。

bypass (n.) 旁道;旁路;通常都是為避開擁擠而走旁道。

by pass product (ph.) 半自助的旅遊產品。

Byzantine (adj.) 東羅馬帝國的。(n.) 拜占庭人;拜占庭式的畫家或是建築師。

byzantine (adj.) 拜占庭帝國的;拜占庭式的。

C

CAA (abbr.) **Canadian Automobile Association** 加拿大汽車協會。

CAAC (abbr.) **Cathay Pacific Airways** 國泰航空公司。

cab (n.) 計程車（taxi），或是出租馬車。

cab rank (ph.) 計程車招呼站。

caballero (n.) 西班牙紳士；美西的騎師；護花使者。

cabana (n.) 通常指與飯店的主要建築分開，位於海邊的飯店小屋；海邊
或是游泳池邊用以換衣之用的小室。

cabaret (n.) 有歌舞表演的餐廳；夜總會。

cabin (n.) 飛機的客艙、駕駛艙；或是客輪的客艙，有分沒有窗戶的客艙
inside(i/s)，以及有窗戶的客艙 outside（o/s）；也指鐵路的信號房。

cabin attendant (ph.) **flight attendant** 空服員。

cabin boy (ph.) 船上的服務員。

cabin crew (ph.) 客機航班空服員的總稱。

cabin fever (ph.) 艙熱症，由於禁閉、孤立所引起的焦慮等症狀。

cabin steward (ph.) 船上整理艙房（housekeeping）的服務員。

cable car (ph.) 纜車；鋼索吊車。

cabotage (n.) 沿海航行權；沿海貿易權。

cabriolet (n.) 單馬雙輪單座位輕便車，或是舊式的蓬式汽車。

caddie (n.) 高爾夫球球僮；為人攜球棒以及拾球之小僮。(v.) 當球僮。

caddy (n.) 高爾夫球球僮；為人攜球棒以及拾球之小僮；裝茶葉的盒子。
(v.)當球僮。

cafe (n.) 屋外飲食店；小餐館；咖啡廳；酒吧；酒館；也可以指咖啡（美
國）。

cafe au lait (ph.) 加牛奶的咖啡。

cafe noir (ph.) 黑咖啡；不加牛奶或是奶油的咖啡。

C

cafeteria (n.) 自助餐館；自助食堂。

Cairo (n.) 開羅，埃及（Egypt）的首都。

CAL (abbr.) **Continental Air Lines** 美國大陸航空公司。

caldera (n.) 巨火山口；破火山口。

calendar (n.) 日曆、行事曆；或是把重要的會議、事件、要做的事項日期登記在行事曆上，以免看漏或是忽略了。

California king (ph.) 客房內由兩張twin-size beds並排一起所形成的一個king-size bed也可以把它們分開成為兩張twin-size beds。

cambist (n.) 各國貨幣以及度量衡對照手冊。

Cambodia (n.) 柬埔寨，位於東南亞的國家。

Cameroon (n.) 喀麥隆，位於西非的國家。

camp (n.) 營地；野營。(n.) 紮營。

camp bed (ph.) 行軍床。

Camp David (ph.) 美國總統行宮，大衛營。

camper-vans (n.) 營車。

campfire (n.) 營火。

campground (n.) 營地。

camping site (ph.) 營地。

camps (n.) 營地住宿。

Canada (n.) 加拿大。

Canberra (n.) 坎培拉，澳大利亞（Australia）的首都。

cancel (v.) 取消訂位或是訂房

cancellation date (ph.) 在規定的一個日期內取消的訂位、訂團或是訂房，可以不用付取消費用。

canoe (n.) 獨木舟；划獨木舟。

canton (n.) 州（瑞士）；縣（法國）；一個小行政區域。

capacity controlled (ph.) 指有一定數量額的特價或是促銷價機位、飯店的客房以及租車公司的出租車輛。

Cape Town (C. Town) (ph.) 開普敦，南非（South Africa）的立法首都。

Cape Verde Is. (ph.) 維德角，位於非洲大陸最西的一點，爲一個半島國。

capital (n.) 首都；首府；省會。

capitol (n.) 美國國會大廈；州議會大廈。

captain (n.) 資深導遊。

car (n.) 汽車。

car class (ph.) 出租車輛的大小、形態與等級，通常分爲小型（compact）、經濟型（economy）、中型（mid-size）、標準型（full-size）、豪華型（luxury），以及特殊型（specialty）等。

car ferry (ph.) 載運乘客的渡輪，也可以載運車輛。

car for hire (ph.) 出租汽車。

car hop (ph.) 指用汽車載運食物或是其他物品到客戶處的員工。

Caracas (n.) 卡拉卡斯，委內瑞拉（Venezuela）的首都。

carhop (n.) 免下車餐館的侍者。

car rental agreement (ph.) 租車公司與客戶之間的租車契約。

car wash (ph.) 洗車場。

carafe (n.) 玻璃酒瓶；玻璃水瓶。

caravan (n.) 旅遊隊伍；商隊；香客隊伍；移民隊伍；移動著的車隊。

cargo (n.) 飛機、船或是車輛裝載的貨物。

cargo line (ph.) 裝載貨物的船運公司。

Carib (n.) 加勒比人；加勒比語。

Caribbean Sea (ph.) 加勒比海，位於中南美與小安地列斯群島。

carioca (n.) 巴西里約熱內盧的居民或是土著，或是像南美森巴似的舞蹈與音樂。

carnet (n.) 免關稅的國際通行證。

carnival (n.) 嘉年華會；宗教的狂歡節；馬戲團的巡迴演出；有組織的文藝表演；體育比賽等。

C

Carnival Week (ph.) 巴西每年二月底所舉辦的嘉年華週。

carousel (n.) 旋轉木馬；行李傳送帶。

carpetbagger (n.) 指把所有財產放在手提包內旅行的人（美國口語）。

carrier (n.) 從事運輸業的人或是公司，例如：航空公司、鐵路、長途旅遊巴士公司、客輪，或是其他載運乘客、貨物的運輸公司等。

carrier number (ph.) 航空公司本身的代號。

carry-on baggage (ph.) 還未檢查的可隨身攜帶的行李，由旅客自行攜帶上飛機。。

cartographer (n.) 製圖師；繪製地圖的人員。

cartography (n.) 地圖製作。

casbah (n.) 北非的城堡；北非城市的舊城區；阿爾及爾的舊城區。

cash flow (ph.) 現金流轉。

casino (n.) 有娛樂性節目的賭場。

casino hotel (ph.) 賭場飯店。

castaway (n.) 船難者。

caste system (ph.) 印度社會的種姓；種姓制度；世襲的社會等級；社會地位；社會身分。

Castilian (n.) 卡斯提爾人；卡斯提爾；純正西班牙語。

Castries (n.) 卡斯翠，位於西印度群島的一海港，也是聖路西亞（St. Lucia）的首都。

catacomb (n.) 地下墓穴。

Catalan (n.) 西班牙的東北地區；西班牙嘉泰羅尼亞人；西班牙嘉泰羅尼亞語。(adj.) 西班牙嘉泰羅尼亞人的；西班牙嘉泰羅尼亞語的。

category (n.) 種類；同種類的客房、艙房、飯店以及旅遊產品。

CATM (abbr.) **Consolidated Air Tour Manual** 統一航空旅遊手冊。

CATO (abbr.) **Canadian Association of Tour Operators** 加拿大旅行社協會。

Caucasia (n.) 高加索。

Caucasian (n.) 白種人；高加索人。(adj.) 白種人的；高加索地方的。

Caucasoid (n.) 白種人統稱。

Caucasus (n.) 高加索山脈。

cavern (n.) 巨大的洞穴；山洞。

cay (n.) 岩礁；沙洲。

Cayenne (n.) 卡宴，法屬圭亞那（French Guiana）的首都。

Cayuga (n.) 卡育加族印第安人；卡育加語。

C.B.D. (abbr.) **Cash Before Delivery** 交貨前先付款。

CCRN (abbr.) **Credit Card Refund Notice** 信用卡退款通知。

C.E.O. (abbr.) **Chief Executive Officer** 總裁，首席執行長。

C.D. (abbr.) **Cash Discount** 付現折扣。

C.D.T. (abbr.) **Central Daylight Time** 美國中部夏令時間。

CDW (abbr.) **Collision Damage Waiver** 單日計費的出租汽車保險的一種，出租汽車發生意外時的身體損傷或是汽車損害之保險。與PDW（Physical Damage Waiver）相似。

CEDOK (abbr.) **National Travel Agency of Czechoslovakia** 捷克國家旅行社。

ceiling (n.) 雲幕的高度；飛機飛行高度的的升限。

ceilometer (n.) 雲高指示器。

Celsius (adj.) 攝氏的；百分度的。

Central African Republic (ph.) 中非共和國。

cereal (n.) 穀類。(adj.) 穀類製成的。

cereus (n.) 產於熱帶美洲的大仙人掌。

certified mail (ph.) 掛號信。

CFCs (abbr.) **Chlorofluorocarbons** 破壞臭氧層的氯氟烴。

CH (abbr.) **Child** 兒童。

CHA (abbr.) **Caribbean Hotel Association** 加勒比飯店協會。

Chad (n.) 查德，位於非洲中北部的國家。

C

chair lift (ph.) 運輸旅客的纜椅；有座滑車。

chalet (n.) 瑞士的木屋。

chamber (n.) 房間；寢室。

chamber concert (ph.) 室內音樂演奏會。

chamber music (ph.) 室內音樂。

chamber of commerce (ph.) 商會。

chamber orchestra (ph.) 室內管弦樂隊。

chambermaid (n.) 旅館房間部負責清潔房間的女服務生。

Chambertin (n.) 勃艮地的一種叫香貝坦的紅葡萄酒。

Chamorro (n.) 查摩洛人；查摩洛語。(adj.) 查摩洛人的；查摩洛語的。

champagne (n.) 香檳酒。

channel (n.) 水道；航道；海峽。

chart (n.) 圖表；曲線圖；航海圖；航線圖。

charter (n.) 船隻、車輛以及飛機等的包租，此包租只為某特定的團體所使用，不對外開放。

charter air carrier (ph.) 包機航空公司。

charter air service (ph.) 包機服務。

charter bus (ph.) 包車。

charter flight (ph.) 包機。某個特定行程的旅遊包機，可由許多家旅行社共同分攤使用（An airplane is rented for a particular tour' and can be shared by lots of tour operators）。

charters (n.) 包機。

chauffeur (n.) 私家車的司機；駕駛汽車的人；開車運送；當汽車司機。

CHD (abbr.) **Child** 兒童。

checker (n.) 檢察員；審查員；行李寄放處或是衣帽間的管理員（美國）；美超市等的收銀員。

check-in (n.) 旅客登機前辦理行李託運、驗票、驗證，以及領取登機證的手續；到達飯店辦理住房手續。

check-in time (ph.) 辦理住房、投宿登記報到手續的時間。

check-out time (ph.) 辦理退房手續的時間，如果超過飯店的退房時間需要付額外的房價費用。

checkpoint (n.) 檢察站；關卡。

cheerio (int.) 加油；棒極了；再見（英國口語）。

chemin de fer (ph.) 鐵路（法國）；賭牌遊戲的一種。

child (n.) 航空公司認定的兒童年齡為二歲到十一歲，但是其他供應商有的認定為到十四歲、十六歲，甚至有的認定到十八歲的都有。

Chile (n.) 智利，位於南美洲的國家。

China (n.) 中國。

Chinook (n.) 北美印第安的一族稱為契努克人；契努克語。

chintz (n.) 印花棉布。

chinwag (n.) 會話；閒聊；談話。

chin-wag (n.) 閒聊；長而親密的閒談（諷刺性）。

chip pan (ph.) 炸薯條用的深平底鍋（英國）。

chip shop (ph.) 販賣炸魚與炸薯條（fish and chips）的店（英國）。

chip shot (ph.) 高爾夫球打高球的打法。

Chipewyan (n.) 加拿大的契帕瓦族印地安人；契帕瓦語。

Chisinau (n.) 基希納烏，摩爾多瓦（Moldavia）的首都。

CHNG (abbr.) **Change** 改變。

CHNT (abbr.) **Change Name To** 更改名字為……。

cholera (n.) 霍亂。

Christianity (n.) 基督教；信仰基督教。

chronological (adj.) 依時間先後順序排列記載的。

chronologist (n.) 年代學者。

chronology (n.) 年代學。

chronometer (n.) 精密計時表；高度精確的鐘錶。

chronotherapy (n.) 生物時鐘療法，用以治療因睡眠時間改變而引起的

C

失眠症。

Chunnel (n.) 英法之間的海底隧道。

ciao (int.) 義大利語的再見。

circle trip (ph.) 不只一個停留點的環遊行程旅遊，但最後的一個停留點為第一個出發的地點例如：台北－台中－高雄－花蓮－台北。

circular note (ph.) 周遊券

circular ticket (ph.) 周遊車票

circumnavigate (v.) 繞一週；環航。

circumnavigation (n.) 環繞地球的航行。

circumnavigator (n.) 環遊世界者。

circumpolar (adj.) 極地附近的。

circumvolant (adj.) 環繞飛行的。

circus (n.) 馬戲團；馬戲表演；古羅馬的露天圓形競技場；圓形廣場。

citadel (n.) 護城城堡；要塞；安全的地方。

CITC (abbr.) **Canadian Institute of Travel Counsellors** 加拿大旅遊顧問協會。

CITS (abbr.) **China International Travel Service** 中國國際旅遊服務。

city breaks (ph.) 城市旅遊。

city code (ph.) 城市代號，國際航空運輸協會（航協）給予每一個城市一個三個英文字母組成的代號。例如：倫敦是LON，阿姆斯特丹是AMS。

city pair (ph.) 指飛機的起飛地城市與目的地的城市。

city tour (ph.) 由一位導遊帶領，有坐車也有走路的，通常會參觀這個城市的特別令人感興趣的景點，有歷史意味的景點或是那些最爲著名的地方。

city package tour (ph.) 市區觀光。

city sightseeing tour conducting (ph.) 市區觀光導遊作業。

civil aviation (ph.) 民航。

civil law (ph.) 民法。

civilization (n.) 文明世界;文明國家;現代人生活所需的文明設施。

class of service (ph.) 機艙等位,例如:P-class為First Class Premium, 如同頭等艙,但收費較頭等艙貴;F -class為First Class頭等艙;J-class 為Business Class Premium,如同商務艙,但收費較商務艙貴;C-class 為Business Class商務艙; Y-class為Economy Class經濟艙;M-class為 Economy Class Discounted,價位比經濟艙價位為低;K-class為Thrift Class平價艙。

class travel (ph.) 階級旅遊。

clearance (n.) 準備起飛或是降落;被允許離開。

CLIA (abbr.) **Cruise Lines International Association** 國際客輪協 會,主要為促銷推廣客輪假期。

client (n.) 顧客;客戶(customer)。

climate (n.) 氣候;風土;社會風氣。

climax forest (ph.) 已經達到其最後生長或是穩定生長期的森林。

closed dates (ph.) 當所有的旅遊產品都被預訂一空時的這段期間稱之。

club (n.) 夜總會;俱樂部等會所。

club car (ph.) 鐵路的豪華車廂。

club class (ph.) 飛機上的二等艙,比普通艙貴但比頭等艙便宜。

Club Med (ph.) (**Club Mediterranee**) 一個經營全備休閒渡假村的機 構,地中海俱樂部。

club sandwich (ph.) 夾有肉、蛋、番茄與生菜的三層總匯三明治。

club sold (ph.) 用以調製飲料的蘇打水。

club steak (ph.) 小牛排。

clubbable (adj.) 善於交際的(口語);具俱樂部會員資格的。

clubber (n.) 俱樂部會員。

clubbing (n.) 參加夜總會活動;參加夜總會。

clubman (n.) 俱樂部會員。

clubwoman (n.) 俱樂部女會員。

coach class (economy class' tourist class) (ph.) 飛機上的經濟艙。

coaming (n.) 艙口、天井、天窗等處的欄圍裝置。

cockney (n.) 倫敦東區佬；倫敦佬；倫敦東區語。(adj.) 倫敦佬的。

cockpit (n.) 飛機、賽車、小艇的駕駛員座艙。

cocktail (n.) 雞尾酒。

cocktail dress (ph.) 酒會禮服。

cocktail lounge (ph.) 餐館；機場大廈的酒吧。

cocktail party (ph.) 雞尾酒會。

cocktail shaker (ph.) 雞尾酒的調酒器。

cocktail waitress (ph.) 酒吧的女招待員。

C.O.D. (abbr.) **Cash On Delivery** 貨到付款。

code (n.) 代號；代碼；密碼。

code-sharing (n.) 航空公司的行銷手法，即是兩家或是兩家以上的航空公司，同意對方在旅行社電腦訂位系統上使用對方的二個字母的代號，讓旅客可以得到只要一辦理登機手續，即可累積飛行常客的哩程數的好處。

coffee (n.) 咖啡。

coffee bar (n.) 咖啡館。

coffee bean (n.) 咖啡豆。

coffee break (n.) 休息時間。

coffee cup (n.) 咖啡杯。

coffee grinder (n.) 咖啡豆的研磨機（coffee mill）。

coffee house (n.) 咖啡廳。

coffee klatch (n.) 咖啡談話會。

coffee machine (n.) 咖啡自動販賣機。

coffee maker (n.) 咖啡壺。

coffee mill (n.) 咖啡豆的研磨機（coffee grinder）。

coffee morning (n.) 咖啡早茶會，通常是為募款而舉辦的。

coffee shop (n.) 供應甜點、簡餐，或是速食的咖啡店。

coffeecake (n.) 喝咖啡時一起食用的糕餅點心。

coffepot (n.) 咖啡壺。

cold call (ph.) 行銷人員沒有事先去電通知客戶或是預約拜訪的時間而自行前去登門拜訪客戶；打給潛在客戶推銷商品的冷不防的電話。

cold war (ph.) 冷戰。

cold wave (ph.) 寒流；氣溫突然急速的下降，而且受影響到的區域很大。

colleague (n.) 同事。

collective farm (ph.) 集體農莊，通常出現於共產國家，所有的運作都由政府機關來控制

colloquium (n.) 討論會；學術報告會。

Colombia (n.) 哥倫比亞。

Colombo (n.) 可倫坡，斯里蘭卡（Sri Lanka）的首都。

colonialism (n.) 殖民主義；殖民政策。

commercial agency (ph.) 專辦商務旅遊的旅行社。

commercial airline (ph.) 對大眾公開出售機位的航空公司。

commercial carriers (ph.) 商業運輸公司在商業的基礎上提供乘客的運輸，例如：航空公司、鐵路公司等。

commercial hotels (ph.) 商務旅館。

commission (n.) 傭金。

commission sharing (n.) 傭金分享制。

committee (n.) 委員會。

commode (n.) 衣櫃；洗臉台；櫥櫃；便器。

common law (ph.) 習慣法。

common market (ph.) 共同市場。

Common Market (ph.) 歐洲共同市場。

C

commonwealth (n.) 全體國民;政治實體;國家;聯邦;州;自制政區。

communism (n.) 共產主義。

community center (ph.) 社區活動中心。

commuter (n.) 通勤者;經常搭乘公共交通工具往返者。

commuter belt (ph.) 通勤地區,指須搭乘公共交通工具上下班者所居住的郊區。

commuter carrier (ph.) 通勤交通運輸公司,指區域性的航空公司只營運從小地方載客到大城市之間的飛行運輸業,通常隸屬於某主要航空公司之下。

Comoros (n.) 科摩洛,位於非洲的一個伊斯蘭聯邦共和國。

companionway (n.) 艙梯;由甲板通往船艙的階梯。

compartment (n.) 火車上的小客房。

comp (abbr.) **complimentary** 意指免費的;贈送的,指通常給予領隊、導遊以及隨團的司機免費的住房、用餐、旅遊團費,以及免費的入場等。

comp room (ph.) 飯店提供給旅行社的免費房間,依照雙方訂立合約的基礎,以多少團體房的總數來給予一間免費的住房。

compact (n.) 出租汽車的小型車,約1,600cc～1,800cc。

compass (n.) 羅盤;指南針。

compensation (n.) 補償;賠償金。

competition (n.) 競爭性。

competition through innovation (ph.) 創新競爭。

competition through price (ph.) 價格競爭。

competitor (n.) 競爭者。

complimentary (adj.) (**comp**) 免費的;贈送的。

compounded alcoholic beverage (ph.) 再製酒。

computer reservation system (ph.) 航空公司電腦訂位系統,簡稱

C.R.S.。

computing refunds (ph.) 退票款之計算。

Conakry (n.) 柯那克里，幾內亞〔Guinea〕的首都。

concierge (n.) 飯店的服務台員工。

concorde jet (ph.) 協和超音速噴射客機，全球只有法國航空與英國航空提供協和超音速噴射客機，為全世界飛行最快的客機，它以每小時2,173公里的兩倍音速飛行，三小時內就可以飛越大西洋，一般飛機則需要六個多小時，飛行高度為18,288公尺，旅客可以從機窗看到機窗外的地球輪廓，除了它的速度外，機上的豪華頂極服務一樣令人瞠目結舌，它於1976年開始營運乘載旅客，但由於維修保養的費用龐大，連續的故障事故發生、乘載率下降、設計已呈老舊，以及新興的低價航班之需求日益增高等因素，於2003年10月除役，從此走入歷史。

concourse (n.) 機場的中央大廳，許多機場都有不只一個的中央大廳。

concrete jungle (ph.) 水泥叢林，指都市裡見不到綠地、草木只看到建築物密密麻麻與高速公路的區域。

condo (abbr.) **condominium** 指擁有獨立產權的公寓，屋主擁有而非租用。

condominium (n.) (**condo**) 指擁有獨立產權的公寓，屋主擁有而非租用。

conducted tour (ph.) (**escorted tour**) 有嚮導的參觀旅行。

conductor (n.) 領導人；嚮導；電車或是巴士的車掌；合唱團或是樂團的指揮；火車的隨車服務員〔美國〕。

conference (n.) 會議；討論會；協商會。

conference centers (ph.) 會議中心旅館。

conference press kits (ph.) 新聞資料袋。

confidential (adj.) 機密的

confidential tariff (ph.) 機密的價目表，通常是提供給批發商或是旅遊業者的折扣後價錢，而不是對大眾公開的價目表。

37

configuration (n.) 結構；表面配置。

confirm (v.) 確定；確認。

confirmation (n.) 確定；確認。

confirmed reservation (ph.) 確認訂房。

confiscate (v.) 沒收；充公。(adj.) 被沒收的

Confucianism (n.) 孔子學說；儒學。

conga (n.) 一種巴西式的舞蹈康加舞；跳康加舞；康加舞曲。

congress (n.) 代表大會；美國國會。

Congo (n.) 剛果，位於非洲中部的國家。

Congo Democratic Republic of the (=**Zaire**) (ph.) 薩伊，位於非洲中西部的共和國。

conjunction ticket (ph.) 當一個旅程中需要用到一張以上的機票時稱之。

connecting rooms (ph.) 飯店內兩個或是兩個以上相連的房間，房間內都有可以互通的門。

connection ticket (ph.) 連號機票。

connection (n.) 連接兩件事；在航空業則指換機。

connoisseur (n.) 藝術品，古董的鑑賞家或是行家。

consignment (n.) 委託；運送；委託物；託賣物。

consolidator (n.) 個人或是公司，同時擁有及出售不同旅遊產品，例如：航空公司的機位、客輪的艙房……等，而且以特別價來出售。

consomme (n.) 清燉肉湯。

consort prince (ph.) 駙馬。

consort queen (ph.) 王妃。

consortium (n.) 合夥；國際財團結盟。

consultant (n.) 顧問；會診醫生

continent (n.) 大陸；陸地。

Continent (n.) 歐洲大陸。

Continental Airlines (ph.) 大陸航空公司。

continental breakfast (ph.) 歐式早餐，內容包括茶或咖啡、餐包或是土司，有時也會提供果汁。

continental code (ph.) (**Morse code**) 用以溝通用的國際摩斯電報電碼。

continental plan (ph.) 歐陸式的計價方式，即有包含歐陸式早餐的住宿。

Continental Divide (ph.) 美國大陸與洛磯山脈的分水嶺。

continental drift (ph.) 大陸板塊的移動。

continental glacier (ph.) 覆蓋大陸與高原的冰川。

continental quilt (ph.) 歐陸式鴨絨被。

continental shelf (ph.) 大陸礁層。

continental slope (ph.) 大陸斜坡。

contour map (ph.) 等高線地圖。

contraband (n.) 走私貨；違禁品；禁運的；違禁品的。

contraclockwise (adj.) 反時針方向的（地）。

contracted guide (ph.) 特約導遊。

control tower (ph.) 機場的塔台，控制塔台。

CONV (abbr.) Convertible (adj.) 可轉換的；敞篷車。

convention (n.) 會議；大會。

conventioneer (n.) 會議代表；參加會議者。

converter (n.) 整流器；變頻器。

convertiplane (n.) 一種結合著旋轉式機翼直昇機起飛與降落的特性，以及可以快速向前飛行特性的飛機。

convoy (v.) 為……護航；護送；護衛。

cookhouse (n.) 野外燒煮的地方；船上的廚房。

cookout (n.) 野炊。

cookshop (n.) 小餐館。

co-op advertising (ph.) 指旅行社與合作廠商共同負擔廣告費用。

C

Copenhagen (n.) 哥本哈根，丹麥（Denmark）的首都。

cork charge (ph.) (**corkage**) 開瓶費，當客人自帶瓶酒且要求餐廳提供開瓶等服務時，則會被收取開瓶費。

corkage (n.) (**cork charge**) 拔掉瓶塞；塞上瓶塞；開瓶費。

corporate credit card (ph.) 公司行號信用卡。

corporate rate (ph.) 提供給商務客人的特別價錢；或是供應商與某公司經過談判後所決定給這家公司的特別價。

correspondence (n.) 通信聯繫；一致；符合。

Costa Rica (ph.) 哥斯大黎加，位於中美洲的國家。

cot (n.) 帆布床；吊船；村舍；小屋。

Cot (n.) **cottage** 農舍；小屋。

coteau (n.) 美加地區的丘陵地；山谷的斜坡。

couchette (n.) 歐洲的坐臥兩用的車廂，通常一個車廂內有四到六張床。

cougar (n.) 美洲獅。

counterclockwise (adj.) 逆時針方向的。(adv.) 逆時針方向地。

counterfeit (v.) 偽造。 (adj.) 偽造的。(n.) 偽造物；仿造品。

coup d'etat (ph.) 法語的政變。

coupon (n.) (**voucher**) 贈券、折扣優惠券、聯票等。票據或是紙張證明某項由航空公司、飯店或是旅行社提供的服務，已經付清款項，憑證即可得到服務的證明，例如飯店內餐廳的早餐券，客人可以憑早餐券換取一份早餐，不需要再付錢。

courier (n.) 團體旅遊的導遊、嚮導（英國）。

courtesy vehicle (ph.) 飯店或是租車公司等的小型巴士或是箱型車，專門在機場免費接旅客的。

courtesy visa (ph.) 禮遇簽證。

cove (n.) 小海灣。

cover charge (ph.) 夜總會等的附加費。

CP (abbr.) **Continental Plan** 飯店住房，房價包含住房與一份大陸式早餐。

credit card (ph.) 信用卡。

credit line limit (ph.) 信用卡的消費限額。

crew (n.) 指在飛機上、船上或是其他運輸工具上工作的員工。

Croatia (n.) 克羅埃西亞共和國。

croissant (n.) 牛角麵包。

croupier (n.) 在賭場的賭桌收付賭注的員工。

crown colony (ph.) 英國直轄殖民地。

crows nest (ph.) 桅杆瞭望台。

CRS (abbr.) **Computer Reservation System** 電腦訂位系統，使用者一般為旅行社或是航空公司職員，透過這個系統可以查看旅遊資料以及提供旅客的各項旅遊服務，包括機票、飯店、租車等的服務事宜，有些電腦訂位系統是提供全球性的服務，例：Amadeus以及Galileo International，有些只提供區域性的資訊。

cruise (n.) 客輪；遊輪；航行的目的只為消遣，而非運輸。

cruise director (ph.) 客輪上所有節目與活動的主持人

cruise liner (ph.) 觀光客輪；遊輪。

cruise tour (ph.) 遊輪旅程。

crypt (n.) 土窖；教堂的地下室。

CSML (abbr.) **Child's Meal** 兒童餐。

CST (abbr.) **Central Standard Time** 中央標準時間，美國中部各州所使用的時間，大約比格林威治時間早六小時。

CT (abbr.) **Circle Trip Journey** 環遊行程

CTC (abbr.) **Certified Travel Consultant, accreditation by ICTA**，有被ICTA認證的旅行社從業人員。

CTCA (abbr.) **Contact Address** 聯絡地址。

CTCB (abbr.) **Contact Business Phone** 可聯絡的公司電話。

CTCH (abbr.) **Contact Home Phone** 可聯絡的住家電話。

CTCT (abbr.) **Contact Travel Agent Phone** 可聯絡的旅行社員工電話。

C

CTIS (abbr.) **professional tour designation administered by ABA** 被美國公車協會所管理的專業旅遊任命。

CTO (abbr.) **Caribbean Tourism Organization** 加勒比海觀光協會。

CTP (abbr.) **Certified Travel Planner** 有被認證的旅遊計畫者。

Cuba (n.) 古巴。

cuesta (n.) 一邊陡峭，一邊平緩的山脊。

cuisine (n.) 烹飪；烹飪法；料理。

culture (n.) 文化。

culture shock (ph.) 不同生活形態與習慣所產生的文化衝擊。

cupola (n.) 穹頂；圓屋頂。

curacao (n.) 加入橘皮、肉桂與荳蔻香料調味的柑桂酒。

curare (n.) 箭毒。

curator (n.) 博物館或畫廊的館長。

curfew (n.) 晚鐘；戒嚴；宵禁

curio (n.) 美術古董；珍品。

currency (n.) 幣值。

currency restrictions (ph.) 進出一個國家時的現金攜帶限制。

cursor (n.) 電腦螢幕上的游標。

customer (n.) **(client)** 顧客；客戶。

customized tour (ph.) 一個為了迎合某些團體的需求、喜好、預算以及活動而特別設計定作的旅遊團。

customs (n.) 關稅；海關；報關手續。

customs and immigration users fees (n.) 通關費。

Customs Cooperation Council (n.) 海關合作組織，簡稱CCC。

customs declaration (ph.) 報關單

customs duty (ph.) 關稅

Customs and Excise (ph.) 關稅與消費稅。

cut-off date (ph.) 最後一天的期限做預訂。

CV (abbr.) **Container Vessel** 貨櫃船。

CVB (abbr.) **Convention & Visitors Bureau** 會議局。

cyclone (n.) 暴風;龍捲風。

Cyprus (n.) 塞浦路斯,位於西亞的一島國。

Czech Republic (ph.) 捷克共和國。

D

dagoba (n.) 舍利子塔。

dahabeah (n.) 尼羅河上的大客船，以前是用划的，現在則是馬達汽船。

dais (n.) 高台；講台。

Dakar (n.) 達卡，塞內加爾（Senegal）的首都。

Damascus (n.) 大馬士革，敘利亞（Syria）的首都。

davenport (n.) 坐臥兩用的長沙發。

data bank based marketing (ph.) 資料庫行銷。

date of effectiveness (ph.) 生效日期。

daylight saving time (ph.) 夏令時間；日光節約時間。

day trip (ph.) 當天可以來回的短途旅行。

day tripper (ph.) 當天來回的短途旅行者。

daybed (n.) 坐臥兩用長沙發。

days advance purchase (ph.) 指在旅遊行程購買日與旅程開始日之間的那些日子。

DBLB (abbr.) **Double Room With Bath** 有浴室的雙人房。

DBLN (abbr.) **Double Room Without Bath / Shower** 沒有浴室／淋浴間的雙人房。

DBLS (abbr.) **Double Room With Shower** 有淋浴間的雙人房。

DCTC (abbr.) **Certified Travel Counselor** 有被 ICTA 認證的旅行社職員。

DEA (abbr.) **Drug Enforcement Agency** 美國法務部藥品管理局。

dead reckoning (ph.) 航位推算。

deadhead (n.) 免費乘客；免費看表演，看戲的入場者。

debark (v.) 下飛機或是下船。

debarkation (n.) 登陸，下飛機或是下船。

debit memo (n.) 欠款單。

debouchure (n.) 河口;谷口。

debris flow (n.) 土石流。

debug (v.) 除害蟲;除去程式中的錯誤。

debus (v.) 下公車;讓乘客下公車。

deck (n.) 船的甲板。

deck chair (ph.) 甲板上用的躺椅。

deck plan (ph.) 客輪每一層層面包括艙房、公共區域以及游泳池等的圖解,通常可以在客輪的廣告手冊上或是客輪公司的網站上找到。

deck steward (ph.) 在船上搬運甲板上用的躺椅,提供毛巾以及其他服務的員工。

decode (v.) 譯解密碼。

dedicated line (ph.) 連接上網路的通訊線路。

deductible amount 車保險可以扣除的總額。

delta (n.) 河口的三角州。

deluxe hotel (ph.) 豪華高級的飯店。

demagogue (n.) 蠱惑民心的政客。

demi-pension (n.) 飯店或是宿舍所提供的一個早餐與一個主餐的兩餐制。

demitasse (n.) 小型的咖啡杯。

demi-veg (n.) 半素食者;吃魚、蛋以及禽類的半素食者。

demo (n.) 陳列的商品。

democracy (n.) 民主;民主主義;民主政治。

democrat (n.) 民主主義者。

democratic (adj.) 民主的;民主主義的;民主政治的。

Democratic Party (ph.) 美國民主黨。

democratism (n.) 民主主義。

demography (n.) 人口統計學,包括出生率、死亡率、年齡、移動模式等。

D

denied-boarding Compensation (ph.) 拒絕登機的補償。對於那些因為航空公司機位的超額預訂，非自願被擠掉機位的旅客，航空公司通常都會給予這些旅客金錢、優待券、免費機票、免費飯店住宿或是其他方式的補償。

denizen (n.) 居民。(v.) 使歸化入籍。

Denmark (n.) 丹麥。

denomination (n.) 貨幣等的面額。

DEP(abbr.) depart或是departure的縮寫，意指起程、出發、離開。

depart (v.) 起程、出發、離開。

departure (v.) 起程、出發、離開。

departure lounge (n.) 候機室。

departure tax (n.) 機場稅。

departures board (n.) 飛機起飛或是火車開動的時間顯示板。

deplane (v.) 下飛機。

deportee (n.) 被逐出境者。

deposit (n.) 保證金；定金；押金。

deregulation (n.) 撤銷管制規定。

destination (n.) 目的地，旅客終止旅程的地點。如為單程行程，即是旅程的終點，如為來回行程，則原出發地點為最終的目的地。

destination to destination (ph.) 各旅遊地區的競爭。

dctente (n.) 國際間緊張關係的緩和；緩和政策。

detention (n.) 滯留；延遲。

deva (n.) 印度教的天、神、提婆。

devaluation (n.) 貶值。

devotee (n.) 虔誠狂熱的宗教信徒。

DEW line (abbr.) **Distant Early Waring line** 美國遠距離早期警戒網。

dew point (ph.) 空氣滲透成濕氣的溫度。

DFA (abbr.) **Duty Free Allowance** 免稅額之限制

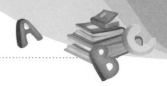

DFS (abbr.) **Duty Free Shop** 免稅商品店。

Dhaka (n.) 孟加拉共和國（Bangladesh）的首都。

dharma (n.) 印度教的法則、教規；佛教中的法、達摩。

dharna (n.) 印度的靜坐絕食抗議。

dhow (n.) 航行於阿拉伯海的單桅三角帆船。

dicker (v.) 易貨；討價還價。

dictatorship (n.) 獨裁者的權力職位；專政；獨裁國家；政府。

diem (adj.) (daily) 每日的。

differential (adj.) 差別的；依差別而定的。(n.) 可以相比事物之間的差異。例如：在飛機上不同等候的艙位有不同等級服務。

diggings (n.) 挖掘古蹟之處；被挖掘的出土文物；開鑿的洞穴或是山路；寄宿舍（英國）。

diglot (adj.) 能說兩種語言的；用兩種語言寫的。(n.) 能說兩種語言的人；用兩種語言寫的書。

Dili (n.) 東帝汶（East Timor）的首都。

dine and wine (ph.) 用飲食盛宴款待客人。

dine-around plan (ph.) 是一種由客人從一些已經建立的飲食供應區來自由選擇飲食的方案。

dine in (ph.) 在家吃飯。

dine out (ph.) 外出到餐館用餐。

diner (n.) 用餐的人；火車上的餐車；路邊小飯館（美國）。

Diners credit club card (ph.) 大來卡。

dinner transfer and night tour conducting (ph.) 晚餐、夜間觀光導遊作業。

dinette (n.) 小餐館；午餐、便餐（英國）。

dinghy (n.) 小船；小艇。

diplomacy (n.) 外交。

diplomatic passport (ph.) 外交護照。

D

diplomatic visa (ph.) 外交簽證。

direct access (ph.) 可以由電腦進入供應商的電腦預訂系統以得到機位、房間或是租車等旅遊服務的功能。

direct bill (ph.) 在旅遊團出發後，供應商依據十五天、三十天，四十五天或是六十天的票據合約，向使用者開帳單。

direct flight (ph.) 直航班機，乘客所搭乘的飛機在飛行期間中途會作停留，但是乘客不需要轉換飛機，可繼續搭乘本機到達目的地。

direct mail (ph.) 向廣大群眾投寄的直接廣告郵件。

direct reference system (ph.) 儲存資料的資料庫，可以隨時提供搜尋作為參考的資料，也可以稱為fact file。

dis (abbr.) **discontinued** (v.) 中斷；停止。

disburse (v.) 支出；支付。

disclosure (n.) 顯露公開的財務細節。

discotheque (n.) 小舞廳或是夜總會；客人隨錄音的音樂起舞的舞廳（非現場演奏的音樂）。

discount fare (ph.) 打過折扣的費用。

discounted fare (ph.) 折扣票。

discretionary income (ph.) 付清各項支出後所剩餘的收入。

discretionary time (ph.) 空閒的時間。

discriminate against (ph.) 歧視

disproportionate (adj.) 不均衡的；不相稱的。

disembark (v.) 登陸、下機、下船或是下車。

distilled alcoholic beverage (ph.) 蒸餾酒。

divan (n.) 長沙發椅；沙發床。

Djibouti (n.) 吉布地是位於東非的一個共和國，首都亦稱為吉布地。

DM (n.) **District Manager** 區經理。

DMC (abbr.) **Destination Management Company** 當地的旅行代理商，幫外來的旅遊團處理當地旅遊、交通運輸，以及會議等事宜。

DMO (abbr.) **Destination Marketing Organization** 一個公司或是組織從事有關提升某個地點的名聲，以及提高觀光客的到訪率。

docent (n.) 在一些自然景點、博物館或美術館做嚮導的義工。

dock (n.) 碼頭。

DOD (abbr.) **Department of Defense** 美國國防部。

Dodoma (n.) 坦桑尼亞（Tanzania）的首都。

Doha (n.) 杜哈，卡達（Qatar）的首都。

DOJ (abbr.) **Department of Justice** 美國司法部。

dollar diplomacy (ph.) 金錢外交。

dolmen (n.) 都爾門，扁平的大岩石擺在幾個直立的自然石頭上，被視爲史前時代的墓碑。

Dolomites (n.) 義大利北部的多羅邁特山。

dome car (ph.) 也被稱爲bubble car，一種爲了方便觀光而故意把車頂設計爲玻璃車頂的車。

Dominican (adj.) 多明尼加共和國的。

Dominican Republic (ph.) 多明尼加共和國。

domestic airline (ph.) 只飛國內的航空公司。

domestic escorted tour (ph.) 有提供嚮導的國內旅遊。

domestic regional (ph.) 國內區域航線。

domstic travel business (ph.) 國內旅遊業務。

domstic trunk airlines (ph.) 國內主幹線。

domicile (n.) 房子；住處，居住。

dominion (n.) 統治權；領地；領土。

Doppler effect (ph.) 都卜勒效應（物理學名詞）。

Doppler shift (ph.) 都卜勒效應（物理學名詞）。

DOS (abbr.) **Department of State** 美國國務院。

DOT (abbr.) **Department of Tourism** 旅遊部

double (adj.) 兩個人合住一房且並不介意共用一張床的。

D

double booking (ph.) 對同一個使用者做了兩次的訂位或是訂房。

double double (ph.) 有兩張床的客房。

double room (ph.) 兩人房，房內有可能是一張double-size的床，或是一張king-size的床，或是兩張double-size的床，或是兩張twin-size的床，依照各個飯店的規劃而有所不同。

double occupancy (ph.) 大部分的客輪，飯店以及套裝旅遊，都是以兩人爲一單位的基礎來報價的。

Down East (ph.) 新英格蘭，美國最東北部地區，指緬因州。

down time (ph.) 停工期。

down under (ph.) 指澳洲或是紐西蘭地區的。

downgrade (v.) 降到比較低等級的客房或是服務。

downpour (n.) 傾盆大雨；豪雨。

downsizing (n.) 縮減開支。

downstate (n.) 一個州裡的比較偏僻鄉下的地區。(adj.) 一個州裡的比較偏僻鄉下的地區的。(adv.) 一個州裡的比較偏僻鄉下的地區地。

DPLX (abbr.) **duplex** (n.) 美國的雙層公寓；聯式房屋（兩家合居，但各自分開）。

dptr (abbr.) **depart, departure** 意指起程、出發、離開。

draft (n.) 船的吃水深度。

drayage (n.) 運貨貨車運貨之運送費。

drive-in (adj.) 免下車的；路邊服務的。(n.) 免下車的餐廳、郵局、銀行等。

drive-through (n.) 客人不用下車就可以得到服務的免下車餐廳、銀行等。

driving licence (ph.) (**driver's licence**) 駕照。

driver's licence (ph.) (**driveing licence**) 駕照。

dromedary (n.) 單峰駱駝。

drop-off charge (ph.) 租車時，如果還車的地點不是租車原來的地點時

要付的額外費用。

dry beer (ph.) 釀製啤酒時，使其酒精濃度高於一般啤酒，味也苦。

dry cleaner (ph.) 乾洗店。

dry cleaner's (ph.) 乾洗店。

dry cleaning (ph.) 乾洗。

dry dock (ph.) 乾船塢，清潔與修理船的地方。

dry farming (ph.) 乾地農耕；旱地農作法。

dry ginger (ph.) 乾薑酒，可與其他烈酒一起飲用。

dry goods (ph.) 乾貨；穀類乾貨。

dry land (ph.) 陸地。

dry law (ph.) 美國的禁酒法。

dry lease (ph.) 承租車輛時，並無附帶隨車人員或是其他供應等。

dry run (ph.) 模擬演習；排練。

dry-stone wall (ph.) (**dry wall**) 未用水泥的石牆。

dry wall (ph.) (**dry-stone wall**) 未用水泥的石牆。

dryer (n.) 烘乾機；吹風機。

DSM (abbr.) **District Sales Manager** 區域銷售經理

drop charge (ph.) (**drop-off charge**) 租車時，如果旅客在A處租車但在B處還車，租車公司會收取額外的費用。

drop-off charge (ph.) (**drop charge**) 租車時，如果旅客在A處租車但在B處還車，租車公司會收取額外的費用。

DRS (abbr.) **Direct Reference System** 屬於全球電腦訂位系統內的一部分，內有廣大的參考文件夾，提供了以銷售為導向的一些說明服務，來說服旅客或是旅行代理來購買這些服務或是商品，旅遊顧問只要進入DRS，就可以找到許多新的旅遊產品、旅遊服務的提供、特別的促銷，以及有關傭金方面的資料（參考GRS）。

DSO (abbr.) **District Sales Office** 區域行銷營業所。

DSPL (abbr.) **Display** (v.) 陳列；展出。

dual designated carrier (ph.) 當一家航空公司使用別家航空公司的航空公司代號來營運時稱之。

Dublin (n.) 都柏林，愛爾蘭（Ireland）的首都。

DUI (abbr.) **Driving Under the Influence** 酒後開車。

dune (n.) 因爲風吹而積成的沙丘。

dune buggy (ph.) 沙丘汽車；裝有特大輪胎適於行駛於沙丘與沙漠的車。

dungeon (n.) 城堡內的土牢，地牢。

dupe (abbr.) **duplicate** (n.) 完全一樣的複製品。(adj.) 完全一樣的；複製品的。(v.) 影印。

duplex (n.) 美國的雙層公寓；聯式房屋（兩家合居，但各自分開）。

duplex apartment (ph.) 套樓公寓，內有樓梯的上下層公寓。

Dushanbe (n.) 杜尙別，塔吉克共和國（Tadzhikistan）的首都。

Dutch treat (ph.) (go Dutch) 聚餐或是娛樂後各付各的帳或是平均分攤費用。

duty-free (adj.) 免稅的（進口稅已免除）。

duty free allowance (ph.) 免稅額之限制。

duty free shop (ph.) 簡稱DFS，免稅店。

duty-tax (n.) 進口稅。

DWI (abbr.) **Driving while intoxicated** 酒醉後開車。

E

east (adj.) 東的；東方的。(adv.) 向東方；來自東方。(n.) 東方；東。

East Coast (ph.) 美國的東海岸，哥倫比亞特區以北的各州。

East End (ph.) 東倫敦；倫敦東區的港口區。

East Side (ph.) 紐約市的曼哈頓區。

East Timor (ph.) 東帝汶。

eastabout (adv.) 往東地。

eastbound (adj.) 往東的；向東行的。

Easter (n.) 基督教的復活節。

Easter Bunny (ph.) 復活節的小兔子（據說會帶給兒童巧克力與禮物）。

Easter egg (ph.) 復活節的彩蛋。

Easter lily (ph.) 復活節的百合花。

Easter Monday (ph.) 復活節後的星期一。

Easter Sunday (ph.) 復活節日。

eastern (n.) 美國東部的居民。(adj.) 東的；東方的。

Eastern Airlines (ph.) 東方航空公司。

eastern hemisphere (ph.) 東半球。

easterner (n.) 美國東部的居民。

easternmost (adj.) 最東的；極東的。

east-northeast (n.) 東北東。 (adj.) 在東北東的；向東北東的。(adv.) 在東北東；向東北東。

east-southeast (n.) 東南東。 (adj.) 在東南東的；向東南東的。(adv.) 在東南東；向東南東。

eastward (adj.) 向東的。(adv.) 向東。(n.) 東部。

eau-de-cologne (ph.) 古龍水

E

eau-de-perfume (ph.) 香水

eau-de-toilette (ph.) 淡香水（法語）。

eau-de-vie (n.) 生命之水，一種白蘭地。

EB (abbr.) Eastbound (adj.) 往東的；向東行的。

ECAR (abbr.) economy car (ph.) 出租汽車的經濟型車，約1,300cc～ 1,600cc。

eclipse (n.) 天文學的蝕。(v.) 蝕；遮蔽其他天體的光。

economy (n.) 出租汽車的經濟型車，約1,300cc～1,600cc。

economy car (n.) 出租汽車的經濟型車，約1,300cc～1,600cc。

economy class (Y) **coach class, tourist class** (ph.) 飛機上的經濟艙 （Y-class economy class），也稱為coach class或是tourist class。

economy class discounted (M) (ph.) 飛機上的M-class，價位比經濟艙 價位為低。

economy class syndrome (ph.) 經濟艙併發症，由於在飛行時，長時間 保持坐姿而引起的各種身體不適的症狀，例如：腿部麻木，以及血液 循環速度減低⋯⋯等。

economy hotels (ph.) 經濟型旅館。

ecosystem (n.) 生態系統。

ecotourism 到生態環境保存完好的自然地區所做的旅行。

ECU (abbr.) **European Currency Unit** (ph.) 歐洲貨幣單位。

Ecuador (n.) 厄瓜多爾。

eddy (n.) 水或是空氣的旋渦；渦流。(v.) 起漩渦。

E.D.T. (abbr.) **Eastern Daylight Time** 東部夏令時間。

EEC (abbr.) **European Economic Community** 歐洲經濟共同體。

effective range (ph.) 機票的有效期間。

efficiency (n.) 客房內設有廚房功能的設備，類似公寓，也稱為studio。

Egypt (n.) 埃及。

El Aaiun (ph.) 阿尤恩，西撒哈拉（Western Sahara）的首都。

El Salvador (ph.) 薩爾瓦多。

elapsed (v.) 時間的消逝。

elapsed flying time (ph.) 實際在空中飛行的時間。

elasticity of demand (ph.) 需求之彈性。

elderhostel (n.) 在大學放寒暑假時，有些課程是專門設計開放給那些年齡已超過六十歲的銀髮族們來學習的旅遊經驗課程，其中包括可以住在學校的宿舍內而稱之。

electronic ticket (ph.) **e-ticket** 電子機票，沒有紙製機票的要求，旅客只要出示一張合法的身分證件去辦理登機手續即可搭機，如果眞要說有機票的話，那也只不過是一張紙收據而已，這張紙收據不怕丟掉也不怕被別人拿去使用，反而比一般機票更加安全。

embargo (n.) 封港令；禁運。(v.) 禁止船隻進出港口。

embark (v.) 上飛機或是上船。。

embarkation (n.) 乘坐。

embarkation card (ph.) 登船證。

empty run (ph.) 跑空車

emigrant (adj.) 移民的。(n.)移民。

emigrate (v.) 移居外國。

emissary (adj.) 密使的；間諜的。(n.) 密使；特使。

EMS (abbr.) **Excess Mileage Surcharge** 租車時如果超過總英哩數時所收取的附加費。

enclave (n.) 在本國的境內隸屬於另外一國的一塊領土。

encode (v.) 把……譯成密碼。

encroachment (n.) 侵占；侵入。

enculturation (n.) 對某種文化的適應。

encyclopedia (n.) 百科全書。

English breakfast (ph.) 豐富的早餐，包裝了蛋、穀類薄片加工製品、麵包、肉類以及飲料。

E

English service (ph.) 英國式的服務。

enhancement (n.) 增加；提高。

enigma (n.) 謎；難以理解的事物。

enigmatic (adj.) 如謎的；難以理解的。

enigmatically (adv.) 神秘地。

enplane (v.) 搭乘飛機。

en route (ph.) 在旅遊途中。

entree (n.) 入場權（法國）；主菜（美國）。

entremets 主菜間的小菜（法國）。

entrepreneur (n.) 企業家；事業創辦人。

entry (n.) 進入；入場；參加。

entry fee (ph.) 入場費；入境費。

entry requirements (ph.) 進入一個國家時所需要提供給海關人員查證的
證件，例如：護照、簽證等的證明文件。

environment (n.) 環境；自然生態環境。

environmental monitoring (ph.) 環境監測。

environmental racism (ph.) 環境種族主義，把核廢料或是垃圾傾倒於
第三世界國家或是少數民族的聚居區。

environmentalist (n.) 環境保護論者。

environmental friendly (ph.) 保護生態環境的；對生態環境無害的。

environs (n.) 都市附近的郊區，近郊。

eon (n.) 萬古；極長的時期。

EP (abbr.) **European plan** (ph.) 簡稱EP，只有房價，不包含任何餐飲。

EPA (abbr.) **Environmental Protection Agency** 美國環境保護局。

epoch (n.) 時代；世；新紀元；重要時期。

epoch-making (adj.) 開新紀元的；劃時代的。

equator (n.) 赤道。

Equatorial Guinea (ph.) 赤道幾內亞，位於西非的一個國家。

equinox (n.) 春分或是秋分的晝夜平分時。

EQUIV (abbr.) **equivalent amount** (ph.) 相等的總額。

Eritrea (n.) 厄立特里亞，位於非洲的一個國家。

erosion (n.) 侵蝕；腐蝕。

ERQ (abbr.) **Endorsement request** (ph.) 背書要求。

escort (n.) (**tour conductor, tour escort, tour leader, tour manager**) 旅遊團的領隊、嚮導。到達目的地後，旅行社還會安排當地導遊來解說嚮導行程，這位導遊是指從頭到尾參與整個旅遊團從出發到結束的一位負責帶團嚮導，以及幫忙旅遊團員解決問題的人員，另外也可以指只是負責在某一個行程目的地的解說嚮導員。(v.) 陪同；為……護送。

escorted service (ph.) 有安排專人當嚮導及幫忙旅遊團員解決問題的旅遊，到達目的地後，還會安排當地導遊來解說嚮導行程的服務。

escorted tour (ph.) (**conducted tour**) 有安排專人當嚮導及幫忙旅遊團員解決問題的旅遊。

Eskimo (n.) 愛基斯摩人；愛基斯摩語。

Eskimo dog (ph.) 愛基斯摩狗。

estimated flying time (ph.) 預估的飛行時間

EST (abbr.) **Eastern Standard Time** 美國東部標準時間。

estimated time of arrival (ph.) 預估到達時間

estimated time of departure (ph.) 預估起飛時間

Estonia (n.) 愛沙尼亞，原為蘇聯共和國之一，於1991年8月獨立。

estuary (n.) 河口；海灣口。

ETA (abbr.) **estimated time of arrival** 預估到達時間

E.T.C.(abbr.) **European Travel Commission** 歐洲旅遊協會

ETD (abbr.) **Estimated time of departure** 估計起飛時間。

ETDN (abbr.) **Electronic Ticket Distribution Network** 電子機票銷售網。

Ethiopia (n.) 衣索匹亞，位於東非的一個國家。

E

ethnic (adj.) 種族的；人種學的。

ethnocentrism (n.) 民族的優越感。

e-ticking (n.) 電子機票作業，提供電子作業的機票預訂，而非核發紙張的機票。

etiquette (n.) 禮儀；禮節。

eto (abbr.) **Estimated takeoff** 預計起飛。

eucursion (n.) 郊區遊覽

Eurail Pass (ph.) 歐洲火車聯票。

Euro (n.) 歐元。

European Economic Community (ph.) 歐洲經濟共同體。

Eurotunnel (n.) 連結英國與法國的海底隧道。

excavate (v.) 挖掘；開鑿。

excess baggage (ph.) 需要另外收取運費的超重行李。

excess postage (ph.) 需要另補的欠資郵費。

exchange order (ph.) (voucher) 可以兌換餐飲服務或是其他服務的收據。

exchange rate (ph.) 外匯匯率。

exclusivity (n.) 排斥性；排外性。

excursion (n.) 遠足；短程旅行。

excursionist (n.) 遠足者；短程旅行者。

excursion fare (n.) 旅遊票價。

excursion fare, apex (n.) 無人數限制。

excuse me 用於麻煩別人時，或是聽不清楚別人說的話，請對方再說一次時的請原諒之語。

exhibition (n.) 展示會，展覽。

exit tax (ph.) 出境稅。

exit visa (ph.) 出境證。

expatriate (n.) 被流放國外者；移民國外者。(v) 流放；移民國外。(adj.)

被流放國外的；移居國外的。

expedition (n.) 遠征；探險；考察。

expense (n.) 費用；開支。

expiration of validity (ph.) 有效期限期滿。

exploration (n.) 探索。

explornography (n.) 探險，為追求刺激所做的艱苦冒險的旅行。

export (n.) 出口。

exposition (n.) 展示會、展覽會。

expressway (n.) **(highway, freeway)** 高速公路。

extension of ticket validity (ph.) 機票有效期限之延期。

extended-stay (n.) 長期的停留於同一地點，通常一個星期或是以上稱
之，大部分的旅客會選擇住宿於出租公寓。

extension tours (ph.) 不包括在團體旅遊項目內的須額外自費的旅遊。

extra section (ph.) 在假日或是旅遊旺季時，航空公司提供的加班飛機。

F

FAA (abbr.) **Federal Aviation Administration** 美聯邦航空局。

fado (n.) 法多，葡萄牙的一種悲傷的民謠。

Fahrenheit (adj.) 華氏溫度計的；華氏的。(n.)華氏溫度計；華氏溫標。華氏的冰點為32度，沸點為212度。

fair dinkum (ph.) 真的，真實的之意（澳洲口語）。

Fair Isle (ph.) 蘇格蘭費爾島所產的圖案花毛衣。

fair labor standards act (ph.) 公平勞工基準法。

fair sex (ph.) 婦女。

fairground (n.) 露天商展場地；露天馬戲團。

fam tours (ph.) **familiarization tours** 熟悉旅遊的縮寫，參團的成員都是旅遊業從業人員、航空公司從業人員以及鐵路局員工，當薹售旅行業（tour wholesaler）有新旅遊市場開發成功或是新的行程預備推出時，為了做宣傳而提供旅遊同業先行熟悉這些旅遊產品，以利於日後代為推廣，以提高這些旅遊景點、飯店或是旅遊團的銷售率。因此，參團的成員若不是免費旅遊，也會有相當的折扣價。另外有些新聞媒體或是旅遊作家們，為了報導寫作有關耕作方面的學術研究而做的特別的旅遊也稱之。

fam trip (ph.) **familiarization trip** 熟悉旅遊的縮寫，參團的成員都是旅遊業從業人員、航空公司從業人員以及鐵路局員工，當薹售旅行業（tour wholesaler）有新旅遊市場開發成功或是新的行程預備推出時，為了做宣傳而提供旅遊同業先行熟悉這些旅遊產品，以利於日後代為推廣，以提高這些旅遊景點、飯店或是旅遊團的銷售率。因此，參團的成員若不是免費旅遊，也會有相當的折扣價。另外有些新聞媒體或是旅遊作家們，為了報導寫作有關耕作方面的學術研究而做的特別的旅遊也稱之。

familiarization trip (ph.) 熟悉旅遊的縮寫，參團的成員都是旅遊業從業人員、航空公司從業人員以及鐵路局員工，當躉售旅行業（tour wholesaler）有新旅遊市場開發成功或是新的行程預備推出時，為了做宣傳而提供旅遊同業先行熟悉這些旅遊產品，以利於日後代為推廣，以提高這些旅遊景點、飯店或是旅遊團的銷售率。因此，參團的成員若不是免費旅遊，也會有相當的折扣價。另外有些新聞媒體或是旅遊作家們，為了報導寫作有關耕作方面的學術研究而做的特別的旅遊也稱之。

fandango (n.) 一種西班牙舞蹈，方丹戈舞。

fare (n.) 交通工具的票價，例如：車票、船票等。

fare break point (ph.) 有效使用車票的最終地點，例如：從台北出發到台中，再從台中接到高雄，那麼高雄即為fare break point。

fare card (ph.) 公車或是地下鐵所使用的儲值卡車票。

farer (n.) 旅行者。

farewell (in.) 再見；再會。

far-famed (adj.) 聞名遐邇的。

fascism (n.) 法西斯主義，一種極權的獨裁專制主義。

fashion show (ph.) 服裝表演；服裝展覽會。

fashion victim (ph.) 流行受害者；時裝奴，一味地追求流行時髦，卻不管是否適合自己。

fashionista (n.) 用來諷刺那些瘋狂盲目追求流行時髦的人。

fast (v.) 禁食；齋戒。 (n.) 禁食；齋戒。

fast day (ph.) 齋戒日。

fast food (ph.) 速食。

fast-food (adj.) 供應快餐的。

fathom (n.) 噚，測量水深的單位，1噚為6呎或是1.829公尺。(v.) 測量……的深度。

faux pas (ph.) 失禮（法國）。

F

FDIC (abbr.) **Federal Deposit Insurance Corporation** 美國聯邦儲蓄保險公司。

FDOR (abbr.) **Four Door Car** 四門車。

feast (n.) 盛宴；筵席。(v.) 盛宴款待；參加宴會。

feeder airline (ph.) 只服務地方性的航空公司。

felcca (n.) 航行於尼羅河的一種小船。

feral (adj.) 野生的。

feria (n.) 古羅馬的宗教節日；節日。

fermented alcoholic beverage (ph.) 釀造酒。

ferry (n.) 渡輪。

ferry boat (ph.) 渡輪。

fertility rate (ph.) 出生率。

fete (n.) 節日；喜慶日。

FFP (abbr.) **Frequent Flyer Program** 在同一航線上的飛行常客計畫，可以累積飛行哩程數，以得到航空公司所提供的優惠待遇或是免費的旅行。

fifth freedom (ph.) 第五自由，即當旅客飛行於兩國之間時，允許旅客可以搭乘第三國的航空公司。

Fiji (n.) 斐濟，位於南太平洋的一島國。

file study (ph.) 研究團體的檔案。

fillgree (n.) 似花邊的金銀絲細工飾品。

finger bowl (ph.) 餐桌上用來洗手指的碗，碗內有水與檸檬片。

Finland (n.) 芬蘭。

Finlay fun time express (ph.) 類似全備旅遊活動的火車包車觀光公司的「芬雷歡樂時光快車」。

fiord (n.) (**fjord**) 峽灣，由陡峭的懸崖所形成的峽灣，例如：挪威海岸邊。

firming up (ph.) 確認；確定所有已經討論過的細節。

First Class (F) (ph.) **F-class** 飛機上的頭等艙，位於機身的最前段。

First Class Premium (P) (ph.) **P-class** 如同頭等艙，但收費較頭等艙貴，位於機身的最前段。

first setting (ph.) 搭乘客輪時，早餐、午餐與晚餐通常都有兩梯次的用餐時間；第一梯次的用餐（first setting）的時間，早餐大約在上午六點半，午餐大約在中午十二點半，而晚餐大約在下午六點半，第二梯次的用餐（second setting）時間大約會晚一小時到一個半小時。

FIT (abbr.) **Foreign Independent Travel, Foreign Individual Travel** 一種國際的個人預付旅遊，此種旅遊沒有領隊或是導遊的隨團服務，旅行費用中只包括了飯店住宿、租車服務以及觀光，做FIT的旅行社作業員只幫忙處理零售旅行社要求的文件，FIT旅遊的客人付款後會收到一些票券，旅遊時用以交給當場的服務人員做為要求服務的已付款證明。

FIT (abbr.) **frequent inclusive tour** 個人的套裝旅遊，不是團體性質的旅遊。

fixed assessment (ph.) 固定費用。

fixed assets (ph.) 固定資產。

fixed capital (ph.) 固定資本。

fixed charge (ph.) 固定支出；固定飛費用。

fixed costs (ph.) 固定成本。

fixed pie (ph.) 這個「固定餡餅」的理論，提醒世人意識到地球的資源是有限的。

fixed star (ph.) 恆星。

FIYTO (abbr.) **Federation of International Youth Travel Organizations** 聯邦國際青年旅遊機構。

fizzwater (n.) 汽水。

fjeld (n.) 貧瘠高原。

fjord (n.) **(fiord)** 峽灣，由陡峭的懸崖所形成的峽灣，例如：挪威海岸邊。

F

FLA USA logo for VISIT FLORIDA 。

flag carrier (ph.) 政府所指定的該國的航空公司，專門載運國際線的旅客。

flamenco (n.) 弗朗明哥舞，西班牙的吉普賽舞蹈，跳舞時有拍手、踩腳，以及其他充滿精力旺盛的動作。

flaps (n.) 飛機的機翼上一個可以伸展有鏈的表面，用於控制飛機的升空。

flat (n.) 公寓；樓房的一層。

flat share (ph.) 兩人或是三人共租一間公寓。

flat rate (ph.) 團體住宿，經與飯店談判後，所有的房間不管等級、大小、區域，都給予同一個優惠價，並且沒有人數限制。

flavored spirits (ph.) 加味烈酒。

flexible pricing policy (ph.) 彈性定價的政策。

FLIFO (abbr.) **Flight Information** 飛機的飛航資訊。

flight (connecting flight) (ph.) 轉機的接泊班機。乘客所搭乘的飛機在飛行期間，中途會作停留，乘客必須要轉換飛機，也有可能要換其他航空公司的飛機，才能到達目的地。

flight (direct flight) (ph.)直航班機。乘客所搭乘的飛機在飛行期間，中途會作停留，但是乘客不需要轉換飛機，可繼續搭乘本機到達目的地。

flight (domestic flight) 國內線班機。

flight (international flight) 國外線班機。

flight (nonstop flight) 直達班機 乘客所搭乘的飛機在飛行期間，中途不會作停留，一機到達目的地。

flight attendant (ph.) (**cabin attendant**) 空服員。

flight bag (ph.) 一種專門設計給搭機旅行時可以攜帶上飛機的行李箱，其大小剛好可以放置於飛機的座椅下面。

flight coupon (ph.) 機票上的搭機票根。

flight coupon number (ph.) 機票上的搭機票根號碼。

flight crew (ph.) 飛行人員或是機組人員的總稱。

flight information (ph.) 飛機的飛航資訊。

flight number (ph.) 班機號碼。

flight path (ph.) 飛機的飛行航線，飛行路線。

flight recorder (ph.) 飛機的飛行記錄器（黑盒子）。

floating attraction (ph.) 觀光景點。

float plane (ph.) 飛行艇。

flood plain (ph.) 氾濫平原；沖積平原。

Florida Commission on Tourism 佛羅里達州旅遊委員會，一個私營機構以監督VISIT FLORIDA這個機構。

Florida Huddle 每年一月份在佛羅里達州開辦的商品展覽（annual trade show each January），佛羅里達州的旅遊供應商會提供此參觀團服務給各國的旅行社。

flotilla (n.) 小船隊，兩艘或是以上的船隻一起航向計畫中的旅程路線。

flowchart (n.) 流程圖；作業圖。

FLT (abbr.) **Flight** 飛機。

flurry (n.) 陣風；陣雪。

flusher (n.) 洗手間（俚語）。

fly inclusive tour (ph.) 空中團體全備式的旅遊方式。

flyboat (n.) 快速平底船。

fly-by-night (adj.) 不可信任的；暫時性的。(n.) 沒有信譽的人或是交易。

fly-drive -package (ph.) 陸空的旅遊，旅遊套裝包含搭飛機與租車，而這樣的套裝通常比單樣計價便宜。

fly-drive-holiday (ph.) 陸空的旅遊假期，旅程中包含了搭飛機與租車。

flyer (n.) 廣告宣傳單。

flying field (ph.) 小型飛機場。

F

flying machine (ph.) 飛機；飛船。

flying saucer (ph.) 飛碟。

flying visit (ph.) 短暫且匆忙的參觀拜訪。

FMA (abbr.) **Florida Motor Coach Association** 佛羅里達州長途巴士協會。

FMC (abbr.) **Federal Maritime Commission** 美國聯邦海事委員會。

F.O.C. (abbr.) **Free on Charge** 免費票。

folk (n.) 社會階層中的廣大成員；人們；各位；親屬。

folk custom (ph.) 民間習俗。

folk dance (ph.) 民族舞蹈。

folk hero (ph.) 民間英雄。

folk music (ph.) 民間音樂；民俗音樂。

folk rock (ph.) 搖滾民謠（美國）。

folk singer (ph.) 民歌手。

folk song (ph.) 民謠。

folklore (n.) 民間傳說；民俗；民俗學。

folk-rocker (n.) 民歌搖滾樂演唱者或是演奏者。

folksay (n.) 俗話（美國）。

folk tale (ph.) 傳說；民間故事。

folkway (n.) 民風；社會習俗。

four-wheel drive (ph.) 四輪驅動車。

F.O.B. (abbr.) **Free on Board** 船上交貨價格。

FONE (abbr.) **Phone** (n.) 電話。

footpath (n.) 鄉間小路；小徑。

footplate (n.) 馬車的腳踏板。

footprint (n.) 腳印；足跡

footslog (v.) 在泥地中長距離步行。

footslogger (n.) 步兵。

footslogging (n.) 長距離步行；艱苦跋涉（英國口語）。

footsore (adj.) 因長途步行所引起的腳痛的；腳痠痛的。

footwear (n.) 鞋類的總稱。

footwell (n.) 汽車駕駛人腳部靠近油門與腳煞車地方的空間。

footwork (n.) 打拳擊或是舞蹈的步法。

footworn (adj.) 走得腳很累的。

F.O.Q. (abbr.) **Free on Quay** (ph.) 碼頭交貨價格。

F.O.R. (abbr.) **Free on Rail** (ph.) 火車上交貨價格，其中價格包括從供應商的倉庫到火車站的運費，另外火車之運費由買主來負擔。

force majeure (ph.) 優勢；壓倒性的力量；不可抗拒之力，例如：天災、戰爭等。

fore (n.) 船頭；船檣。(adj.) 在船頭的。(int.) 打高爾夫球時的叫聲，要人小心，讓開之意。

fore and aft (ph.) 從船頭到船尾；在船頭和船尾。

fore cabin (ph.) 船頭的客艙，即二等艙。

foreign (adj.) 外國的；陌生的。

foreign affairs (ph.) 外交事務。

foreign exchange (ph.) 國際匯兌。

foreign exchange rate (ph.) 外匯率。

foreign exchange reserves (ph.) 外匯存底。

foreign independent tour (ph.) 簡稱F.I.T.，海外個別遊程。

foreign minister (ph.) 外交部長。

foreign mission (ph.) 駐外使節團；在國外之傳教機構。

foreign-born (adj.) 在國外出生的。

foreigner (n.) 外國人。

foreignism (n.) 外國習俗。

forestry (n.) 林業；山林管理。

form number (ph.) 航空公司本身的代號。

F

fortnight (n.) 十四天；兩星期。

fortnightly (n.) 雙週刊。(adj.) 兩週一次的。(adv.) 隔週的地。

FORTRAN (n.) 一種高階電腦公式翻譯程式語言。

fortress (n.) 要塞；堡壘。

forum (n.) 古羅馬城鎮的廣場；公開討論的場所；論壇。

forward market (ph.) 期貨市場。

fossil (n.) 化石；頑固不化的人；守舊的事物。(adj.) 化石的；成化石的。

foyer (n.) 旅館的大廳（lobby）；前廳。

FP (abbr.) **Full Pension (American Plan)** 住宿的房價內包含一日三餐。

F RAG (abbr.) **Fragile Baggage** (ph.) 易碎的行李。

France (n.) 法國。

French Guiana (ph.) 法屬圭亞那，位於南美洲北部。

French Polynesia (ph.) 法屬玻里尼西亞，位於大洋洲。

franchise (n.) 公民權；選舉權。(v.) 政府給予個人、公司，或是社團經營某種事業的特權；製造商授予聯營店經銷權 。

franchisee (n.) 特許經營人。

franchiser (n.) 授予聯營店經銷權的製造商。

free and easy (ph.) 不拘禮節的。

free beach (ph.) 允許裸泳的海灘。

Free Church (ph.) 白由教會，非國教教會。

free enterprise (ph.) 自由企業。

free from (ph.) 免於……之憂。

free house (ph.) 出售各種牌子酒的小酒店（英國）。

free lance (ph.) 自由作家；自由藝人；自由記者。

free love (ph.) 無婚約的自由性愛主義。

free lunch (ph.) 免費午餐（美國俚語）。

free market (ph.) 自由市場。

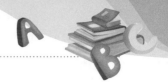

free market economy (ph.) 自由市場經濟。

Free On Board (ph.) 船上交貨價格。

free port (ph.) 免稅港，自由港。

free seating (ph.) 自由入座式。

free sell (ph.) 旅行社幫客人訂房時，不需要先打電話確認有無房間，因為飯店依據雙方合約已預留房間給旅行社的團體客人了。

free trade (ph.) 自由貿易；沒有政府法規與關稅的國際貿易。

free world (ph.) 自由世界；冷戰時期的一個名詞，與共產主意國家相對。

freebie (n.) 免費物（美國俚語）。

freeboard (n.) 乾舷，從吃水線到甲板間的船舷；汽車底盤與地面間的距離。

freedom of the air (ph.) 空中的航權。

freedom of the seas (ph.) 公海自由。

Freetown (n.) 自由城，獅子山（Sierra Leone）的首都，位於非洲。

freeway (n.) (**highway, expressway**) 高速公路。

French bread (ph.) (**French loaf**) 法式的長條麵包。

French door (ph.) 法式的落地雙扇玻璃門。

French dressing (ph.) 法式生菜調味醬。

French fries (ph.) 炸薯條。

French letter (ph.) 避孕套（英國俚語）。

French toast (ph.) 法式吐司。

French service (ph.) 法式的餐飲服務，所有的食物都是在餐桌前準備與料理的，而不是從廚房內準備好再端出來的。

frequent flyer (ph.) 經常出國者。

frequent flyer program (ph.) 簡稱F.F.P.，常客優惠旅程計畫。

fresh fruit (ph.) 新鮮水果。

fried eggs (ph.) 煎蛋。

F

fruit juice (ph.) 果汁。

frontier (n.) 國境；邊界；美國靠近未開發的邊疆偏遠地帶。

fuel charge (ph.) 當租車者還車時，如果沒有把油箱加滿的話，會被租車公司收取的款項。

full amount (ph.) 客戶的應付總額。

full board (ph.) (**3 meals per day**) 全食宿，住宿與全部伙食皆由飯店提供。

full house (ph.) 客滿。

full moon (ph.) 滿月。

full members (ph.) 正會員。

full pension (ph.) (**American Plan**) 住宿的房價內包含一日三餐。

full service (ph.) 完全旅行業。

full size (ph.) (standard) 出租汽車的標準型車，約2,600cc以上。

full time (ph.) 專職。

full time guide (ph.) 專任導遊。

fully appointed (ph.) 指旅行社完全地被旅遊產品供應商委任，得以出售機票、客輪艙位以及其他的旅遊商品與服務。

Funchal (n.) 葡屬馬得拉（Madeira Portugal）的首都。

funnel (n.) 輪船以及火車頭等的煙囪。

funny money (ph.) 假鈔（俚語）；玩具遊戲用的鈔票；來路不明的錢。

fuselage (n.) 機身。

FYI (abbr.) **For Your Information** 供你做為參考。

G

Gabon (n.) 加彭，位於非洲西南部的一個共和國。

Gaborone (n.) 嘉柏隆，位於非洲波紮那（Botswana）的首都。

gale (n.) 強風，時速約32英里到63英里的強風；定期交付的租金（英國）。

Galileo (n.) 全球電腦訂位系統之一，用戶遍及加拿大、歐洲、南美、非洲、亞洲等，目前由Galileo International公司所管理，由British Airway、KLM、 Swissair以及Alitalia所資助。

Galileo International (ph.) 全球電腦訂位系統的管理公司，基地在美國伊利諾州的Rosemont，它的另外一家子公司爲Apollo。

galley (n.) 船上的廚房。

Gambia (n.) 甘比亞，位於西非的一獨立國。

gangway (n.) 梯板；跳板；乘客在上下客輪時所使用的一種斜坡式的設備裝置。

garni (n.) 沒有附設餐廳的旅館。

garret (n.) 小而簡陋的閣樓。

garrison (n.) 要塞；駐防地。

gate (n.) 登機門，或是下機門。

gateway city (ph.) 入口城市，當一個城市營運成爲國際班機的起降地點時稱之。

gaucho (n.) 高楚人；南美草原地區的牛仔，特別指西班牙與印地安的混血者。

gaud (n.) 俗氣而廉價的飾物；俗氣華麗的裝飾。

gaudeamus (n.) 指大學生的狂歡。

gaudery (n.) 俗氣華麗的裝飾品。

gazebo (n.) 眺望台。

gazette (n.) 報紙。

gazpacho (n.) 西班牙的一種涼的蔬菜湯。

GDN (abbr.) **Garden room** 有花園景觀的房間（gardenview room）。

garden city (ph.) 花園城市。

garden flat (ph.) 位於底層有小花園的公寓。

garden party (ph.) 園遊會。

Garden State (ph.) 指美國的新澤西州。

G.D.S. (abbr.) **Global Distribution System** 全球旅遊電腦訂位系統，這是一個提供廣大範圍的旅遊訂位與資訊服務給旅行社、航空公司以及旅客，查詢機位、飯店以及租車預訂情形的電腦訂位系統，有些GDS提供世界性的訂位與資訊服務，例如：Amadeus、Galileo International，以及SABRE，而有些只提供區域性或是國內性的旅遊訂位資料服務，它們通常都是由幾個航空公司合夥，或是由其他旅遊業的公司合夥，而現在有愈來愈多的網際網路的線上服務公司也被認為是有同功能的代替者ADS（Alternate Distribution System）了。

geisha (n.) 日本的藝妓。

Gemini (n.) 雙子星座；加拿大航空公司的國際訂位系統。

gendarme (n.) 法國等國的憲兵、警察。

genealogy (n.) 宗譜；家譜。

General America (ph.) 通用美國英語，指除了美國紐約、新英格蘭，以及美國南方以外的大部分美國地區通用之英語。

general election (ph.) 大選。

general interest (ph.) 旅遊團包括了一般大眾普遍喜愛的、標準化的景點與活動。

general knowledge (ph.) 常識。

general public (ph.) 公眾。

general sales agent (ph.) 簡稱G.S.A.代理航空公司業務。

general store (ph.) 在鄉間的雜貨店。

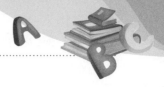

general strike (ph.) 總罷工。

genocide (n.) 種族滅絕；集體大屠殺。

gentlemen's agreement (ph.) 君子協定。

geodesic (adj.) 大地測量學的。(n.) 測地線。

geodesic dome (ph.) 測地線拱頂。

geodesy (n.) 測地學。

geography (n.) 地理學。

Georgetown (n.) 喬治城，蓋亞那（Guyana）的首都。

Georgia (n.) 喬治亞，原為蘇俄共和國之一，於1991年4月獨立，現在為
　　獨立國協之一員。

geology (n.) 地質學。

Germany (n.) 德國。

gesundheit (int.) 當有人打噴嚏時說的祝你健康之意（德國）。

get-together (n.) 非正式的聚會。

GETS (abbr.) **Gabriel Extended Travel Services** 這個GDS有超過
　　三十個的SITA航空公司合夥，它的飯店訂房系統為SAHARA。

geyser (n.) 噴泉；間歇泉。

Ghana (n.) 迦納，位於西非的一國。

gharri (n.) (**gharry**) 印度的出租馬車。

gharry (n.) (**gharri**) 印度的出租馬車。

ghetto (n.) 猶太人街；少數民族居住區；貧民區。

GIT (abbr.) **group inclusive tour** 團體旅遊，非個人旅遊。

gin (n.) 琴酒。

glaciation (n.) 冰川作用；被冰覆蓋。

glacier (n.) 冰河。

glacier theory (n.) 冰河理論。

Gladstone (n.) 一種輕巧型的旅行袋。

Gladstone bag (ph.) 輕便的旅行箱。

G

global distribution system (ph.) 簡稱G.D.S.，全球旅遊配銷系統。

global indicator (ph.) 全球指標。

global marketing (ph.) 全球行銷。

global music (ph.) 全球音樂，有別於西方主流音樂。

Global Positioning System (ph.) 全球位置測定系統。

global trotter (ph.) 旅遊遍及全球的人。

global village (ph.) 世界村；地球村，由於大眾傳播系統的普及化，時空頓時縮短了，使世界猶如一村。。

global warming (ph.) 全球氣溫上升。

globalism (n.) 全球互相依賴理論。

globalization (n.) 全球化。

globalize (v.) 使全球化。

GM (abbr.) **general manger** 總經理。

GMT (abbr.) **Greenwich Mean Time** 格林威治標準時間，又稱爲「斑馬時間」（Zebra Time）。

GNP (abbr.) **Gross National Product** 國民生產總值。

gondola (n.) 空中纜車；義大利威尼斯運河的平底狹長的小船；空中作業時所使用的吊籃。

gonna (**going to**) 將要（美國口語）。

gorge (n.) 峽谷。

GPST (abbr.) **Group Seat Request** (ph.) 要求團體座位。

gradient (n.) 坡度；傾斜度。

Grand Canyon (ph.) 美國大峽谷，位於亞利桑那州。

Grand Canyon State (ph.) 美國大峽谷州，即爲亞利桑那州。

grand duchy (ph.) 大公國。

grand finale (ph.) 戲劇或運動會的大結局；戲劇的高潮結尾。

Grand Guignol (ph.) 巴黎一個專演恐怖劇的大木偶劇場；恐怖劇。

Grand Hyatt Regency Hotel (ph.) 凱悅大飯店。

grand piano (ph.) 大鋼琴；平台式鋼琴。

Grand Prix (ph.) 國際長距離賽車。

Grand Rapids (ph.) 美國密西根州的激流市。

grand total (ph.) 加起來的總和。

grand tour (ph.) 旅遊遍及歐洲大陸的大旅遊，最初為英國貴族培養子女的一種教育方式。

gratuity (n.) **(tip)** 小費；服務費。

graveyard shift (ph.) 大夜班，一般來說大約是從晚上十一點到隔天早上七點的班。

gray line (ph.) 全球通運公司。

greasy spoon (ph.) 廉價低檔的餐館（口語）。

Great Britain (ph.) 大不列顛；英國。

Great Lakes (ph.) 北美五大湖。

Great Wall (ph.) 中國的萬里長城。

Great War (ph.) 大戰；第一次世界大戰。

greater (adj.) 包括市區及郊區的。

Greater Antilles (ph.) 大安地列斯群島；在加勒比海像是弧形地區的群島，包含古巴、牙買加、波多黎各以及希斯盤紐拉（hispaniola）、海地與多明尼加共和國。

Greece (n.) 希臘。

Greenwich Mean Time (ph.) 格林威治標準時間，又稱為「斑馬時間」（Zebra Time）。

Grenada (n.) 格瑞那達，位於拉丁美洲的一島國。

Greyhound Lines (ph.) 灰狗巴士公司。

gringo (n.) 在西班牙的外國人；西班牙裔的美國人；英國人或是美國人（拉丁美州人所使用的貶損之意）。

gross amount (ph.) 毛額；總額。

gross domestic product (ph.) 國內生產總額。

gross national product (ph.) 國民生產總額。

gross margin (ph.) (**gross profit**) 毛利。

gross profit (ph.) (**gross margin**) 毛利。

grosz (n.) 波蘭的貨幣單位。

grotto (n.) 洞穴；石穴。

ground arrangements (ph.) 指陸地交通與及觀光遊覽等的安排。

ground handler (ph.) (**receptive tour operator, ground handling agent, local agent**) 當地旅行社代理商，負責團體到達時的各種住宿、當地交通運輸、旅遊行程、餐飲等服務與安排。

ground handling agent (ph.) (**receptive tour operator, ground handler, local agent**) 當地旅行社代理商，負責團體到達時的各種住宿、當地交通運輸、旅遊行程、餐飲等服務與安排。

ground operator (ph.) 當地旅行社代理商，負責團體到達時的各種住宿、當地交通運輸、旅遊行程、餐飲等服務與安排。

ground staff (ph.) 地勤人員。

ground suppliers (ph.) 當地旅行社代理商，負責團體到達時的各種住宿、當地交通運輸、旅遊行程、餐飲等服務與安排。

ground tour operator (ph.) 當地接待旅行社。

ground transportation (ph.) 陸上交通。

group (n.) 旅遊團體，參團人數不定，但是一定不能少於十人。

group briefing (ph.) 團體服務簡報。

group inclusive package tour (ph.) 團體全備旅遊。

group inclusive tour fare (ph.) 簡稱G.I.T.團體全備旅遊票。

group leader (group organizer) (ph.) 幫預先形成之旅遊團做活動的計畫者，做團體旅遊的決定與計劃，或是包租交通工具者。

group operation (ph.) 團體作業。

group organizer (group leader) (ph.) 幫預先形成的旅遊團做活動的計畫者，做團體旅遊的決定與計畫，或是包租交通工具者。

group rate (ph.) 客房團體價，大約比定價低5～10%，給予折扣是因為量多的原因，一個有十人以上的團體即可得到飯店的客房團體價。

group visa (ph.) 團體簽證。

GRS (abbr.) **Global Reference System** 屬於全球電腦訂位系統內的一部分，提供全球旅遊界的進展、系統的加強，以及各式各樣的相關旅遊資訊與新聞，透過GRS，可以源源不絕地收到不斷更新的豐富旅遊資訊、旅遊服務的提供、特別的促銷以及有關傭金方面的資料（參考DRS）。

G.S.A. (abbr.) **General Sales Agent** 代理航空公司業務。

GST (abbr.) **Goods and Service Tax** 貨品與服務稅。

Guadeloupe (France) (n.) 法屬哥德洛普島。

guarantee (n.) 商品保證；保證書；起保證作用的事務。(v.) 保證。

guaranteed air fare (ph.) 保證票價。

guaranteed departure (ph.) 不管有多少人報名參團，保證一定會成行。

guaranteed reservation (ph.) 已事先訂房，並給予飯店信用卡號碼，保證即使沒到也會付款，因此飯店會整夜保留房間給這些late-arriving（晚到）的旅客。

guaranteed share (ph.) 確認的旅遊團費，即使旅行社無法再找到一個室友，參團旅客也無須再增收旅遊費用。

Guatemala (n.) 瓜地馬拉，位於中美洲的國家。

Guatemala City (ph.) 瓜地馬拉城，瓜地馬拉的首都。

gueridon service (ph.) 旁桌式的服務。

guest beer (ph.) 酒吧供應的折價招待啤酒（英國）。

guest book (ph.) 訪客留名簿；房客登記簿。

guest room (ph.) 客房。

guesthouse (n.) 小型家庭式旅館。

guide (n.) 嚮導；導遊；指南。(v.) 帶領；擔任嚮導。

G

Guinea (n.) 幾內亞，位於西非的國家。

Guinea-Bissau (n.) 幾內亞比索共和國。

gulf (n.) 海灣。

Gulf States (ph.) 海灣各州，美國瀕臨墨西哥灣的五個州，包括阿拉巴馬州、佛羅里達州、路易斯安那州、密西西比州以及德州。

Gulf Steam (ph.) 墨西哥灣流。

gulfy (adj.) 有灣的；多漩渦的。

Gullah (n.) 嘎勒人，指美國喬治亞州與南卡羅來納州的黑人。

gunwale (n.) 甲板邊緣；舷邊。

guru (n.) 古魯，印度教的導師。

GV10 (abbr.) 團體旅遊中，最低旅客人數必須要滿十人才能成行。

GV25 (abbr.) 團體旅遊中，最低旅客人數必須要滿二十五人才能成行。

Guyana (n.) 蓋亞那，位於南美洲的國家。

H

habitat (n.) 動物的棲息地；植物的產地。

habitation (n.) 居住；住所。

hacienda (n.) 莊園；牧場建築物。

hadj (n.) 伊斯蘭教徒的麥加朝聖。

hadji (n.) 到麥加朝聖過的伊斯蘭教徒。

haggis (n.) 蘇格蘭的一種用羊板油、燕麥片、羊心以及羊肝一起絞碎調
味後，包在動物的胃裡一起煮熟的料理。

Hague (n.) 海牙，荷蘭的行政中心。

Haiti (n.) 海地。

Halal (n.) 伊斯蘭教律法的合法食物。

hale (n.) 夏威夷語的房子之意；指老年人很健壯。(v.) 強拉。

half board (ph.) (**half pension**) 半食宿，房價包括飯店提供的一日二餐
（包括早餐與午餐或是早餐與晚餐）。

half moon (ph.) 半月形；出現半月時。

half pension (ph.) (**half board**) 半食宿，房價包括飯店提供的一日二餐
（包括早餐與午餐或是早餐與晚餐）。

half or children fare (ph.) 半價或是兒童票，簡稱CH / CHD。

half price (ph.) 半價的。

halidom (n.) 神聖；神聖之處所。

ham (n.) 火腿。

hand brake (ph.) 手煞車。

hand baggage (ph.) 手提的行李。

hand luggage (ph.) 手提的行李。

hand organ (ph.) 大型手搖風琴。

hand puppet (ph.) 用手指來操縱的木偶。

H

Hanoi (n.) 河內，越南〔Vietnam〕的首都。

hansom (n.) 有車頂的雙座小馬車，通常用來載客觀光。

haole (n.) 指夏威夷白人，非土著。

Harara (n.) 辛巴威〔Zimbabwe〕的首都。

harbor (n.) 港灣；海港。(v.) 船入港停泊。

harborage (n.) 停泊處。

harbor master (ph.) 港務長。

harbor seal (ph.) 麻斑海豹。

harbor side (ph.) 港口附近的地區。

hard cash (ph.) 硬幣；現款。

hard cider (ph.) 含有酒精成分的蘋果汁。

hard coal (ph.) 無煙煤。

hard copy (ph.) 硬拷貝，電腦資料的列印稿。

hard currency (ph.) 強勢貨幣。

hard disc (ph.) 電腦的硬盤。

hard disk (ph.) 電腦的硬碟。

hard drive (ph.) 電腦的硬式磁碟機。

hard drug (ph.) 會使人上癮的毒品或是麻醉品，如：古柯鹼、嗎啡、海洛因等。

hard feelings (ph.) 反感。

hard labor (ph.) 苦工。

hard line (ph.) 強硬路線。

hard liquor (ph.) 烈酒。

hard money (ph.) 強勢貨幣。

hardware (n.) 金屬五金器具；電腦的硬體。

hatch (n.) 飛機或是船的艙口；廚房與餐廳之間的傳菜窗。

hatchback (n.) 斜背式的汽車（車的後門是向上開的那種）。(adj.) 斜背式的。

hatchway (n.) 艙口；艙梯。

Hausa (n.) 奈及利亞的豪薩族；豪薩語。

haute cuisine (ph.) 法國傳統的高級烹飪術；烹飪藝術。

haute ecole (ph.) 高等的馬術。

Havana (n.) 哈瓦那，古巴（Cuba）的首都。

haven (n.) 港口；避風港。

Hawaii (n.) 美國夏威夷。

Hawaiian Islands (n.) 夏威夷群島。

Hawaiian Airlines (n.) 夏威夷航空公司。

hawker (n.) 小販。

hawser (n.) 泊船用的繩索。

head boy (ph.) 男班長（英國學校）。

head cold (ph.) 傷風；感冒。

head count (ph.) 點人數；人口統計。

head gate (ph.) 運河；水渠的閘門。

head girl (ph.) 女班長（英國學校）。

head of state (ph.) 國家元首。

head office (ph.) 總公司；總部。

head pin (ph.) 保齡球最中間的第一瓶。

head shop (ph.) 毒品，麻醉品配備的專賣店（俚語）。

head shrinker (ph.) 心理醫師（俚語）。

head table (ph.) 提供給重要貴賓或是要演講人坐的頭桌或是貴賓桌。

head waiter (ph.) 飯店的領班。

health spa (ph.) 健康溫泉住宿。

hedonism (n) 快樂主義。

hedonist (n.) 快樂主義者。

hegemony (n.) 霸權；領導權。

hello (int.) 打招呼時的「喂，你好」之意，或是打電話時用的「喂」之

H

意。(n.) 打招呼時或是問候別人的用語。(v.) 喂。

hellport (n.) 直昇機起飛降落的區域。

hell-skiing (n.) 當直昇機載運滑雪者到斜坡地區滑雪稱之。

helm (n.) 舵；舵輪。(v.) 由……掌舵。

helmet (n.) 頭盔；安全帽。

helmsman (n.) 舵手。

Helsinki (n.) 赫爾辛基，芬蘭〔Finland〕的首都。

hemisphere (n.) 地球的半球；半球體；半球上的國家或是居民。

Hertz (n.) 赫斯汽車出租公司。

hierarchy (n.) 等級制度。

hieroglyphic (n.) 象形文字。(adj.) 象形文字的；難解的。

hieroglyphical (adj.) 象形文字的；難解的。

hieroglyphics (n.) 象形文字。

hieroglyphist (n.) 研究象形文字的人。

hieron (n.) 古希臘之神廟；聖地。

hierophant (n.) 神職人員；導師。

hierurgy (n.) 禮拜；禮拜式。

higgler (n.) 叫賣商人。

high beam (ph.) 汽車前燈之遠光燈。

high and low (ph.) 到處；各種膚色，高低貴賤的人們。

high blood pressure (ph.) 高血壓。

high chair (ph.) 餐廳裡提供給幼童坐的高腳椅。

high comedy (ph.) 主題嚴肅而含意深遠的喜劇。

High Court (ph.) 高等法院。

high day (ph.) 教會的祝祭日；聖日；節日。

high energy food (ph.) 高能量食物。

high fashion (ph.) 最新潮流，只限於少數名流的服裝設計。

high five (ph.) 舉手拍掌（擊掌），用來表示打招呼、勝利慶祝或是狂喜。

High German (ph.) 標準德語；高地德語。

high heels (ph.) 高跟鞋。

high jinks (ph.) 喧鬧的狂歡作樂。

high jump (ph.) 跳高。

high life (ph.) 奢侈的，豪華的生活形態。

High Mass (ph.) 天主教的大彌撒，以誦唱的方式來舉行的儀式。

high noon (ph.) 正午。

high point (ph.) 最佳時間。

high pressure (ph.) 高血壓。

high priest (ph.) 主教；大祭司；領導人。

high priestess (ph.) 運動或是藝術等流派的女領導人。

high school (ph.) 美國九年級到十二年級的高級中學。

high seas (ph.) 公海。

high season (ph.) (**in season, peak season**) 旅遊業旺季。在旅遊旺季時，包括機票、飯店、旅遊團費等費用，會有比較高的價位。

high sign (ph.) 透過手勢或是眼色來傳遞暗號。

high spirits (ph.) 歡欣；快樂。

high street (ph.) 主要的大街。

high summer (ph.) 盛夏。

high table (ph.) 大學餐廳裡的貴賓桌（英國）。

high tea (ph.) 傍晚茶；傍晚用的茶點，有肉製品、糕餅以及茶（英國）。

high tech (ph.) 高科技。

high technology (ph.) 高科技；尖端科技。

high technological crime (ph.) 高科技犯罪；高科技的犯罪行為，例如：破譯他人之電腦密碼、盜用電腦數據，以及調取電腦管理的他人之銀行存款等。

high tide (ph.) 高潮；高潮時間。

H

high water (ph.) 高潮。

high wire (ph.) 馬戲團的高空鋼索。

highball (n.) 威士忌加汽水的雞尾酒飲料。

high-blooded (adj.) 血統純正的；出身良好的。

highborn (adj.) 出身名門的。

highboy (n.) 高腳的抽屜櫃。

highbred (adj.) 純種的；純血統的。

highbrow (adj.) 學識高的。(n.) 知識分子。

high-class (adj.) 高級的；一流的。

high-definition (adj.) 畫面鮮明的；高解像力的。

higher education (adj.) 高等教育。

high-fed (adj.) 養尊處優的。

highway (n.) (**freeway, expressway**) 高速公路。

hijacker (n.) 強盜；攔路搶劫者（口語）。

hijacking (n.) 攔路搶劫。

hike (n.) 徒步旅行；遠足。(v.) 徒步旅行；遠足。

hiker (n.) 徒步旅行者（口語）。

hill (n.) 小山；丘陵；道路的斜坡。 (v.) 把……堆成土堆。

hill station (ph.) 山中的避暑聖地（印度）。

hillbilly (n.) 美國南方山區居民；山裡人；鄉下人（口語）。

hilllness (n.) 多丘陵。

hillock (n.) 小丘；山丘。

hillocky (adj.) 多小丘的。

hillside (n.) 山腰；山坡。

hilltop (n.) 山頂。

hilly (adj.) 多山丘的；丘陵的。

Himalayan (adj.) 喜瑪拉雅山脈的。

Himalayas (n.) 喜瑪拉雅山脈。

himation (n.) 古希臘男女所穿著的寬鬆長衫。

Hinayana (n.) 小乘佛教。

Hindi (n.) 北印度語。(adj.) 北印度的。

Hindoo (n.) 印度人。(adj.) 印度語的；印度教的。

Hindu (n.) 印度人。(adj.) 印度語的；印度教的。

Hinduism (n.) 印度教。

Hindustan (n.) 印度斯坦。

Hindustani (n.) 印度斯坦語。(adj.) 印度斯坦語的。

hinterland (n.) 內地；海岸或是河岸的後方地區。

hip capitalism (ph.) 嬉皮資本主義。

hip flask (ph.) 可放在身後褲袋裡的酒瓶。

hip hop (ph.) 嘻哈文化，於1980年代起源於美國城市黑人青少年的一種
強烈節奏的音樂、霹靂舞，以及牆上塗鴉的一種文化。

hipbath (n.) 坐浴浴盆。

hippie (n.) 嬉皮人士。(adj.) 嬉皮的。

hippo (n.) 河馬。

hippocampus (n.) 海馬；希臘神話的馬頭魚尾怪獸。

hippocentaur (n.) 希臘神話的半人半馬之怪獸。

hippocras (n.) 香料藥酒。

hippodrome (n.) 競賽場。

hippogriff (n.) 神話故事裡的鷹頭馬身有翅膀之怪獸。

hippophagist (n.) 吃馬肉之人。

hippophagy (n.) 吃馬肉之習慣。

hippy (n.) 嬉皮人士。

hipster (n.) 行家；消息靈通之人；趕時髦的人（美國口語）。

hire car (ph.) 出租汽車。

hire-purchase (n.) 分期付款（英）。(adj.) 分期付款的。

hiring hall (ph.) 美國工會所設立的職業介紹所。

H

Hispania (n.) 伊比利半島的拉丁名字。

Hispanic (adj.) 西班牙的;西班牙文的;西班牙人的。

Hispanicism (n.) 西班牙文的語法。

Hispanicist (n.) 西班牙或是葡萄牙語言學者;西班牙或是葡萄牙文學學者。

Hispaniola (n.) 希斯盤紐拉,即爲海地島(Haiti),西印度群島之一島。

history (n.) 歷史;史學;歷史書;病歷;過去的事。

hitch hiking (ph.) 搭便車旅行,但是在某些地方是不合法的。

hitchhike (n.) 搭便車旅行。 (v.) 搭便車。

hitchhiker (n.) 搭便車旅行之人。

HKTA (abbr.) **Hong Kong Tourist Association** 香港旅遊協會。

HNML (abbr.) **Hindu Meal** 機內特別餐點之一的印度教餐;機內提供印度教乘客的餐點,餐飲內沒有牛肉製品。

hold (n.) 船隻的內部存放貨物的地方。

holiday (n.) 節日;假日。(v.) 出外渡假。

holiday camp (ph.) 渡假營地;渡假村(美)。

holiday centre (ph.) 渡假中心(英)。

holiday home (ph.) 供假日渡假用的別墅。

holidayer (n.) 渡假者。

holily (adv.) 神聖地;虔誠地。

Holiness (n.) 陛下(對教皇的尊稱)。

Holland (n.) 荷蘭。

hollandaise sauce (n.) 荷蘭酸味調味醬,用來沾魚或是蔬菜用的一種由蛋黃、奶油與檸檬汁調製而成的醬。

Hollander (n.) 荷蘭人;荷蘭船。

Hollywood (n.) 位於美國洛杉磯市的好萊塢。

Hollywoodish (adj.) 好萊塢的。

holm (n.) 河中的沙洲；荷邊的平地。

holocaust (n.) 因爲天災人禍、戰爭等而喪失生命的悲劇。

hologram (n.) 全息圖。

hombre (n.) 男人；傢伙（西班牙口語）。

Homburg (n.) 霍姆堡男用軟氈帽。

home beat (ph.) 警察在社區巡視每家門口的値巡路線（英國）。

home beat officer (ph.) 社區値巡警察（英國）。

home birth (ph.) 在家裡生育。

Home Counties (ph.) 倫敦周圍各郡（英國）。

home economics (ph.) 家政學。

Home Office (ph.) 內政部（英國）。

home owner (ph.) 屋主。

home range (ph.) 動物活動的範圍。

home room (ph.) 美國學校的年級教室，是學生每天上課前點名與聽取各項通知的地方。

home rule (ph.) 地方自治。

home run (ph.) 全壘打。

Home Secretary (ph.) 內政大臣（英國）。

home shopping (ph.) 郵購；電影購物；電話購物；電腦網路購物。

home stretch (ph.) (**home straight**) 旅程或是活動的最後階段。

home straight (ph.) (**home stretch**) 旅程或是活動的最後階段。

home time (ph.) 放學回家的時間（英國）。

homebody (n.) 居家型的男人；家庭至上的男人。

homeborn (adj.) 本國生產的。

homeboy (n.) 老鄉（俚語）；伙伴。

home-brew (n.) 家庭釀酒；家釀啤酒。

home-brewed (adj.) 自家釀造的。

homecoming (n.) 歸國；回家省親。(adj.) 回家鄉的；回國的。

H

homegirl (n.) 同鄉的女朋友。

homegrown (adj.) 國產的；自家種植的。

homeland (n.) 祖國；故鄉。

homeless (adj.) 無家可歸的。

homelike (adj.) 如在家的；舒適的。

homemade (adj.) 自製的；國產的。

homemaker (n.) 家庭主婦；持家的人。

homemaking (n.) 家政。

homemovie (n.) 用小型錄影機錄製的個人生活紀錄或是家庭自製影片。

homesick (adj.) 思鄉病的。

homesickness (n.) 鄉愁。

homestay (n.) 到國外拜訪旅遊時，住在當地的居民家中。

hometown (n.) 故鄉；家鄉。

Honduras (n.) 宏都拉斯，位於拉丁美洲的國家。

Hong Kong Tourist Association (ph.) 香港旅遊協會，簡稱HKTA。

honor system (ph.) 榮譽制度。

hooker (n.) 荷蘭的雙桅小漁船；妓女（美國口語）。

Hoosier (n.) 美國印地安納州居民的暱稱。

Hoosier State (ph.) 美國印地安納州。

Honiara (n.) 尼阿拉，所羅門群島（Solomon Is.）的首都。

hors d'oeuvres (ph.) 開胃小菜；前菜瓜（法）。

horse latitudes (ph.) 北大西洋的無風帶。

horse opera (ph.) 西部片。

horse race (ph.) (**horse racing**) 賽馬。

horse riding (ph.) 騎馬活動。

hospitality desk (ph.) 服務台。

hospitality industry (ph.) 指娛樂消遣的行業，例如：飯店業、餐飲業 以及旅遊業等行業。

hospitality suit (ph.) 指飯店內的客房用來做爲娛樂消遣,用而非用來睡覺用。

host (n.) 主人;飯店老闆;節目主持人。

hostel (n.) 旅舍;設備與學校宿舍類似之青年旅舍。

hosteler (n.) 旅舍投宿者;青年旅舍投宿者。

hostelry (n.) 旅店,飯店之總稱。

hot line (ph.) 提供緊急時使用的電話通訊線路(電話熱線)。

hot chocolate (ph.) 熱巧克力飲料。

hot cross bun (ph.) 十字麵包,基督教大齋節或受難節吃的用糖霜製成十字架圖案的一種小圓麵包。

hot dish (ph.) 熱菜。

hot dog (ph.) 熱狗。

hot rod (ph.) 改裝過的高速汽車(口語)。

hotel (n.) 旅館;飯店。

hotel check-in procedure (ph.) 到達飯店後辦理的住宿登記作業。

hotel check-out procedure (ph.) 退房的相關作業。

hotel chain (ph.) 同一個老闆或是同一家管理公司經營的連鎖飯店。

hotel garni (ph.) 沒有提供餐廳的小旅店。

hotel register (ph.) 飯店住客登記的個人資料。

hotel representative (ph.) 飯店訂房代表。

hotel reservation center (ph.) 海外飯店代訂業務中心。

hotel voucher (ph.) 飯店住宿憑證;已經付款過的飯店收據,飯店會依照收據上載明的項目來提供住宿等的服務給住客。

hotelier (n.) 旅館、飯店的老闆。

hotelkeeper (n.) 旅館、飯店的經理或是老闆。

hothouse (n.) 溫室;溫床。 (adj.) 溫室的。

house boat (ph.) 水上人家小艇。

house boat trip (ph.) 遊艇旅行。

H

house flag (ph.) 掛在船隻上的國旗，用以表示這艘船所屬的國家。

house guest (ph.) 只是過夜或是暫住的客人。

house lights (ph.) 在劇院裡的觀衆席照明燈。

House of Commons (ph.) 下議院。

house of correction (ph.) 英國國會下議院。

house of God (ph.) 教堂；禮拜堂。

House of Representatives (ph.) 衆議院。

house party (ph.) 在家裡爲住宿的客人舉辦的招待會。

houseboat (n.) 外形看似房屋的平底船。

housebound (adj.) 足不出戶的。

houseboy (n.) 家僕。

household (n.) 家庭；戶。(adj.) 家庭的；家用的。

household name (ph.) 家喻戶曉的人或事物。

household word (ph.) 家喻戶曉的事物等。

householder (n.) 戶長；住戶。

househusband (n.) 操持家務的家庭主夫。

housekeep (v.) 家管。

housekeeper (n.) 女管家；飯店房務部的女領班。

housekeeping (n.) 家務；家用開支。

housekeeping money (ph.) 家用的錢。

housemaster (n.) 男生宿舍的男舍監。

housemate (n.) 住同一間房子的人。

housemother (n.) 女舍監。

housephone (n.) 內線電話；飯店大廳內可以與客房互通的內線電話。

house-sit (v.) 屋主外出時，代爲看管房屋。

house-sitter (n.) 屋主外出時，代爲看管房屋的人。

hovercraft (n.) 水陸兩用之氣墊船。

howdah (n.) 印度的象轎。

howdy (n., int.) 您好。

HSMAI (abbr.) **Hospitality Sales & Marketing Association International** 國際餐旅業務行銷協會

hub (n.) 一個專屬某航空公司使用的機場，這家航空公司在這專用機場內除了有主要飛行業務營運外，還兼營接泊到其他較小的地方的載客業務。

hub and spoke concept (ph.) 一種旅遊的概念，使用同一家飯店，每天的觀光行程都安排在一日之內可以來回的短途旅行。

hull (n.) 船身。

hullo (int.) 哈囉；喂。

human (n.) 人。(adj.) 人的；人類的。

human being (ph.) 人；人類。

human interest (ph.) 人情味。

human nature (ph.) 人性。

human resources (ph.) 人力資源；人事部門。

human rights (ph.) 人權。

humane (adj.) 有人情味的；人道的；仁慈的。

humaneness (n.) 人道；仁慈。

humanism (n.) 人道主義。

humankind (n.) 人類。

humblebee (n.) 大黃蜂。

Hungary (n.) 匈牙利。

hurache (n.) 墨西哥式的拖鞋，鞋幫部分是用皮製的細條交錯而成的。

hurling (n.) 愛爾蘭式的球類，類似陸上曲棍球field hockey。

Huron (n.) 北美五大湖之一的休倫湖。

hurrah (int.) 高興時的歡呼聲「好ㄟ！萬歲！」。(n.) 歡呼聲。(v.) 叫好；歡呼。

hurray (int.) 高興，鼓舞的歡呼聲「好ㄟ！萬歲！加油！」。(n.) 歡呼

H

聲；加油聲。(v.) 叫好；歡呼；加油。

hurricane (n.) 颶風；一種熱帶暴風雨，強勁的風速超過每小時75英哩而且伴隨著大雨、打雷與閃電，大都發生在八月到十月之間的熱帶北大西洋與西太平洋的地區。

hurricane deck (ph.) 船上最上面一層的甲板。

hurricane lamp (ph.) 防風燈。

HVAC (abbr.) **Heating, ventilating and air conditioning unit** 有關暖氣、通風系統以及空氣調節設備。

hydrofoil (n.) 水上飛機。

hydrogeology (n.) 水文地質學，有關地下水資源與地表水問題的應用。

I

I / S (abbr.) Inside 指客輪沒有窗戶看不到窗外的船艙。

IACC (abbr.) **International Association of Conference Centers** 國際會議中心協會。

IACVB (abbr.) **International Association of Convention & Visitors Bureaus** 國際公約委員會協會，建立於華盛頓特區（Washington, DC）。

IAMAT (abbr.) **International Association for Medical Assistance to Travelers** 旅客醫療援助國際協會。

IATA or IATAN (abbr.) **International Air Transportation Association Or International Airlines Travel Agency Network** 國際航空運輸協會（航協）。

IATA agency program (ph.) 國際航空運輸協會（航協）認可旅行社計畫。

IATA clearing house (ph.) 航協清帳室。

IAWT (abbr.) **International Association for World Tourism** 世界旅遊國際協會。

Iberia (n.) 伊比利半島（西班牙與葡萄牙的半島）。

Iberian peninsula (n.) 伊比利半島（西班牙與葡萄牙的半島）。

ICAO (abbr.) **International Aviation Organization** 國際民航組織。

ICAR (abbr.) **Intermediate Car** 中型車也稱為mid-size car，約2,200cc～2,600cc。

ICCA (abbr.) **International Congress and Convention Association** 國際會議協會。

ice age (ph.) 冰河時代。

ice ax (ph.) 破冰斧。

ice bag (ph.) 冰袋。

I

ice bucket (ph.) 存放飲料的冰桶。

ice cap (ph.) 高山上常年不化的冰帽。

ice cream (n.) 冰淇淋。

ice cube (ph.) 冰塊。

ice field (ph.) 兩極地帶的冰原。

ice floe (ph.) 小冰原；大浮冰。

ice hockey (ph.) 冰上曲棍球。

ice milk (ph.) 冰牛奶。

ice pack (ph.) 冰上袋。

ice pick (ph.) 冰鑽；冰鋤。

ice point (ph.) 冰點。

ice rink (ph.) 溜冰場。

ice sheet (ph.) 大冰原。

ice show (ph.) 冰上表演。

ice skates (ph.) 溜冰鞋；溜冰鞋上的冰刀。

ice skating (ph.) 滑冰運動。

ice storm (ph.) 冰雹。

ice up (ph.) 結冰。

ice water (ph.) 冰水。

iceberg (n.) 冰山；浮在海洋上的巨大冰塊。

iceberg lettuce (ph.) 捲心萵苣。

iceblink (n.) 冰崖；冰映光，因為冰原的反光而出現於地平線上或是雲層
下的亮光。

iceboat (n.) 冰上滑行船；破冰船。

icebound (adj.) 冰封的。

icebox (n.) 冰箱；冷藏庫（口語）。

icebreaker (n.) 破冰船；碎冰機。

ice cream cone (ph.) 裝冰淇淋的圓錐形蛋捲。

ice cream soda (ph.) 冰淇淋蘇打水。

iced coffee (ph.) 冰咖啡。

iced tea (ph.) 冰茶。

icefall (n.) 冰川陡峭部分。

ice-free (adj.) 不結冰的。

icehouse (n.) 冰庫。

Iceland (n.) 冰島。

Icelander (n.) 冰島人。

ice-lolly (n.) 冰棒。

iceman (n.) 賣冰者；冰店。

icon (n.) 宗教的雕像；畫像；偶像；雕像；塑像；電腦網路上所使用的某些圖像。

ICTA (abbr.) **Institute of Certified Travel Agents** 有被認證的旅行社從業人員協會。

IDL (abbr.) **International Date Line** 國際換日線。

IFA (abbr.) **International Franchise Association** 聯營經銷國際協會。

IFTAA (abbr.) **International Forum of Travel and Tourism Advocates** 國際旅行和旅遊促進會論壇。

IFTO (abbr.) **International Federation of Tour Operators** 旅行社國際聯盟。

IFWTO (abbr.) **International Federation of Women's Travel Organizations** 婦女旅遊國際聯盟。

igloo (n.) 愛基斯摩人居住的用冰雪蓋起的圓屋頂小屋；圓屋頂小屋。

ignore (v.) 不予理會。

image (n.) 雕像；像；偶像；心中的印象或是形象。

IMF (abbr.) **International Monetary Fund** 國際貨幣基金會。

immigration (n.) 移居國外；外來的移民。

immigration fee (ph.) 通關費。

I

immigration visa (ph.) 移民簽證。

immigrator (n.) 從外地移居入境的外來的移民。

immunity (n.) 豁免權；免疫力。

impact (n.) 衝擊力；影響；作用。(v.) 撞擊；碰撞。

impala (n.) 出產於非洲中南部的黑斑羚。

impanation (n.) 聖體與聖餐合一，即是在祝聖後，基督的聖體與聖血便會存在於餅乾與紅酒之中。

imparadise (v.) 使成樂園；使進入天堂；使非常幸福快樂。

impasse (n.) 死路；僵局。

impassion (v.) 激起……的熱情；使激動。

impassioned (adj.) 熱情的；熱烈的；充滿激情的；慷慨激昂的。

impasto (n.) 厚厚地塗上顏料的繪畫方法。

import (n.) 進口；輸入。(v.) 進口；輸入；引進。

import duty (ph.) 進口稅。

import licence (ph.) 進口許可證

importer (n.) 進口商；輸入業者。

IN (abbr.) **International, Infant, Check-In Date** 國際；嬰兒；或是辦理旅館住房手續的日期。

in a fashion (ph.) 馬馬虎虎；勉強。

in a flash (ph.) 瞬間。

in a good humor (ph.) 好心情。

in a hurry (ph.) 匆忙地。

in a passion (ph.) 在盛怒之下。

in a temper (ph.) 在盛怒之下。

in a word (ph.) 簡而言之。

in addition (ph.) 另外。

in addition to (ph.) 除了……之外。

in advance (ph.) 預先。

in advance of (ph.) 在……的前面。

in all (ph.) 總共。

in any case (ph.) 無論如何。

in any event (ph.) 無論如何。

in back of (ph.) 在……的後面。

in black and white (ph.) 白紙黑字。

in bloom (ph.) 盛開。

in brief (ph.) 簡而言之。

in care of (ph.) 由……轉交。

in case (ph.) 假如；免得。

in case of (ph.) 如果發生。

in charge (ph.) 負責。

in charge of (ph.) 主管；照料。

in company (ph.) 在客人面前。

in company with (ph.) 與……一起。

in comparison with (ph.) 與……相比。

in conclusion (ph.) 總而言之；最後。

in concord (ph.) 和諧地。

in conflict with (ph.) 與……相牴觸。

in connection with (ph.) 與……有關聯。

in consequence (ph.) 結果。

in consequence of (ph.) 由於。

in contact with (ph.) 與……有聯繫。

in contrast with / to (ph.) 與……成對比。

in danger (ph.) 處於危險中。

in danger of (ph.) 處於……危險中。

in demand (ph.) 所需要的。

in despite of (ph.) 不管；任憑。

I

in detail (ph.) 詳細地。

in doubt (ph.) 不能肯定的。

in duplicate (ph.) 一份兩式的。

in evidence (ph.) 明顯的。

in excess (ph.) 過度；過量。

in excess of (ph.) 超過。

in exchange for (ph.) 做為……的交換。

in excuse of (ph.) 做為……的辯解。

in fact (ph.) 事實上。

in fashion (ph.) 合於時尚的。

in favor (ph.) 被喜愛的。

in favor of (ph.) 有利於……；支持……。

in fear of (ph.) 怕。

in flood (ph.) 氾濫的。

in front (ph.) 前面。

in front of (ph.) 在……的前面。

in full (ph.) 全部地。

in general (ph.) 一般地。

in high glee (ph.) 歡天喜地地。

in honor of (ph.) 紀念……；祝賀……；向……致敬。

in large (ph.) 大規模的。

in league with (ph.) 與……聯合。

in love (ph.) 相愛的人。

in love with (ph.) 與……相愛。

in memory of (ph.) 紀念。

in no case (ph.) 決不。

in no circumstances (ph.) 決不。

in no time (ph.) 很快的時間內；馬上；立即。

in no way (ph.) 決不。

in number (ph.) 總共。

in on (ph.) 參與。

in one (ph.) 合為一體。

in one piece (ph.) 完整無損。

in one word (ph.) 一言以蔽之；總之。

in one's heart of hearts (ph.) 在內心深處。

in one's own good time (ph.) 在方便的時候。

in one's mind of eye (ph.) 在腦海裡；在想像中。

in one's turn (ph.) 輪到某人了。

in one's teens (ph.) 在某人十三歲到十九歲的時期。

in one's way (ph.) 妨礙某人。

in order (ph.) 按照順序的。

in order to (ph.) 為了。

in other words (ph.) 換言之。

in pairs (ph.) 成對的。

in part (ph.) 部分的；在某種程度上。

in partibus (ph.) 在異教徒之地。

in particular (ph.) 特別地。

in person (ph.) 親自。

in place (ph.) 在適當的地方；適當的。

in place of (ph.) 代替。

in plain English (ph.) 使用淺顯的英文。

in play (ph.) 開玩笑地。

in plenty (ph.) 大量；充足。

in possession of (ph.) 擁有。

in private (ph.) 私下；秘密地。

in public (ph.) 當眾；公開地。

in reason (ph.) 合情合理的。

in reference to (ph.) 關於。

in reply (ph.) 做為答覆。

in return for (ph.) 酬謝。

in safety (ph.) 安全的。

in somebody's shoes (ph.) 將心比心。

in season (ph.) (**high season, peak season**) 旅遊業旺季。在旅遊旺季時，包括機票、飯店、旅遊團費等費用，會有比較高的價位。

in seconds (ph.) 在短時間內。

in secret (ph.) 秘密地。

in shape (ph.) 身材健美；健康良好。

in short (ph.) 總之。

in sight (ph.) 看得見。

in sight of (ph.) 看得見……的位置。

in sum (ph.) 簡言之。

in terms of (ph.) 就……而論；在……方面。

in the air (ph.) 在空中。

in the night (ph.) 在夜裡。

in the open (ph.) 在戶外。

in time (ph.) 及時。

in touch with (ph.) 和……有接觸。

in transit (ph.) 轉機；在某地只有稍做停留，主要是要再趕往至其他的目的地。

in use (ph.) 使用中。

in vino veritas (ph.) 喝醉後露出本性的樣子。

in vogue (ph.) 正在流行。

in your cups (ph.) 喝醉（俚語）。

in / out dates (ph.) 到達／離開的日期。

INAD (abbr.) **Inadmissible Passenger** 不可接受的旅客。

inaugural (n.) 飛機或是其他交通工具第一次使用新的路線；就職演講。

inbound (adj.) 回內地的；歸木國的。

inbound tour business (ph.) 接待外國旅客到國內來的業務。

inbound travel (ph.) 接待外國旅客到國內來的業務。

incentive (n.) 獎勵退款

incentive company (ph.) (**motivational houses**) 獎勵公司。

incentive department (ph.) 獎勵部門。

incentive tour (ph.) 獎勵旅遊。

incentive travel (ph.) 獎勵旅遊，給工作表現優良的業務員或是其他員工，做為獎勵以激勵提升士氣的旅遊，通常也包含員工的配偶。

inclusive package tour (ph.) 全備旅遊（包裝完備的套裝旅遊），即是一種在旅遊出發前對於旅行中各種必要的需求，例如：來回機票、各目的地的住宿、地面交通、膳食、參觀活動、領隊與導遊等等的安排，皆已事先做好完善與確實規劃與安排的服務。

independent tour (ph.) (**unescorted tour**) 沒有領隊、導遊等安排的自助旅遊。

independent package tour (ph.) 滿足個別需求之遊程。

India (n.) 印度。

Indian (n.) 印度人；印地安人。(adj.) 印度的；印地安的。

Indian corn (ph.) 玉蜀黍（英國人稱爲Indian corn，但是美國、加拿大以及澳洲等國稱爲corn）。

Indian file (ph.) 一路縱隊；單行。

Indian giver (ph.) 送出的東西卻在日後又向人討回來的人（美國口語）。

Indian hemp (ph.) 印度大麻。

Indian ink (ph.) 墨汁。

Indian meal (ph.) 玉米粉。

Indian Ocean (ph.) 印度洋。

Indian Subcontinent (ph.) 印度次大陸，包括了孟加拉共和國、巴基斯坦、印度、尼泊爾、斯里蘭卡以及不丹等地區。

Indian summer (ph.) 小陽春；快樂的晚年。

Indiana (n.) 美國印地安納州。

Indianapolis (n.) 美國印地安納州首府印地安納波里。

indigenous (adj.) 土產的；土著的。

indirect (adj.) 間接的；非正面的。

indirect tax (ph.) 間接稅。

individual tourist (ph.) 個人觀光客。

Indonesia (n.) 印尼。

indoor sales (ph.) 團控。

infant fare (ph.) 簡稱IN／INF，嬰兒票。

inflation (n.) 通貨膨脹。

inflationary (adj.) 通貨膨脹的。

in-flight magazines (ph.) 飛機內放置於座位前方的機內雜誌。

in-flight service (ph.) 機內在飛行的過程中提供乘客的餐飲、娛樂節目、免稅商品販賣以及其他的服務。

infrastructure (n.) 公共建設，例如：鐵路、公路等建設；基礎建設。

inhibited (adj.) 受限制的；禁止的。

inhospitable (adj.) 不好客的；招待不殷勤的。

inhospitality (adj.) 不好客；招待不殷勤。

in-house (adj.) 內部的；來自機構內的。(adv.) 內部地。

initial (n.) 名字的縮寫。

inlet (n.) 小灣；小港。

inn (n.) 小飯店；小酒店；小旅館。

inner city (ph.) 內都市；大都市中老舊破敗的貧民區。

innkeeper (n.) 旅館老闆。

inoculation (n.) 預防接種。

INS (abbr.) **Immigration and Naturalization Service** 移民局。

inseparability (n.) 不可分割性。

insert (n.) 夾在報刊中的散頁廣告。

inshore (adj.) 靠近海岸的；向陸地的。(adv.) 近海岸。

inside cabin (ph.) (I / S) 指沒有窗戶或是舷窗的船艙，看不到窗外的海景或是河景。

inside lane (ph.) 在多車道的公路上，靠近路邊的公路；慢車道。

inside of (ph.) 少於。

inside out (ph.) 裡朝外的。

inside track (ph.) 內圈。

insignia (n.) 用來表示一團團員身分與階級用的佩章、服飾等。

instability of demand (ph.) 需求之不穩定性。

intangible nature of the service (ph.) 服務之不可觸摸性。

Inter-American Congress (ph.) 美洲洲際旅遊組織。

intercontinental (adj.) 洲際間的；大陸間的。

Intergovernmental Maritime Consultative Organization (ph.) 國際海事諮詢組織。

interline agreemets (v.) 在旅客旅行期間，使用兩家以上的航空公司，但卻使用單一機票，是一種存在航空公司之間轉換行李的協議。

interline connection (ph.) 轉機時也換不同的航空公司。

intermediate (mid-size) (ph.) 出租汽車的中等型車，約2,200cc～2,600cc。

intermodal 綜合運輸的，指在一個旅程中使用多種的交通運輸公具，例如：飛機＋旅遊巴士、旅遊巴士＋客輪，或是船＋小艇＋腳踏車等。

international (adj.) 國際的；國際間的。

International Air Traffic Association (ph.) 國際交通運輸業協會。

International Air Transport Association (ph.) 簡稱IATA，國際航空運輸業協會（航協）。

I

international airlines (ph.) 國際線。

International Aviation Organization (ph.) 簡稱ICAO，國際民航組織。

International Congress and Convention Association (ph.) 簡稱ICCA 國際會議協會。

International Date Line (ph.) 簡稱IDL，國際換日線；國際子午線。

international law (ph.) 國際法；國際公法。

International Lodging Accommodations (ph.) 國際住宿業。

International Monetary Fund (ph.) 簡稱IMF，國際貨幣基金會。

international practice (ph.) 國際慣例。

International Student Travel Confederation (ph.) 國際學生旅遊聯盟。

international travel (ph.) 國際旅遊。

International United of Official Travel Organization (ph.) 簡稱IUOTO 國際官方組織聯合會。

International Vaccination Certificate (ph.) 國際預防接種證明書。

International Youth Hotel Federation Card (ph.) 簡稱 IYHF Card，國際青年旅社卡。

internationalization (n.) 國際化。

internationalize (v.) 使國際化。

Internet (n.) 電腦的網際網路。

internet access (n.) 連線上網。(v.) 連線上網。

internet phone (n.) 網路電話。

interstate (adj.) 美國州與州之間的。(n.) 美國州際公路。

inter-related (n.) 總體性。

int'l (abbr.) international (adj.) 國際的；國際間的。

intra-Alaskan airlines (n.) 阿拉斯加的內部航線。

intra-Hawaiian airlines (n.) 夏威夷的內部航線。

invoice (v.) 開發票給。(n.) 發票。

involuntary refund (ph.) 非自願退票。

Iran (n.) 伊朗。

Iraq (n.) 伊拉克。

Ireland (n.) 愛爾蘭。

iron curtain (ph.) 鐵幕。

iron horse (ph.) 火車頭（俚語）。

Islam (n.) 伊斯蘭教；伊斯蘭教徒；伊斯蘭教國家。

Islamabad (n.) 伊斯蘭馬巴德，巴基斯坦首都。

Islamic (adj.) 伊斯蘭的；伊斯蘭教徒的。

Islamism (n.) 伊斯蘭教；伊斯蘭教義以及習俗。

island (n.) 島；島狀物；安全島。

islander (n.) 島上居民。

isle (n.) 島；小島。

Isle of Man (ph.) 英屬地曼島。

Isle of Wight (ph.) 英屬地懷特島。

islet (n.) 小島。

ISLVW (abbr.) **Island View** 島景。

ISO (abbr.) **International Standards Organization** 國際標準組織，其總部設立在日內瓦，是一個為提升工業技術與科學發展，而致力於各種非專屬性質的標準的一個非營利性組織。

isobar (n.) 等壓線。

Israel (n.) 以色列。

isthmus (n.) 地峽。

IT number (ph.) **inclusive tour number** 全備旅遊的代號，這個代號是由航空公司所指定的，表示這個團體旅遊已經達到航空公司所要求的全備旅遊的幾個標準。

Italy (n.) 義大利。

ITB (abbr.) **International Tourist Board** 國際觀光局，有關歐洲主要消費者的商品展。

itinerant (n.) 一位從一地遊過一地的巡迴遊客。

itinerary (n.) 旅程，旅行社提供給客戶的一個初步或是粗略的旅遊計畫行程表。

itinerary (final itinerary) 確定旅程，旅行社提供給客戶的一個確定旅遊行程表，包括所有的細節、班機號碼、離開時間，以及所有旅程活動的細節等。

ITMI (abbr.) **International Tour Management Institute, San Francisco** 舊金山國際旅遊經營管理協會，專門訓練領隊人才。

IUOTO (abbr.) **International United of Official Travel Organization** 國際官方組織聯合會，該會於1975年更名為World Tourism Organization，簡稱WTO世界觀光組織。

Ivory Coast (cote d'lvoire) (ph.) 象牙海岸，位於西非的一共和國。

J

jai alai (ph.) 迴力球，盛行於拉丁美洲類似手球的室內球類運動。

Jakarta (n.) 雅加達，印尼（Indonesia）首都。

JAL (abbr.) **Japan AirLines** 日本航空公司。

jalapeno (n.) 墨西哥辣椒。

jalopy (n.) 老爺汽車，老爺飛機（口語）。

jalor (n.) 東印度群島之帆船或是划船。

jam (n.) 果醬。

jam session (ph.) 爵士樂即興演奏會。

Jamaica (n.) 牙買加。

jambalaya (n.) 什錦飯（美國）。

jambo (int.) 東非的打招呼語「您好」之意。

jamboree (n.) 童子軍大會；喧鬧之宴會或是娛樂。

jammy (adj.) 塗上果醬的。

jams (n.) 短褲睡衣；男衝浪者穿的寬短褲。

Janus (n.) 古羅馬之兩面神。

Japan (n.) 日本。

Japan Current (ph.) 日本海流；黑潮，太平洋的暖流之一與Gulf Stream
墨西哥灣流類似。

Japan Travel Bureau (ph.) 簡稱JTB，日本交通公社。

Japanese (n.) 日本人。(adj.) 日本的；日本人的。

Japanesque (n.) 日本式的事物。(adj.) 日本式的。

Japheth (n.) 《聖經》裡的雅弗，他是諾亞的第三個兒子，傳說他為印歐
種族的祖先。

jargon (n.) 行話，行業術語。

jarl (n.) 中古時代北歐的貴族。

JATO (abbr.) **Jet Assisted Take-Off** 輔助起飛；輔助起飛的加速裝置。

jaunt (n.) 短途旅遊；遠足。(v.) 做短途旅遊。

jaunting car (ph.) 在愛爾蘭一種輕便、開放式、兩輪的運貨車。

Java (n.) 爪哇；爪哇咖啡。

Java man (ph.) 爪哇猿人。

jaywalk (v.) 不遵守交通規矩而橫闖馬路。

jazz (n.) 爵士樂；爵士舞。(v.) 演奏爵士樂；跳爵士舞。

jazz-rock (n.) 爵士搖滾樂。

jazzy (adj.) 爵士樂的。

jeep (n.) 吉普車。

jeepney (n.) 菲律賓一種由吉普車改裝而成的運輸車。

Jehovah (n.) 《聖經》裡的耶和華、上帝。

Jerusalem (n.) 耶路撒冷，以色列（Israel）的首都。

jet lag (ph.) 時差，因為長途飛行以及經過不同的時區，因而產生的失眠，沒有食欲以及脾氣暴躁等生理節奏失調的症狀與現象。

jet loader (ph.) 讓旅客上飛機或是下飛機用的由機門延伸出來，可以收放的活動舷梯。

jet set (ph.) 經常搭乘噴射客機環遊世界的闊佬。

Jet Ski (ph.) 水上摩托車。

jet ski (ph.) 噴射式滑雪板或是滑撬。

jet stream (ph.) 噴射氣流；高速氣流。

jete (n.) 芭蕾舞的越步。

jet-lagged (adj.) 有時差現象的。

jetliner (n.) 噴射客機。

jetport (n.) 噴射客機機場。

jet-rotor (n.) 直昇機的噴射旋轉翼。

jet-setting (adj.) 噴射式客機旅遊界的；闊佬們的。

jet-ski (n.) 小型高速滑艇。

jetton (n.) 賭博時用的籌碼。

jetty (n.) 防坡堤。

jeu de mots (ph.) 雙關語；俏皮話（法國）。

Jew (n.) 猶太人；猶太教；守財奴、奸商（口語）。

jewel (n.) 寶石。(v.) 用寶石裝飾。

jewel case (ph.) 珠寶盒。

jewelfish (n.) 珠寶魚，產於非洲的一種淡水小魚。

jewellery (n.) 珠寶，首飾的總稱。

Jewish (adj.) 猶太人的；猶太教的。

Jewry (n.) 猶太人的總稱；猶太社區。

jitney (n.) 用來乘載少數旅客的汽車、箱型車或是小巴士。

JNTO (abbr.) **Janpanese National Tourist Office** 日本國立遊客諮詢處。

joint conference areas (ph.) 聯合會議地區。

joint fare (ph.) 當旅行需要使用到兩家或以上的航空公司時，所得到的一個特價。

Jordan (n.) 約旦，位於阿拉伯北部的王國。

journey (n.) 旅程；旅行；行程。

Jove (n.) (**Jupiter**) 朱比特，羅馬神話的宙斯神。

joy ride (ph.) 駕車兜風。

joy stick (ph.) 汽車的駕駛盤，飛機的操縱桿（口語）。

JTBI (abbr.) **Japan Travel Bureau** 日本交通公社。

JTBI (abbr.) **Japan Travel Bureau International** 日本國際旅行事務所。

jumbo jet (ph.) 指大型的廣體飛機，例如：波音747。

junior suit (ph.) 有分開的睡房與客廳的飯店客房。

junket (n.) 公費旅遊，旅遊的費用都是由某企業團體、賭場或是飯店所贊助的公費旅遊。(v.) 野餐；去旅遊；作公費旅遊（美國）。

J

junketeer (n.) 用公費旅遊的人（美國）。

junketing (n.) 用公費宴請。

Jupiter (n.) 木星；朱比特，羅馬神話的宙斯神。

Jurassic (n.) 侏羅紀。(adj.) 侏羅紀的；侏羅系的。

jury (n.) 陪審團；評審委員會。

justice of the peace (ph.) 治安法官兼辦司法的地方官。

K

Kaaba (n.) 卡巴聖堂（回教寺院裡的聖堂名）。

kabala (n.) 猶太教的神秘哲學；奧秘的教義。

kabob (n.) 烤肉。

kabuki (n.) 日本的歌舞伎。

Kabul (n.) 喀布爾，阿富汗首都。

Kabyle (n.) 北非的卡拜爾人；北非的卡拜爾語。

Kaddish (n.) 猶太教的頌禱詞。

kaffeeklatch (n.) 有咖啡與茶點的敘談聚會。

kaffee klatsch (n.) 非正式的喝咖啡聊天的聚會。

kaffir (n.) 有貶意的非洲黑人（南非）。

Kafir (n.) 卡菲爾人；卡菲爾語；南非黑人。

kaftan (n.) 土耳其長袍；女用寬大袍。

Kafue (n.) 位於非洲的喀輔埃河。

Kagoshima (n.) 鹿兒島，位於日本九州的一個海港。

Kahoolawe (n.) 卡侯歐拉維島，夏威夷群島之一。

kai (n.) 夏威夷語的「海」之意。

Kaifeng (n.) 開封，中國河南省省會。

Kaiser (n.) 皇帝。

kaiserism (n.) 獨裁統治。

kaizen (n.) 日本的一種經營管理的理念，以注重聽取員工的意見來做為
生產的改善的經營法。。

kaka (n.) 卡卡鸚鵡。

kakapo (n.) 紐西蘭的鸚鵡。

kakemono (n.) 字畫（日本）。

KAL (abbr.) **Korean Airlines** 韓國航空公司。

K

Kalahari Desert (ph.) 非洲西南部的喀拉哈里沙漠。

kaleidoscope (n.) 萬花筒；事物的千變萬化。

kaleyard (n.) 菜園（蘇格蘭）。

kalmuck (n.) 卡爾慕克人，居住在高加索山與中國新疆北部的蒙古族人；卡爾慕克語。

Kama (n.) 印度神迦摩天；欲望。

Kamchatka (n.) 堪察加半島，位於蘇俄西伯利亞的東北部。

kamikaze (n.) 二次大戰時，日本軍國主義的神風特攻隊飛行員，或是神風飛機。(adj.) 神風特攻隊的；自殺性的。

Kampala (n.) 坎帕拉，非洲烏干達（Uganda）首都。

kampong (n.) 馬來西亞的鄉村。

Kampuchea (n.) 柬埔寨。

kana (n.) 日文字母的假名。

Kanaka (n.) 夏威夷與南太平洋島上的土著，叫做肯納人。

Kanchenjunga (n.) 喜瑪拉雅山脈之一峰的肯欽眞加峰。

kangaroo (n.) 袋鼠。

kanji (n.) 日文中的漢字。

Kannada (n.) 印度的坎那達語。(adj.) 印度坎那達語的。

Kansan (n.) 美國堪薩斯州人。(adj.) 美國堪薩斯州的。

Kansas (n.) 美國堪薩斯州。

Kansas City (n.) 美國堪薩斯城。

kantar (n.) 坎塔爾，地中海國家的一種重量單位。

Kaohsiung (n.) 高雄，台灣南部的港市。

kaoliang (n.) 高粱。

karaoke (n.) 卡拉OK。

karaoke box (ph.) 卡拉OK機。

karat (n.) K金、開，用以表示金子等的純度。

karate (n.) 空手道。

karma (n.) 佛教名詞的「羯磨」、「業」、「果報」,以及「命運」等。

karoo (n.) 南非乾旱台地。(adj.) 南非乾旱台地的。

karoshi (n.) 過勞死。

karst (n.) 喀斯特地形;水蝕石灰岩地形。

Kasai (n.) 非洲河流之一的卡塞河。

Kasbah (n.) 北非城市的原住民區。

kasha (n.) 蕎麥片。

Kashmir (n.) 喀什米爾。

Kashmiri (n.) 喀什米爾人;喀什米爾語。

kashrut (n.) 猶太教的飲食教規。

katakana (n.) 日文字母的片假名。

Katharevusa (n.) 純正道地的希臘語。

Kathiawar (n.) 印度西北部的卡提瓦半島。

Katmandu (n.) 加德滿都,尼泊爾(Nepal)首都。

Kattegat (n.) 卡得加特海峽。

Kauai (n.) 夏威夷群島第四大島的考艾島。

kayak (n.) 愛斯基摩小船;小艇。

Kazakhstan (n.) 哈薩克,原為蘇聯共和國之一,於1991年12月獨立,現在為獨立國協之一員。

kea (n.) 紐西蘭產的肉食鸚鵡。

Keats (n.) 英國詩人濟慈。

kebab (n.) 印度烤肉串。

kedgeree (n.) 用米、蛋、洋蔥以及豆類所做成的印度燴飯。

keel (n.) 船隻的龍骨。

keelage (n.) 入港稅。

keep a diary (ph.) 寫日記的習慣。

keep in light (ph.) 適當的解說內容。

K

keep one's fingers crossed (ph.) 祈求好運。

Kentucky (n.) 美國肯塔基州。

Kentucky Fried Chicken (ph.) 肯塔基炸雞。

Kenya (n.) 肯亞，位於東非的國家。

Kenyan (n.) 肯亞人。(adj.) 肯亞的；肯亞人的。

kepi (n.) 法國軍用平頂帽。

kermess (n.) 荷蘭、比利時等國每年一次的露天市集、義賣會、慈善園遊會。

Kerulen (n.) 位於蒙古東部的克魯倫河。

kerygma (n.) 宗教的宣講福音。

ketchup (n.) (**catchup**) 調味用的番茄醬。

key agent (ph.) 主要的代理商。

kg (abbr.) **kilograms** 公斤。

kiimmel (n.) 一種在德國或是蘇俄製的酒，通常會加入葛縷子以及小茴香來飲用。

kilo (abbr.) **kilograms** 公斤。

kilobyte (n.) 千位元組。

kilocalorie (n.) 千卡，熱量單位，1000卡。

kimono (n.) 日本和服。

king room (ph.) **king-sized bed**的客房。

Kingston (n.) 京斯敦，牙買加（Jamaica）的首都。

kiosk (n.) 涼亭；露天音樂台；小亭；地鐵入口；報攤。

Kiowa (n.) 美國凱歐瓦族印第安人；凱歐瓦語。

km (abbr.) **kilometer** 公里。

km/h (abbr.) **kilometers per hour** 公里／小時。

km/l (abbr.) **kilometers per liter** 公里／公升。

KMT (abbr.) **Kuo Min Tang** 中國國民黨。

knap (n.) 小山。(v.) 敲；搗碎。

knapsack (n.) 徒步旅行者或是士兵所背的背包。

knoll (n.) 小丘。

knot (n.) 海里，約1.15英哩／小時。

know-how (n.) 專業能力；技術。

know your audience (ph.) 滿足團友之需求。

KNTC (abbr.) **Korea National Tourist Corporation** 韓國國家觀光者
協會。

Koran (n.) 《可蘭經》，回教經典。

Koranic (adj.) 《可蘭經》的。

Kordofanian (n.) 非洲的科爾多凡語。

Korea (n.) 韓國。

Korea, North (n.) 北韓。

Korea, South (n.) 南韓。

Korean (n.) 韓國人；韓國語。(adj.) 韓國的；韓國人的；韓國語的。

korma (n.) 一種印度料理叫拷瑪，用肉類與奶油所製成的。

koruna (n.) 捷克的貨幣單位，稱為克朗。

kosher (adj.) 食物等合乎猶太教的；潔淨的。

koto (n.) 日本十三條弦的古箏。

kourbash (n.) 埃及以及土耳其等地用河馬或是犀牛皮做成的皮鞭。

Kowloon (n.) 九龍。

kow tow (ph.) 叩頭。

KPH (abbr.) **Kilometers Per Hour** 公里／小時。

KSML (abbr.) **Kosher Meal** (ph.) 合乎猶太教教規的食物。

kuchen (n.) 德國式的咖啡蛋糕，通常會用水果至來製作。

kudu (n.) 產於南非的有斑紋的大羚羊。

Kufic (n.) 庫法字母，阿拉伯字母的一種，穆罕默德時代庫法氏用來印行
《可蘭經》的字母。(adj.) 庫法的，庫法字母的。

kukri (n.) 印度闊爾客人所使用的大彎刀。

K

Kultur (n.) 文明；德國納粹分子等自以為優越的德國文化。

Kulturkampf (n.) 文化爭端；一般俗世中與教會之間的各種爭端或是戰爭。

Kumamoto (n.) 位於日本九州西海岸的熊本市。

kumiss (n.) 亞洲牧民所飲用的馬奶酒。

kung fu (ph.) 中國功夫。

Kunlun (n.) 中國西部的崑崙山。

Kunming (n.) 中國的昆明。

Kunsan (n.) 群山，韓國西南部的一個海港。

Kurd (n.) 西亞的遊牧民族庫德人。

Kurdish (n.) 庫德語。(adj.) 庫德人的；庫德文化的；庫德語的。

Kurdistan (n.) 庫德斯坦，位於亞洲西南的高原山區。

Kurile Islands (ph.) 千島群島。

kurus (n.) 庫魯，土耳其的貨幣單位。

Kuwait (n.) 科威特，位於阿拉伯東北部，波斯灣西北海岸的一個盛產石油的國家。

Kuwait City (ph.) 科威特市，科威特的首都。

Kuwaiti (n.) 科威特人。(adj.) 科威特的；科威特人的。

kvas (n.) 俄國的黑麥或是大麥做成的啤酒。

kvass (n.) 克瓦斯；淡啤酒。

Kwa (n.) 克瓦語；屬於剛果語族的一支。

kwacha (n.) 克瓦查，非洲尚比亞的貨幣單位。

Kwajalein (n.) 瓜加林島，位於太平洋馬紹爾群島的一環狀珊瑚小島。

Kwakiutl (n.) 瓜基烏圖族，加拿大的溫哥華島北部及英屬哥倫比亞沿岸的印第安人；瓜基烏圖語。

Kwando (n.) 寬渡河，源自非洲安哥拉的中部。

kwanza (n.) 非洲安哥拉的貨幣單位。

kwela (n.) 奎拉舞，南非的一種民間舞蹈。

KY (abbr.) **Kentucky** 美國肯塔基州的郵遞區號。

kyat (n.) 元，緬甸的貨幣單位。

kyle (n.) 蘇格蘭的狹海峽。

Kyoto (n.) 日本本州南部的京都市。

Kyrie eleison (n.) 天主教、東正教以及聖公會在彌撒時的《祈憐經》。

Kyushu (n.) 日本第三大島九州島。

L

L

La Cumbre 以促進從拉丁美洲與西班牙來美的旅行的一種行銷會議。

Labrador (n.) 拉不拉多半島，位於哈德遜灣與聖勞倫斯灣之間；位於加拿大東部之一區的拉不拉多；紐芬蘭的一種獵犬。

Labradorian (n.) 拉不拉多的居民。(adj.) 拉不拉多半島的。

Labrador Current (ph.) 北大西洋的海洋寒流。

Labyrinth (n.) 希臘神話裡的拉比林特斯迷宮。

labyrinth (n.) 迷宮；迷津；事務等的錯綜複雜；內耳的迷路。

labyrinthian (adj.) 迷宮似的；曲折的。

labyrinthine (adj.) 迷宮似的；錯綜複雜的。

lacrosse (n.) 長曲棍球。

ladder (n.) 梯子。

lad (n.) 少年；男孩；小伙子；口語上的親密稱呼，伙伴、老弟之意。

laddie (n.) 少年；男孩；小伙子（蘇格蘭）。

laddish (adj.) 如少年的。

lagniappe (n.) (**lagnappe**) 小贈品；美國路易斯安那州以及南德州的商店，店家常常常會準備一些小贈品送給來店購物的客人。

lagoon (n.) 潟湖；鹹水湖。

Lagos (n.) 奈及利亞的首都拉哥斯。

lahar (n.) 火山的泥流。

Lahore (n.) 拉合爾，位於巴基斯坦的一個城市。

lanai (n.) 陽台。

land agent (ph.) 地產管理人地產經紀人。

land mass (ph.) 陸塊；地塊。

land mine (ph.) 地雷。

land only (ph.) 交通運輸的費用不包括機票。

Land Rover (ph.) 英製的多用途越野車。

landblink (n.) 陸光；北極陸地附近所見到異光。

landau (n.) 一種四輪的蘭道馬車；敞篷的蘭道舊式汽車。

landfall (n.) 遠洋航行或是飛行時初見陸地；登陸。

landform (n.) 地形。

landholder (n.) 地主。

landing (n.) 降落；著陸。

landing charge (ph.) 碼頭的起岸費；卸貨費。

landing craft (ph.) 登陸艇。

landing field (ph.) 飛機等的著陸場。

landing gear (ph.) 起落架；起落裝置。

landing strip (ph.) 沒有機場設施的飛航跑道。

landingwaiter (n.) 海關人員（英國）。

landlady (n.) 女房東；旅館或是民宿等的女主人、女老闆。

landlocked (adj.) 被陸地所包圍的；內陸的。

landlord (n.) 房東；旅館或是民宿等的主人、老闆。

landlubber (n.) 不懂航海之人；經驗不足的水手。

landmark (n.) 顯而易見的地標、陸標；國界的界石或是界標。

landscape (n.) 陸上的風景。

Laos (n.) 寮國，位於東南亞的國家。

lapis (n.) 石頭；寶石。

lapis lazuli (ph.) 天青石；青金石。

Lapland (n.) 拉普蘭，北歐斯堪地那維亞半島（Scandinavia）最北端地區。

Laplander (n.) 北歐的拉普蘭人。

larboard (n.) 左舷；左舷側。(adj.) 左舷的；左舷側的。

last-room availability (ph.) 電子訂房系統，提供使用者一個資訊去了解這家飯店最近還可以接受訂房的房間數。也可以指一個旅行社訂房

L

人員，可以訂到某家飯店最後一間房的能力。

last-seat availability (ph.) 電子訂位系統，提供使用者一個資訊去了解這家航空公司最近還可以接受訂位的空位數。

late arrival passenger (ph.) 晚到的旅客。

Latin (n.) 拉丁人；拉丁語。(adj.) 拉丁人的；拉丁語的。

Latin America (ph.) 拉丁美州。

Latin American (ph.) 拉丁美州人。

Latin Church (ph.) 拉丁教會。

Latin cross (ph.) 十字架。

Latino (n.) 拉丁美州人。(adj.) 拉丁美州人的；拉丁美州的。

latitude (n.) 緯度。

latitudinal (adj.) 緯度的。

latitudinarian (n.) 不拘泥於教義以及形式的人。(adj.) 就宗教方面而言，不拘泥於教義以及形式的。

latitudinarianism (n.) 自由主義。

latke (n.) 馬鈴薯餅。

latria (n.) 天主教對上主的最高崇拜。

Latter-day Saint (ph.) 摩門教徒。

Latvia (n.) 拉脫維亞，原為蘇聯共和國之一，於1991年8月獨立。

launch (v.) 使船下水；發動；推動；出航。

launch out (ph.) 出航，開始。

launderette (n.) 自助洗衣店。

laundromat (n.) 自助洗衣店。

laundry (n.) 洗衣店；送洗的衣物；洗好的衣物。

laundry basket (ph.) 放髒衣服或是裝已洗衣物的洗衣籃。

laurel wreath (ph.) 桂冠。

laus Deo (ph.) 榮耀歸於上帝（拉丁）。

Lausanne (n.) 瑞士的洛桑市。

lav (n.) (**lavatory**) 洗手間、盥洗室或是廁所（口語）。

lava (n.) 火山岩；熔岩。

lavabo (n.) 天主教的洗手禮；洗手禮用的手巾。

lava-lava (n.) 太平洋群島上的島民所穿的一種衣服。

lavatorial (adj.) 盥洗的；廁所的。

lavatory (n.) 洗手間、盥洗室，或是廁所。

lavatory paper (ph.) 衛生紙。

lavender (n.) 薰衣草。

layout (n.) 安排；設計；規劃。

layover (n.) 轉機，轉火車等的滯留時間。

layperson (n.) 門外漢；外行。

LDW (abbr.) **Loss Damage Waiver** 汽車保險的一種，保障車輛因為碰撞而損壞的保險。

lead singer (ph.) 流行樂團的主唱歌手。

lead story (ph.) 報紙與廣播的頭條新聞。

lead time (ph.) 訂貨與交貨的期間。

lead-free (adj.) 無鉛的。

leading article (ph.) 頭條新聞。

leading edge (ph.) (**leading-edge**) 指科學技術發展的最先進，最尖端方面。

leading lady (ph.) 女主角。

leading light (ph.) 重要人物。

leading man (ph.) 男主角。

leading-edge (ph.) (**leading edge**) 指科學技術發展的最先進，最尖端方面。

Lebanon (n.) 黎巴嫩，位於地中海東岸的一共和國。

lectern (n.) 讀經台；講台。

lee (n.) 庇護；庇護處。(adj.) 避風處的。

L

leeward (n.) 背風面。(adj.) 背風的;向下風的。(adv.) 背風;向下風。

left field (ph.) 棒球的左外野。

left fielder (ph.) 棒球的左外野手。

left luggage (ph.) 行李寄放;寄存的行李(英國)。

left luggage office (ph.) (**left-luggage office**) 行李寄放處(英國)。

left-hand drive (ph.) 車輛的左座駕駛。

left-handed (adj.) 左撇的。

left-hander (ph.) 左撇子。

leg (n.) 一段航程,一段旅程。

lei (n.) 夏威夷人戴在頸上的花環。

Leicestershire (n.) 英國列斯特郡。

leisurable (adj.) 悠閒的。

leisure (adj.) 空閒的;業餘的。(n.) 閒暇;空閒時間。

leisure centre (ph.) 休閒活動中心。

leisure suit (ph.) 男士休閒式的輕便套裝,包括長褲以及夾克上衣。

leisure time (ph.) (**discretionary time**) 下班後的時間。

leisure travel (ph.) 休閒觀光旅遊,並非因公的旅遊。

leisure wear (ph.) (**leisurewear**) 居家服。

Lesser Antilles (ph.) 小安地列斯群島,在加勒比海像弧形的地區,由維京群島延伸到南美洲沿海地區。

Lesotho (n.) 賴索托,位於非洲的一國。

letter box (ph.) (**letterbox; mailbox**) 郵筒;信箱。

letter carrier (ph.) 郵差。

letter of credit (ph.) 信用狀。

letterhead (n.) 印在信紙上方的寄信人之姓名、地址,以及電話等的文字。

letter-size (adj.) 信紙規格的。

lettuce (n.) 萵苣,做生菜沙拉用的蔬菜,有Romaine lettuce, Leaf lettuce,

Head lettuce (Iceberg lettuce)，以及Butter lettuce。

leu (n.) 羅馬尼亞的貨幣單位。

lev (n.) 保加利亞的貨幣單位。

liability coverage (ph.) 第三責任險，汽車保險的一種，當有人員受傷而要求賠償金時的保障，也是租車時的一種投保的選擇。

Liberia (n.) 賴比瑞亞，位於非洲西部的一共和國。

Libreville (n.) 自由市，非洲中西部加彭（Gabon）的首都，瀕臨幾內亞灣。

Libya (n.) 利比亞，位於北非的國家。

lido (n.) 海水浴場；海濱遊樂場。

lido deck (ph.) 客輪上有游泳池的層面，客輪上有一層的層面是沒有頂的，游泳池就位於這層的層面上。

lie detector (ph.) 測謊器（口語）。

Liebfraumilch (n.) 德國的萊茵白葡萄酒。

Liechtenstein (n.) 位於歐洲的列支敦斯登。

lied (n.) 德國的抒情歌曲。

Liederkranz (n.) 德國的一種有著強烈香味的乾酪。

Liege (n.) 比利時的列日市。

liege (n.) 封建時代的君子；王侯。

liegeman (n.) 臣子。

life belt (ph.) 安全帶。

life boat (ph.) (**lifeboat**) 救生艇。

life buoy (ph.) (**lifebuoy**) 救生圈；救生衣。

life cycle (ph.) 生命週期。

life expectancy (ph.) 平均壽命。

life force (ph.) 生命力。

life guard (ph.) 救生員。

life history (ph.) 生活史；個人經歷；傳記。

life jacket (ph.) 救生衣。

life preserver (ph.) 救生用具。

life raft (ph.) 橡皮製救生艇。

life science (ph.) 生命科學。

life sciences (ph.) 生命科學。

life style (ph.) 生活風尚。

life support system (ph.) 太空人等的生命維持系統。

life vest (ph.) 救生衣。

lifeboat (ph.) (life boat) 救生艇。

lifebuoy (ph.) (life buoy) 救生圈；救生衣。

Lilongwe (n.) 里朗威，馬拉威（Malawi）的首都。

Lima (n.) 利馬，秘魯（Peru）的首都。

limey (n.) 美國人帶有貶意地稱呼英國佬，英國水手或英國人。

limicoline (adj.) 棲息岸邊的動物；涉禽類的。

limousine (n.) 大型的豪華轎車；美國機場或是車站等用來接送旅客的小型巴士。

limousine liberal (ph.) 富有的自由派人士；富有的開朗人士。

limited (adj.) 不多的；有限額的。(n.) 美國的火車或是巴士等的特快車。

limited availability (ph.) 不多的，有限額的訂位，訂房等等的廣告特價產品，欲購從速。

limited company (ph.) 股份有限公司。

limited edition (ph.) 有限額的發行限定版。

limited mileage allowance (ph.) 租車時，有哩程數的限制，超過租車公司規定的免費哩程數後，超過的以每一英哩的計價來收費。

limnetic (adj.) 淡水的。

limnology (n.) 湖沼學。

Limoges (n.) 里摩，位於法國（France）中西部的一個城市。

lineage (n.) 後裔；家系。

linen basket (ph.) 收放髒衣服的洗衣籃。

linen closet (ph.) 放置床單、桌布以及毛巾等物的壁櫥。

linen cupboard (ph.) 被單毛巾櫃。

liner (n.) 遠洋客輪。

lingo (n.) 奇怪難懂的語言。

lingua franca (ph.) 義大利混雜語；混合語；通用語。

linguini (n.) 細扁長條的義大利麵。

linguist (n.) 通曉數種外國語言的人；語言學者。

linguistic (adj.) 語言的；語言學的。

liqueur (n.) 味甜而芳香的一種烈酒，利口酒。

liquor (n.) 含有酒精的飲料。

Lisbon (n.) 里斯本，葡萄牙（Portugal）的首都。

lithosphere (n.) 地殼；岩石層；地球表面。

Lithuania (n.) 立陶宛，原為蘇聯共和國之一，於1991年8月獨立。

living history (ph.) 活歷史，一種為了研究或是觀光而製造安排的真實
歷史環境與日常活動。

Ljubljana (n.) 盧布爾雅那，斯洛維亞共和國（Slovenia）的首都。

load factor (ph.) 航空公司用語，與飯店的住房率百分比同意思。

local (n.) 當地居民；本地人；每站停的公車或是火車。(adj.) 地方性的；
當地的；本地的；鄉土的；局部的。

lo-cal (adj.) (**low calorie**) 低卡的。

local agent (ph.) (**receptive tour operator, ground handler, ground
handling agent**) 當地旅行社代理商，負責團體到達時的各種住宿、
當地交通運輸、旅遊行程、餐飲等服務與安排。

local call (ph.) 市內的通話。

local color (ph.) 鄉土色彩。

local colour (ph.) 文藝作品的地方特色；鄉土特色。

local excursion business (ph.) 國民旅遊安排業務。

local government (ph.) 地方政治。

L

local guide (ph.) 地區導遊。

local history (ph.) 地方史。

local paper (ph.) 地方小報。

local radio (ph.) 地方的廣播電台。

local rag (ph.) 地方小報（英國口語）。

local time (ph.) 當地時間。

lodge (n.) 旅舍；山林小屋；學校，工廠或是公園的看守人的小屋。(v.) 投宿；寄宿。

lodger (n.) 房客；寄宿者。

lodging (n.) 寄宿；寄宿；住所；租住的房間。

log (n.) 航海或是飛行日誌；工程、檢修等的工作記錄本；原木；圓木。

log book (ph.) (**logbook**) 航海、飛行、旅行或是飯店員工交接用的日誌。

log cabin (ph.) 木屋。

log file (ph.) 電腦的記錄檔。

log on (ph.) 電腦的開機。

logbook (n.) (**log book**) 航海、飛行、旅行或是飯店員工交接用的日誌。

loggia (n.) 涼廊。

logging (n.) 砍伐原木。

logic (n.) 邏輯；邏輯學；推理。

logo (n.) 公司或是產品的標誌。

Lome (n.) 位於西非的多哥（Togo）共和國的首都。

London (n.) 倫敦，大英聯合王國（United Kingdom）的首都。

Long Beach (ph.) 長堤，美國加州西南部的一城市。

long board (ph.) 長形的衝浪板。

long distance (ph.) 長途的通訊；長途電話。

long drink (ph.) 大杯的飲料，例如：大杯的啤酒等。

long face (ph.) 不高興的臉色；悶悶不樂的臉色。

long johns (ph.) 穿起來很暖和的長內衣褲（口語）。

long jump (ph.) 跳遠。

long vacation (ph.) 大學的暑假。

long weekend (ph.) 長週末，星期一或是星期五也是假日的長週末。

longan (n.) 龍眼；桂圓。

longbeard (n.) 留有長鬍鬚的人。

longboat (n.) 大艇。

longbow (n.) 長弓；大弓。

longitude (n.) 經度。

longitudinal (adj.) 長度的；縱的；經度的；經線的。

long-lasting (adj.) 持久的。

longleaf pine (ph.) 產於美國南部的長葉松。

long-range (adj.) 遠程的。

long-run (adj.) 長期的。

long-running (adj.) 持續一段很長時間的。

longshoreman (n.) 碼頭工人。

longsighted (adj.) (long-sighted) 遠視的；有遠見的。

long-sighted (adj.) (longsighted) 遠視的；有遠見的。

long-standing (adj.) 存在已久的。

long-stay (adj.) 長住的；久留的。

long-term (adj.) 長期的。

loo (n.) 一種古代的紙牌戲。

looby (n.) 笨蛋。

loofah (n.) 絲瓜。

look forward to (ph.) 盼望。

loon pants (ph.) 喇叭褲。

looney (n.) 加幣的一元硬幣，兩元硬幣稱為tooney。

Loop (n.) 芝加哥的一個商業區。

L

looped (adj.) 酩酊大醉的。

loop-the-loop (n.) 飛行表演之垂直翻轉；雲霄飛車。

loran (n.) 遠距離的無線導航系統。

Lord's day (ph.) 主日；星期日。

lordship (n.) 貴族身分或是地位。

lorikeet (n.) 澳洲小鸚鵡。

lory (n.) 澳洲及其附近島嶼所產的猩猩鸚鵡。

Los Angeles (ph.) 洛杉磯，位於美國加州西南部的。

lost and found (ph.) 行李遺失尋找組。

lost tickets (ph.) 機票遺失。

low beam (ph.) 車頭燈的短焦距光。

Low Church (ph.) 英國教會的一派，低教會教派。

low comedy (ph.) 低級喜劇。

Low Countries (ph.) 指荷蘭、比利時以及盧森堡等的低地國家。

Low German (ph.) 指德國北部以及西部方言的低地德語。

low life (ph.) (**lowlife**) 下層社會的生活。

low profile (ph.) 低姿態；低調。

low season (ph.) (**off-season**) 旅遊業淡季。在旅遊淡季時，包括機票、
飯店、旅遊團費等費用，會有比較低的價位。

Low Sunday (ph.) 復活節後的第一個星期天。

low tide (ph.) 低潮。

low water (ph.) 低潮；低水位。

low water mark (ph.) 低潮線；低水位線。

lowboy (n.) 有抽屜的矮腳櫃。

low-class (adj.) 低級的。

low-cost (adj.) 廉價的。

low-cut (adj.) 開口低的女性服飾。

lower class (ph.) 下層社會。

Lower House (ph.) 下議院；眾議院。

low-flying (adj.) 低飛的；低空飛行的。

low-grade (adj.) 低級的；劣等的。

low-keyed (adj.) 低調的。

Lowlands (n.) 蘇格蘭東南部的低地。

lowlife (n.) (**low life**) 下層階級的人。

low-necked (adj.) 領口低的。

low-paid (adj.) 工資低的。

low-pitched (adj.) 低調的。

low-pressure (adj.) 低壓的。

low-rise (adj.) 建築物層數少的。

low-risk (adj.) 低危險率的；安全的。

LSF (abbr.) **Local Selling Fare** 以原來國家的貨幣來計價的費用。

luggage (n.) 行李。

luggage compartment (ph.) 巴士上放置旅客行李的地方。

luggage rack (ph.) 列車車箱的行李架。

luggage van (ph.) 行李車。

lugworm (n.) 常用來做為釣餌用的海蚯蚓。

Luke (n.) 《聖經》中的路加；〈路加福音〉。

lukewarm (adj.) 指液體微溫的；不夠熱心的。

lullaby (n.) 催眠曲；搖籃曲。(v.) 唱搖籃曲使入睡。。

lumbago (n.) 腰痛。

lumberer (n.) 伐木者。

lumbering (n.) 伐木業。

lumpen (n.) 德國的無業遊民；過著流浪生活。(adj.) 無業遊民的；過著流
浪生活的。

lumpenproletariat (n.) 缺乏階級意識的無產階級。

Luanda (n.) 羅安達，位於西非的安哥拉（Angola）的首都。

Luna (n.) 月亮;月神。

lunabase (adj.) 月球上低平面的。

lunar (adj.) 月球上的;月的;月亮似的;陰曆的;按地球運轉來測定的。

lunar eclipse (ph.) 月蝕。

lunar month (ph.) 太陰月;陰曆月。

lunate (adj.) 新月形的。

lunation (n.) 陰曆月。

lunch (n.) 午餐;便餐。(v.) 吃午餐;為……提供午餐。

lunch box (ph.) 便當。

lunch break (ph.) 午休時間。

lunch counter (ph.) 速食餐廳的長櫃檯。

lunch hour (ph.) 午餐時間。

luncheon (n.) 午餐;正式的午餐會。

luncheon meat (ph.) 豬肉罐頭。

luncheon voucher (ph.) 發給員工可以在餐館用餐的就餐券〔英國〕。

luncheonette (n.) 供應簡便午餐的餐館。

lunchroom (n.) 速簡餐館;快餐廳;學校或是工廠的餐廳。

lunchtime (n.) 午餐時間。

Lusaka (n.) 路沙卡,尚比亞〔Zambia〕的首都。

luxury (n.) 出租汽車的豪華型車。

luxury goods (ph.) 奢侈品;精美昂貴的物品。

Luzon (n.) 菲律賓的呂宋島。

Luxembourg (n.) 盧森堡,位於德國、法國與比利時之間。

Lydian (n.) 里底亞人;里底亞語。

Lyons (n.) 里昂。

M

M / M (abbr.) **Mr.and Mrs.** 先生／太太的縮寫。

Macedonia (n.) 馬其頓，位於巴爾幹半島的一個古國。

mackintosh (n.) (**macintosh**) 雨衣。

Madagascar (n.) 馬達加斯加。

Madeira (Portugal) (n.) 葡屬馬得拉，位於大西洋的群島。

Madrid (n.) 馬德里，西班牙（Spain）的首都。

magic bullet (ph.) 仙丹妙藥（俚語）。

magic carpet (ph.) 魔毯。

magic lantern (ph.) 早期的放映機。

magic square (ph.) 魔術方塊。

magic wand (ph.) 魔杖。

magical (adj.) 魔術的；魔法的；有魔力的；迷人的；神秘的。

magically (adv.) 如魔法般地；不可思議地。

magician (n.) 魔術師；巫師。

maglev (adj.) 磁力懸浮火車的。

magma (n.) 岩漿。

magnet (n.) 磁鐵。

magnet school (ph.) 美國磁石學校，課程經過特別的設計，用來吸引廣大學生的公立學校。

magnetic compass (ph.) 磁羅盤。

magnetic equator (ph.) 地磁赤道。

magnetic field (ph.) 磁場。

magnetic needle (ph.) 磁針；指南針。

magnetic north (ph.) 磁北。

magnetic storm (ph.) 磁暴，因太陽黑子而引起的磁亂。

M

magnific (adj.) 壯麗的。

Magnificat (n.) 聖母瑪麗亞的頌歌。

magnifying glass (ph.) 放大鏡。

Magnolia State (ph.) 木蘭花州，指美國的密西西比州。

magus (n.) 古波斯的僧侶。

Magyar (n.) 馬扎兒人；馬扎兒語。(adj.) 馬扎兒人的；馬扎兒語的；匈牙利人的；匈牙利語的。

mahalo (n.) 夏威夷語的「謝謝」。

maharishi (n.) 印度教的精神領袖、導師。

Mahatma (n.) 印度的大聖、超人。

mahatma (n.) 印度的大聖人。

Mahayana (n.) 大乘佛教。

Mahdi (n.) 回教的救世主。

mah-jongg (n.) 麻將。(v.) 打麻將。

mahogany (n.) 桃花心木；紅木。(adj.) 紅木做的；桃花心木科的。

Mahomet (n.) 穆罕默德。

mahout (n.) 印度等地的管象的象夫。

mai tai (ph.) 果汁甜酒。

maiden name (ph.) 女子婚前的姓氏。

maitre d' (abbr.) **maitre d'hotel (head waiter)** 法國餐廳的侍者總管；服務生的領班。

maitre d'hotel (ph.) 總管；旅館經理；服務生的領班。

makatea (n.) 在南太平洋地區圍繞著島嶼的廣大隆起的珊瑚礁。

Majuro (n.) **Marshall Islands** 馬紹爾群島的首都。

Malabo (n.) 馬拉波，赤道幾內亞（Equatorial Guinea）的首都。

Malawi (n.) 馬拉威，位於東南非的一共和國。

Malaysia (n.) 馬來西亞。

Maldives (n.) 馬爾地夫。

Male (n.) 馬列島，馬爾地夫（Maldives）的首都。

Mali (n.) 馬利，位於西非的國家。

mall (n.) 可以散步的林蔭大道；大規模的購物中心。

mall doll (ph.) 花很多時間在購物中心裡購物的年輕女性。

mallemuck (n.) 大海鳥，例如：海燕、信天翁等。

Malta (n.) 馬爾他，位於歐洲的島國。

mambo (n.) 曼波舞。(v.) 跳曼波舞

mammal (n.) 哺乳動物。

Mammon (n.) 財神。

mammon (n.) 財富。

mammonism (n.) 拜金主義。

mammonist (n.) 拜金主義者。

Man (n.) 位於愛爾蘭的曼島。

Managua (n.) 馬拉瓜，尼加拉瓜（Nicaragua）的首都。

Manama (n.) 麥納瑪，巴林國（Bahrain）的首都。

manana (n.) 明天；不確定的未來。(adv.) 明天；不確定的未來。

management information system (ph.) 管理系統。

Manchester (n.) 曼徹斯特。

Manchu (n.) 滿族人；滿族語。(adj.) 滿族的。

Manchuria (n.) 東北九省。

Manchurian (n.) 滿洲人。(adj.) 滿洲的；滿洲人的。

Mandalay (n.) 緬甸的瓦城。

Mandan (n.) 美國曼丹族印第安人；曼丹語。

mandarin (n.) 中國的官話、北京話；滿清的官吏。

mandarin orange (ph.) 橘子。

manifest list (ph.) 飛機、客輪等的乘客名單。

Manila (n.) 馬尼拉，菲律賓（Philippines）的首都。

mansion (n.) 大廈；大樓；官邸；公館。

M

man-size (adj.) 大人用的；大型的；適合成年男子的。

manual (n.) 手冊；簡介；參考書籍。(adj.) 手操作的；手工的。

MAP (abbr.) **Modified American Plan** 房價包含早餐與晚餐的修正式的美國飯店供膳制。

Maputo (n.) 馬普托，莫三比克（Mozambique）的首都。

marina (n.) 小艇碼頭。

marinade (n.) 用酒、醋、油以及香料等製作成的滷汁。

marinara (n.) 用番茄、大蒜及其他香料所調製而成的一種義式調味醬。

marine (n.) 船舶、海運業。(adj.) 航海的；海運的；海的。

Marine Corps (n.) 美國的海軍陸戰隊。

marine land (n.) 海洋公園。

mariner (n.) 水手；船員。

market (n.) 市場；股票市場。(v.) 銷售；購買。

market day (ph.) 市集日。

market economy (ph.) 市場經濟。

market hall (ph.) 有頂篷的市場。

market maker (ph.) 股票經紀人；證券交易公司。

market price (ph.) (**market value**) 市價。

market research (ph.) 對……做市場研究。

market share (ph.) 市場占有率。

market town (ph.) 一個星期有一至兩天的露天市集貿易的城鎮。

market value (ph.) (**market price**) 市價。

marketing (n.) 市場的交易、銷售與運銷，也包括了廣告及產品的開發；行銷學。

markka (n.) 馬克，芬蘭的貨幣單位。

markup (n.) 漲價；成本價與售價的價差。

marmalade (n.) 有帶碎果皮的橘子果醬。

marmoreal (adj.) 大理石的；像大理石一樣的。

marmot (n.) 土撥鼠。

maroon (n.) 逃亡的黑奴；被放逐到無人孤島的人。(v.) 把……放逐到孤島；帶帳篷旅行

marooner (n.) 海盜。

marquee (n.) 大天幕；大招牌。

Mars (n.) 火星；戰神。

MARS plus (abbr.) **Multi-access reservation system** 一種電腦化的多通路訂位、訂房系統，可以直接連結到某些航空公司的訂位系統，或是直接到旅遊供應商的電腦系統裡做預訂。

Marsala (n.) 產於義大利西西里島的馬沙拉白葡萄酒。

Marseillaise (n.) 馬賽曲，法國國歌。

Marseilles (n.) 馬賽，法國城市之一。

marsh (n.) 沼澤；濕地。

marsh gas (ph.) 沼氣。

Marshal of the Royal Airforce (ph.) 英國皇家空軍元帥。

Marshall Islands (ph.) 馬紹爾群島。

marshland (n.) 沼澤地。

martial art (ph.) 武術，源自於東方的搏鬥技巧，例如：空手道、柔道等。

martial law (ph.) 戒嚴令。

martini (n.) 馬丁尼，一種雞尾酒飲料。

Maseru (n.) 馬塞魯，賴索托王國（Lesotho）的首都。

Mason-Dixon line (ph.) 賓夕法尼亞州與馬里蘭州的州境。

Mason jar (ph.) 有螺旋蓋的寬口玻璃罐，可以用來保存食物。

Masora (n.) 《舊約聖經》之評註、註解。

masque (n.) 化裝舞會；假面具。

masquer (n.) 戴假面具的人；化裝舞蹈者。

masquerade (n.) 化裝舞會；偽裝。(v.) 參與化裝舞會；冒充。

M

masquerader (n.) 參加化裝舞會的人。

Mass (n.) 宗教的彌撒。

mass media (ph.) 大眾傳播媒體。

mass medium (ph.) 大眾傳播工具。

mass noun (ph.) 包括物質名詞以及抽象名詞的不可數名詞。

mass production (ph.) 大量生產。

mass travel (ph.) 大眾旅遊。

massa (n.) 舊時美國南部黑奴所稱的「主人」。

Massachuset (n.) 美國麻薩諸塞州的印地安人。

Massachusetts (n.) 美國麻薩諸塞州。

massage (n.) 按摩；推拿法。(v.) 幫⋯⋯按摩。

massage parlor (ph.) 按摩院。

masscult (n.) 大眾傳播文化。

masseur (n.) 男按摩師。

masseuse (n.) 女按摩師。

massif (n.) 山丘；斷層塊；大山塊。

massotherapy (n.) 按摩療法。

mastaba (n.) 古埃及墓室。

master bedroom (ph.) 主臥室。

master credit card (ph.) 萬事達卡。

master key (ph.) 萬能鑰匙。

Master of Arts (ph.) 文學碩士。

master of ceremonies (ph.) 節目主持人；司儀；典禮主持人。

Master of Science (ph.) 理學碩士。

master plan (ph.) 總體設計；總體規劃藍圖。

master race (ph.) 優秀民族。

master switch (ph.) 總開關。

masterclass (n.) 音樂大師授課的高級音樂講習班。

masterhood (n.) 主人的身分。

masterpiece (n.) 傑作；名作。

master's degree (ph.) 碩士學位。

mastership (n.) 主人的身分。

masterstroke (n.) 巧妙的動作；神技。

masterwork (n.) 傑作。

matador (n.) 鬥牛士（西班牙）。

match (n.) 比賽；火柴。(v.) 使較量。

matelot (n.) 水手（法國）。

matelote (n.) 將魚以葡萄酒、油、洋蔥以及香菇等來燉煮的料理，稱爲馬拉特醬燉魚（法國）。

mater (n.) 媽媽（英國口語）。

Mater Dolorosa (ph.) 拉丁語的聖母瑪利亞。

materfamilias (n.) 家庭主婦。

Mauritania (n.) 茅利塔尼亞，位於非洲的一國。

Mauritius (n.) 模里西斯。

maximum (n.) 最大量；高速公路上的行車最高速限。

maximum authorized amount (ph.) 旅行社的銀行帳戶一天之內可以提領的最高限額。

May (n.) 五月。

May Day (ph.) 國際勞動節。

Maya (n.) 中美的印第安人、馬雅人；馬雅語。

maya (n.) 印度教中世界的起源；幻境。

Mayan (n.) 馬雅人；馬雅語。(adj.) 馬雅人的；馬雅語的。

Mayfair (n.) 倫敦上流住宅區；倫敦社交界。

Mayflower (n.) 五月花號，1620年英國清教徒到北美殖民地所搭乘的船名。

Mbabane (n.) 墨巴本，史瓦濟南（Swaziland）的首都。

M

McDonald (n.) 麥當勞。

MCO (abbr.) **Miscellaneous Charge Order** 雜項券，由航空公司或是旅行社開出的一張證明收據，單據上的署名人可以憑證向旅行社要求機票或是其他服務。

MCT (abbr.) **Minimum Connecting Time** 法律規定的對於需要轉機的旅客，所安排最低足夠的轉機時間。

meadow (n.) 草地；牧草地。

meadowlark (n.) 野生雲雀。

meal (n.) 膳食；進餐時間；玉米粉。(v.) 進餐。

meal voucher (ph.) 合約價的用餐券。

meal sitting (ph.) 分批開飯的一批；不同梯次開飯時間。

meal ticket (ph.) 餐券；飯票；謀生的本錢（俚語）。

meals on wheels (ph.) 由政府資助的送熱飯給老人，病殘人士的慈善服務；送餐上門的服務。

mealtime (n.) 進餐時間。

meet and assist (ph.) (**meet and greet**) 通常在機場會有一位穿著制服的旅行社代表，來協助到達的旅遊團體或是參加會議的旅客。

meet and assist service (ph.) 機場的接待與協助人員。

meet and greet (ph.) (**meet and assist**) 通常在機場會有一位穿著制服的旅行社代表，來協助到達的旅遊團體或是參加會議的旅客。

meeting (n.) 會議。

meeting fare (ph.) 當同時有十人或是以上的旅客要同去參加一個會議時，可與航空公司商量給予的折扣。

meeting house (ph.) 禮拜堂；教堂；教會。

meeting place (ph.) 聚會地點。

meeting planner (ph.) 規劃會議或是商業會議細節的計畫者。

meeting rate (ph.) 當飯店內有來參加會議的住客時，可與飯店商量給予會議的折扣房價。

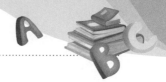

meeting service at the airport (ph.) 機場的接機作業。

megalopolis (n.) 人口稠密的都會區；巨大型都市。

megalopolitan (n.) 巨大型都市的居民。(adj.) 大都會區的。

megalosaur (n.) 古代生物，斑龍。

menu (n.) 菜單。

mercantile (adj.) 商人的；貿易的。

Mercator's projection (ph.) 麥卡托式投影圖法，以一個長方形的平面表面的地球投影，結果產生了高緯度地區的扭曲變形的一種投影法。

mercenary (n.) 被外國所僱用士兵；受僱用者。(adj.) 為金錢的；圖利的。

merchant bank (ph.) 以工商投資以及外貿業務為主的商業銀行。

merchant marine (ph.) 國家的商船隊；國家的商船船員。

merchantman (n.) 商船；商人。

merchant navy (ph.) 國家的全部商船隊；國家的全部商船隊船員。

merchant seamam (ph.) 商船船員。

merci (int.) 法語的「謝謝你」。

merengue (n.) 一種非常受歡迎的交際舞，最具代表性的是其跛行的舞步。

merger (n.) 公司等的合併。

meridians (n.) 子午線；經線。

meridian day (ph.) (**antipodean day**) 由於經過了國際換日線而多一天。

Meso-america (n.) 中美洲。

mestizo (n.) 指拉丁民族與印第安民族的混血兒。

meteorology (n.) 氣象學；氣象狀態。

meter (n.) 米；公尺。

meter maid (ph.) 開違規停車罰單的女警；管理停車儀表的女管理員。

metro (n.) (**subway**) 地下鐵道（英國）。

metropolitan (n.) 大城市人。(adj.) 大都市的。

M

Metropolitan Police (ph.) 倫敦警察隊。

metropolitanism (n.) 大城市生活之特點。

metropolis (n.) 首都；首府。

Mexico (n.) 墨西哥。

Mexico City (ph.) 墨西哥城，墨西哥（Mexico）的首都。

Micronesia (n.) 密克羅尼西亞，位於赤道以北，菲律賓以東的南太平洋群島。

Micronesia, Fed. States of 密克羅西尼亞。

Micronesian (n.) 密克羅尼西亞人；密克羅尼西亞語。(adj.) 密克羅尼西亞人的；密克羅尼西亞語的。

microphone (n.) (**mike**) 麥克風；擴音器。

microscope (n.) 顯微鏡。

middle course (ph.) 中間菜。

midnight (n.) 半夜十二點鐘；午夜；子夜。(adj.) 半夜的。

midnight sun (ph.) 深夜的太陽，南、北兩極地區夏天深夜所見到的太陽。

midnight sun voyage (ph.) 午夜的陽光之旅。

midpoint (n.) 中點；正中央。

mid-range (adj.) 中等的；平均的。

midship (n.) 船體的中央部分。(adj.) 船體的中央部分的。

mid size (adj.) (**intermediate**) 出租汽車的中等型車，約2.200cc～2,600cc。

midstream (n.) 河流的正中央；中游地方。

midsummer (n.) 仲夏；盛夏；夏至。(adj.) 仲夏的。

midterm (n.) 期中考。(adj.) 期中的。

midtown (n.) 商業區與住宅區的中間地區。

midweek (n.) 一週之中間日；星期三。(adj.) 一週之中段的；星期三的。

Midwest (n.) 美國的中西部。

Midwestern (adj.) 美國中西部的。

Midwesterner (n.) 美國中西部的居民。

midwife (n.) 助產士。

midwinter (n.) 仲冬；冬至。(adj.) 仲冬的。

midyear (n.) 年中。(adj.) 學年中期的。

migration (n.) 候鳥等的遷移；移民群。

migrator (n.) 候鳥；移民者。

migratory (adj.) 遷移的；有遷移習慣的；流浪的。

migratory bird (ph.) 候鳥。

mihrab (n.) 在回教的寺院中，朝向麥加的壁龕。

mikado (n.) 日本天皇。

mike (n.) (**microphone**) 麥克風；擴音器。(v.) 使用擴音器。

mikvah (n.) 正統猶太教浸禮池。

milady (n.) 夫人；上流社會婦女。

mileage (n.) 總英哩數；每一英哩運費或是旅費。

mileage allowance (ph.) (**mileage cap**) 租車時，租車公司給予租車者免費英哩數的最大限額。

mileage cap (ph.) (**mileage allowance**) 租車時，租車公司給予租車者免費英哩數的最大限額。

mileage charge (ph.) 當租車者開車超過租車公司給予的免費英哩數的最大限額後，每超過一英哩要付的金額。

mileometer (n.) 英國的汽車或是其他車輛的計程器；路碼表。

milepost (n.) 里程碑。

Milesian (adj.) 愛爾蘭人的。

milestone (n.) 里程碑；劃時代的事件。

milk chocolate (ph.) 巧克力牛奶。

milk cow (ph.) 乳牛。

milk float (ph.) 英國送牛奶之馬車。

M

milk glass (ph.) 乳白色之玻璃杯。

milk loaf (ph.) 英國的牛奶白麵包。

milk product (ph.) 牛奶製品。

milk pudding (ph.) 牛奶布丁。

milk round (ph.) 大公司到大學去求才的年度延攬。

milk run (ph.) 戰時沒有危險性的飛行勤務（俚語）。

milk shake (ph.) 以牛奶加香料製成的飲料；奶昔。

milk sugar (ph.) 乳糖。

milk teeth (ph.) 乳牙。

milk toast (ph.) 和牛奶一起吃的烤麵包。

milk white (ph.) 乳白色的。

milk-and-water (adj.) 無味的。

milker (n.) 擠奶人；擠奶器；乳牛；乳羊。

milkfish (n.) 虱目魚。

milking (n.) 擠奶。

milking machine (ph.) 擠奶機。

milkmaid (n.) 擠奶女工；牛奶場擠奶女工。

milkshed (n.) 擠牛奶棚；牛奶供應地。

Milky Way (ph.) 銀河。

mill wheel (ph.) 水車。

millibar (n.) 毫巴，測量氣壓的單位。

million (n.) 百萬。(v.) 百萬的。

millionaire (n.) 百萬富翁。

millionairess (n.) 百萬富婆。

millman (n.) 工廠工人。

millpound (n.) 發動水車用的蓄水池；大西洋（戲謔語）。

milo (n.) 高粱。

milreis (n.) 米爾雷斯，葡萄牙的金幣。

minimum (n.) 最小量；高速公路上的行車最低速限。

minimum connecting time (ph.) 法律規定的對於需要轉機的旅客，所安排最低足夠的轉機時間。

minimum fare (ph.) 最低票價。

minimum land package (ph.) 對於要拿到團體機票的費用的旅遊，必須要符合某些規定才能拿到較低費用的機票。

minimum room (ph.) 飯店中屬於較不貴的房價的一種，也包括了可以以這樣的房價幫客人做升級的服務；當飯店的房間不管等級或是區域，全部以同一個價錢售出時稱之。

Minsk (n.) 明斯克，白俄羅斯（Republic of Belarus）的首都。

mirador (n.) 在一個建築物內可以看到窗外景色的窗子。

mirage (n.) 海市蜃樓。

MIS (abbr.) **Management Information System** 商業用的電腦資訊管理系統。

Miscellaneous Charge Order (ph.) 經由ARC系統所處理的旅遊付款或是預付款所使用的一種單據。

missionary (n.) 傳教士。(n.) 傳教的；教會的。

Mississippi (n.) 美國密西西比州；美國密西西比河。

Mississippian (n.) 美國密西西比州人。(adj.) 美國密西西比河的；美國密西西比州的。

Missouri (n.) 美國密蘇里州；美國密蘇里河。

Missourian (n.) 美國密蘇里州人。(adj.) 美國密蘇里州的。

missionary (n.) 傳教士。(n.) 傳教的；教會的。

mixed drink (ph.) 混合飲料。

mock-up (n.) (**mockup**) 實驗或是教學用的實物大模型。

mockup (n.) (**mock-up**) 實驗或是教學用的實物大模型。

mocktail (n.) 不加酒精的綜合飲料。

modem (n.) 數據機，透過電話線將數位信號與類比信號互相轉換的一種

M

裝置。

moderator (n.) 仲裁者；節目主持人；會議主席；主考人。

modern (n.) 現代人；現代化的人。(adj.) 現代的；近代的。

modern airlines (ph.) 現代航空公司。

modern communication technology (ph.) 現代的通訊技術。

Modern English (ph.) 近代英語。

Modern Greek (ph.) 十六世紀以來的希臘語。

Modern Hebrew (ph.) 現在以色列所使用的猶太語。

modern language (ph.) 近代語言。

modern-day (adj.) 現代的；今日的。

Modified American Plan (ph.) 簡稱MAP，房價包含早餐與晚餐的修正式的美國飯店供膳制。

modular (adj.) 組合式的，例如：組合式的家具，不但容易組裝，也可以輕易地拆下。

Mogadishu (n.) 摩加迪休，索馬利亞（Somalia）的首都。

Moldova (Moldavia) (n.) 摩爾達維亞，原為蘇聯共和國之一，於1991年8月獨立，現在為獨立國協之一員。

mom and pop operation (ph.) 小型的事業，由丈夫與妻子或是家庭成員一起經營。

MOML (abbr.) **Moslem Meal** 合乎回教教規的餐飲。

monarchy (n.) 君主政治；君主國。

monasterial (adj.) 修道院的。

monastery (n.) 男子修道院；全體的修道士。

Monday (n.) 星期一。

Mondayish (adj.) 無工作欲望的；無精打采的。

Mondays (adv.) 每星期一。

Mongolia (n.) 蒙古。

Monrovia (n.) 蒙羅維亞，賴比瑞亞（Liberia）的首都。

monsoon (n.) 印度的季風；雨季。

monstrance (n.) 天主教的聖體匣。

Mont Blanc (ph.) 白朗峰，阿爾卑斯山的最高峰。

Montana (n.) 美國的蒙大拿州。

Montanan (n.) 美國蒙大拿州的人。(adj.) 美國蒙大拿州人的；美國蒙大拿州的。

montane (adj.) 山區的。

Monte Carlo (ph.) 蒙地卡羅，位於摩洛哥市的世界著名的賭城。

Montevideo (n.) 蒙特維多，烏拉圭（Uruguay）首都，。

month (n.) 月；一個月的時間。

Montezuma's Revenge (ph.) 用來形容在某些國家因為飲水的原因而引起的腹瀉以及胃病的問題。。

monument (n.) 紀念碑；紀念館；歷史遺址。

moon (n.) 月光；月球；月。

moon boot (ph.) 禦寒靴；保暖靴。

moon blindness (ph.) 夜盲症。

moon cake (ph.) 月餅。

moon festival (ph.) 中秋節。

moonbeam (n.) 一道月光。

moon-blind (adj.) 患夜盲症的。

moonface (n.) 圓臉。

moon-faced (adj.) 圓臉的。

moonlet (n.) 小衛星；人造衛星。

moonlight (n.) 月光。(adj.) 有月光的。(v.) 做兼職。

moonlighting (n.) 兼職。

moonport (n.) 月球火箭發射站。

moonquake (n.) 月震。

moonrise (n.) 月出；月出時分。

M

moonscape (n.) 月的表面。

moonset (n.) 月落。

moonshine (n.) 月光。

moonshiner (n.) 烈酒私釀者；走私者（口語）。

moonshot (n.) 月球探測器。

moonwalk (n.) 月球漫步。(v.) 漫步月球。

moonward (adv.) 向月球。

moorish (adj.) 荒野的；多沼地的。

Morocco (n.) 摩洛哥，位於北非西北岸的回教國家。

Morse code (ph.) (**continental code**) 國際通用的摩斯電報電碼。

morning call (ph.) 早晨叫醒電話。

Moroni (n.) 莫洛尼，科摩洛群島（Comoros）的首都。

mortality rate (ph.) (**death rate**) 死亡率。

Moscow (n.) 莫斯科，俄羅斯（Russia）的首都。

Moslem (n.) (**Muslim**) 回教；回教徒；伊斯蘭教徒。(adj.) 回教的；伊斯蘭教的。

Moslemism (n.) 回教；伊斯蘭教。

mosque (n.) 回教寺院；清真寺。

mosquito (n.) 蚊子。

mosquito net (ph.) 蚊帳。

mosquito boat (ph.) 魚雷快艇。

mosquito hawk (ph.) 蜻蜓。

mossgrown (adj.) (**moss-grown**) 長滿苔蘚的。

moss-grown (adj.) (**mossgrown**) 長滿苔蘚的。

motel (n.) 汽車旅館，為motor and hotel的縮合，美國很多汽車旅館大多建於高速公路的兩旁，而且房間的旁邊就是停車場。

Mother Earth (ph.) 孕育萬物的大地。

mother lode (ph.) 美國金、銀等的主礦脈。

Mother Nature (ph.) 孕育萬物的大自然。

Mother of God (ph.) 聖母瑪利亞。

mother tongue (ph.) 母語；本國語言。

mother wit (ph.) 常識；與生俱來的智慧。

motherboard (n.) 電腦的主機板。

mother-in-law (n.) 婆婆；岳母。

motherland (n.) 祖國。

mother-of-pearl (n.) 珍珠層；珍珠母；青貝。(adj.) 珍珠層的；珍珠色的。

mother's boy (ph.) 受母親保護的膽小怕事的男孩。

Mother's Day (ph.) 母親節。

motivational climate (ph.) 在工作場所內，一些足以影響員工士氣與生產效率的因素。

motocross (n.) 摩托車的越野障礙賽。

motor bus (ph.) 公共汽車。

motor court (ph.) (**motel**) 汽車旅館。

motor home (ph.) 汽車房屋。

motor inn (ph.) 市內汽車旅館。

motor lodge (ph.) 市內汽車旅館。

motor pool (ph.) 車輛調配場。

motor racing (ph.) 汽車速度賽。

motor scooter (ph.) 速可達，小馬力的摩托車。

Motor Town (ph.) 汽車城，美國底特律的別名。

motor vehicle (ph.) 汽車。

motorbike (n.) 摩托車（口語）。

motorboat (n.) 汽艇。

motorcade (n.) 車隊。

motorcoach (n.) 超過二十五人座的長途旅遊巴士，車內附有廁所，可

斜躺的座椅，上頭有置物櫃，巴士下層可存放行李，最多可以乘載五十五人，另外還有一般巴士所沒有的其他設備。

motorcar (n.) 汽車（英國）；鐵道上的電動車。

motorcycle (n.) 摩托車。

motorneer (n.) 電車司機（美國）。

motorway (n.) 高速公路（英國）。

Motown (n.) (**Motor town**) 汽車城，美國底特律的別名。

motorway (n.) 高速公路（英國）。

mott (n.) 美國西部大草原中的叢林。

motte (n.) 美國西南部的小叢林。

mouflon (n.) 產於南歐的野生羊、摩弗倫羊。

mountain (n.) 山。(adj.) 山的。

mountain bicycle (ph.) 登山腳踏車；越野腳踏車。

mountain biking (ph.) 騎越野腳踏車的運動。

mountain dew (ph.) 私釀的威士忌（俚語）。

mountain goat (ph.) 北美的野山羊。

mountain lion (ph.) 美洲獅。

mountain range (ph.) 山脈。

mountain sickness (ph.) 高山病。

Mountain State (ph.) 山嶽州，美國西維吉尼亞州。

Mountain View (ph.) 美國加州的山景城。

mountainboarding (n.) 滑山運動，在夏天代替滑雪的體育運動項目。

mountainous (adj.) 多山的。

mountainside (n.) 山腰；山坡。

mountaintop (n.) 山頂。

mountebank (n.) 江湖醫生；江湖騙子。(v.) 走江湖。

Mountie (n.) 加拿大的騎警（口語）。

mouse (n.) 電腦的滑鼠。

moussaka (n.) 用肉與茄子做成的希臘料理。

mousse (n.) 奶油甜點。

Mozambique (n.) 莫三比克，位於非洲的東南部。

MPH (abbr.) **Miles per Hour** 一小時內的英哩數。

MT (abbr.) **Mountain Time** 美國山區時間。

MTA (abbr.) **Mexico Travel Advisors** 墨西哥旅遊顧問。

MTS (abbr.) **Motor Turbine Ship** 電動渦輪船。

muk-luk (n.) 愛斯基摩人所穿的海豹或是鹿皮製成的皮靴。

mukluks (n.) 用於行走雪上的厚底靴。

mulatto (n.) 黑人與白人的混血兒。

multi-access reservation system (ph.) 一種電腦化的多通路的訂位、訂房系統，可以直接連結到某些航空公司的訂位系統，或是直接到旅遊供應商的電腦系統裡做預訂。

multi-leg trip (ph.) 一個旅遊行程從A點到B點再到C點，然後再回到A點。

multilevel marketing (ph.) 多層次的傳銷。

multilingual (n.) 會說多種語言的人。(adj.) 會說多種語言的。

multimedia (n.) 多媒體的使用。(adj.) 使用多媒體的。

multimillionaire (n.) 千萬富翁；大富豪。

multinational (n.) 跨國企業。(adj.) 跨國企業的。

multipurpose (n.) 多種意圖。

multiple airport city (ph.) **(nearby airport)** 用來描述一個城市或是大都會的區域，擁有不只一個主要的商用機場，例如：芝加哥的O'Hare機場與Midway機場，紐約的JFK機場與LaGuardia機場等等。

multiple entry visa (ph.) 多次入境簽證。

mummer (n.) 啞劇演員。

mummery (n.) 啞劇演員的表演。

mummy (n.) 木乃伊。

M

municipality (n.) 自治區。

mural (n.) 壁畫；壁飾。

murphy (n.) 馬鈴薯（口語）。

murphy bed (ph.) 不使用時，可以折疊收藏在櫃子裡的床。

Murphy game (n.) 以金錢或是女人為誘餌的騙局。

Muscat (n.) 馬斯喀特，阿曼（Oman）的首都。

Muslim (n.) (**Muslem**) 回教；回教徒；伊斯蘭教徒。(adj.) 回教的；伊斯蘭教的。

MV (abbr.) **Motor Vessel** 汽船。

MY (abbr.) **Motor Yacht** 汽艇。

Myanmar (**Burma**) (n.) 緬甸，以前稱為Burma，現稱為Myanmar。

N

NA (abbr.) **Not Available** 無效的;不可用的。

NABTA (abbr.) **National Association of Business Travel Agents** 國家商務旅遊經紀人協會。

NAC (abbr.) **Norwegian American Cruises** 挪威美國客輪。

NACA (abbr.) **National Air Carrier Association** 國家航空運輸協會。

Nairobi (n.) 奈洛比,位於東非肯亞共和國(Kenya)的首都。

Namibia (n.) 那米比亞,位於非洲西南部的國家。

NAOAG (abbr.) **North American Official Airline Guide** 北美官方航空公司指南。

Nassau (n.) 拿索,巴哈馬(Bahamas)的首都。

national (n.) 國民;國人;機構的全國總部。(adj.) 全國性的;民族的;國立的;國家的。

national anthem (ph.) 國歌。

national bank (ph.) 國家銀行。

national costume (ph.) (**national dress**) 民族服裝。

national curriculum (ph.) 國民教育課程(英國)。

national dress (ph.) (**national costume**) 民族服裝。

National Guard (ph.) 美國國民警衛隊。

National Health Service (ph.) 國民保健制度(英國)。

National Insurance (ph.) 國民保險制度(英國)。

national monument (ph.) 美國國家所指定的名勝古蹟區,或是天然的有紀念價值的歷史遺蹟。

national park (ph.) 國家公園。

National Railroad Passenger Corporation (ph.) 全國鐵路旅運公司,簡稱Amtrak。

N

national security (ph.) 國家安全。

national service (ph.) 兵役。

native (n.) 本地人；本國人；土著。(adj.) 天生的；本土的；本國的；土生的；天然的。

Native American (ph.) 土生土長的美洲印第安人；波里尼西亞裔的夏威夷人。

native speaker (ph.) 說母語的人。

native-born (adj.) 土生土長的；土著的。

nature-based 與ecotourism同義，指到生態環境保存完好的自然地區所做的旅行。

nature (n.) 自然；自然界；天性。

nature reserve (ph.) 自然保護區。

nature trail (ph.) 自然景觀路線。

naturism (n.) 對自然現象的崇拜；對大自然的愛好；裸體主義。

naturist (n.) 裸體運動者。

naturopath (n.) 運用自然療法的醫生。

naturopathic (adj.) 自然療法的。

naturopathy (n.) 自然療法。

naughty (adj.) 頑皮的。

naupatia (n.) 暈船。

nautical mile (ph.) 海哩，大約6,080呎（1,852公里），用以測量船隻或是飛機的航行距離。

navigable (adj.) 可航行的；可操縱的。

navigate (v.) 航行於；飛行於；航空；航行。

navigation (n.) 航行；航空；航海。

navigator (n.) 領航員；導航裝置；航海者。

navvy (n.) 運河或是道路的挖土機或是挖土工人。

navy (n.) 海軍；海軍艦隊。

navy blue (ph.) 深藍色。

Nauru (n.) 諾魯共和國，原為澳洲託管的領土，已於1968年獨立。

Navy Cross (ph.) 美國海軍十字勳章。

NB (abbr.) **Northbound** (adj.) 向北行的。

N'Djamena (n.) 恩將納，查德（Chad）的首都。

nearby (adj.) 附近的。(adv.) 在附近。

nearby airport (**multiple airport city**) 用來描述一個城市或是大都會的區域，擁有不只一個主要的商用機場，例如：芝加哥的O'Hare機場與Midway機場，紐約的JFK機場與LaGuardia機場等。

Nearctic (adj.) 北美溫帶以及寒帶的。

nearsighted (adj.) 近視的。

neat (adj.) 整潔的；整齊的；靈巧的；很棒的（口語）。

neathead (n.) 牧牛人（古代）。

NEbE (abbr.) **Northeast by East** 東北偏東。

NEbN (abbr.) **Northeast by North** 東北偏北。

net fare (**net net, net rate, net wholesale**) (ph.) 淨價，比團體價還低的價格；批發商的價格；無傭金可抽取的價格。

net net (**net fare, net rate, net wholesale**) (ph.) 淨價，比團體價還低的價格；批發商的價格；無傭金可抽取的價格。

net profit (ph.) 淨利，已扣除所有開支的利潤。

net rate (**net fare, net net, net wholesale**) (ph.) 淨價，比團體價還低的價格；批發商的價格；無傭金可抽取的價格。

net wholesale (**net fare, net net, net rate**) (ph.) 淨價，比團體價還低的價格；批發商的價格；無傭金可抽取的價格。

Netherlander (n.) 荷蘭人。

Netherlands (n.) 荷蘭。

Netherlands Antilles (**Neths**) 荷屬大小安第列斯群島。

netsoucer (n.) 電子商務代理公司。

N

netspeak (n.) 網路用語。

nettlefish (n.) 水母。

network banking (ph.) 網路銀行業。

network computer (ph.) 網路電腦。

Network Information Center (ph.) 電腦網路資訊中心。

networking (n.) 一種藉由分享各人意見與看法、思想與評論的方式,來改善人與人之間所產生的各種問題的溝通系統。

neutralized ticket (ph.) 中性機票,一種標準格式的機票,可以用它來開不同航空公司的機票,而自動開票機也會印出各航空公司的名稱以及它的代碼。

Nevada (n.) 美國內華達州。

Nevadan (n.) 美國內華達州人。(adj.) 美國內華達州的。

neve (n.) 雪已經變成了冰的冰河上層;冰原。

Neo-Latin (n.) (**New Latin**) 新拉丁語。

Nepal (n.) 尼泊爾,位於南亞的國家。

New Age (ph.) 由反文化或是反習俗而衍生出來的新時代精神派。

New Age music (ph.) 風行於1980年代的新時代音樂風,結合了爵士樂以及古典的主題,而以電子樂器演奏的音樂。

New Age traveller (ph.) 英國為了抵制現代社會而組織車隊或是野營旅行的人,稱為新時代旅行者。

New Amsterdam (ph.) 新阿姆斯特丹,指現今的紐約市。

new blood (ph.) 新成員。

new broom (ph.) 新官上任三把火的新上任者。

New Caledonia (**France**) (ph.) 法屬新加勒多尼亞。

New Delhi (ph.) 新德里,印度首都。

New England (ph.) 新英格蘭,美國東北部六州的總稱。

New Englander (ph.) 美國新英格蘭人或是居民。

new face (ph.) 新面孔;新人物。

New Georgian (ph.) 新喬治亞人，居住於重新修復的喬治亞時代老屋的人。

New Guinea (ph.) 位於澳洲北方的島嶼，新幾內亞。

New Hampshire (ph.) 美國的新罕布夏州。

New Latin (n.) (**Neo-Latin**) 新拉丁語。

New Jersey (ph.) 美國的新澤西州。

New Jerusalem (ph.) 新耶路撒冷，《聖經》裡的聖城。

new man (ph.) 婦女運動後，會參與家務勞動，不再有傳統大男人主義的新模範丈夫型的新男性。

New Mexican (ph.) 新墨西哥人。

New Mexico (ph.) 美國新墨西哥州。

New Orleans (ph.) 美國的紐奧良。

new potato (ph.) 當年收成的新馬鈴薯。

new rich (ph.) 暴發戶。

New Test. (abbr.) **New Testament** 基督教的《新約聖經》。

New Testament (ph.) 基督教的《新約聖經》。

new thing (ph.) 即興演奏的創作爵士樂；反映黑人意識的創作。

new town (ph.) 英國自1945年後按照新的規劃所建設的新城。

new wave (ph.) 1950年代源自於法國的電影流派的新浪潮；1970年代後期的搖滾音樂，新浪潮音樂。

new woman (ph.) 揚棄傳統桎梏，追求自由與女權的新時代女性。

New World (ph.) 指西半球、南美洲、北美洲以及其附近島嶼的區域，稱為新世界。

new world order (ph.) 新世界秩序。

New Year (ph.) 新年；元旦。

new year (ph.) 新的一年；一年的第一天或是頭幾天。

New Year's Day (ph.) 元旦。

New Year's Eve (ph.) 除夕。

N

New York (ph.) 紐約。

New York City (ph.) 紐約市。

New Yorker (ph.) 紐約人。

New Zealand (ph.) 紐西蘭。

New Zealander (ph.) 紐西蘭人。

newcome (adj.) 新到的；新來的。

newcomer (n.) 新到來的人；新到達的移民；新手。

newfashioned (adj.) 新式的；新型的。

new-fashioned (adj.) 新式的；新型的；時髦的。

Newfoundland (n.) 紐芬蘭，位於加拿大東海岸的島嶼。

Newfoundlander (n.) 紐芬蘭人；紐芬蘭的船隻。

newlywed (n.) 剛結婚的人。

Newport (n.) 紐波特，位於美國羅德島的避暑聖地。

news (n.) 新聞；新聞節目；新聞報導；消息。

news conference (ph.) 記者招待會。

news flash (ph.) 簡訊。

news release (ph.) 新聞稿。

news vendor (ph.) 書報攤販。

Niamey (n.) 尼阿美，尼日（Niger）的首都。

Nicaragua (n.) 尼加拉瓜。

Nicosia (n.) 尼古西亞，塞浦路斯（Cyprus）的首都。

Niger (n.) 尼日。

Nigeria (n.) 奈及利亞。

night portor (ph.) 夜間門房。

night shift (ph.) 夜班。

night spot (ph.) 夜總會。

night tour (ph.) 夜間觀光。

NMN (abbr.) **National Motorcoach Network** 全國長途旅遊巴士網，

非競爭性的聯合美國境內爲主的巴士公司。

no man's land (ph.) 無主的荒島。

Noachian (adj.) 諾亞的。

Noachic (adj.) 諾亞時代的；太古的。

Noah's ark (ph.) 諾亞方舟。

no-frills (adj.) 只有提供簡單的基本服務的；簡單樸實沒有裝飾的。

no-go area (ph.) 禁區。

no-go areas (ph.) 禁區，禁止到達的危險區域或是不可談及的論題等。

Noh (n.) 能劇，日本的古典劇，劇中人物常常都會戴著面具。

nomad (n.) 遊牧民；流浪者。

nomadic (n.) 遊牧的；流浪的。

nomarchy (n.) 希臘的「州」。

Norway (n.) 挪威

no-show (n.) 已訂位要搭機的旅客或是已訂房的飯店旅客，當搭機或是住房時間到時並未出現使用，也沒有打電話取消。

non-commissionable (adj.) 無傭金的。

nonalcohlic (adj.) 不含酒精的。

non-caffeinated (adj.) 不含咖啡因的。

non-caffeinated drink (ph.) 不含咖啡因的飲料。

non-caloric (adj.) 無熱量的；無卡路里的。

noncancelable (adj.) 保險等不能取消的。

nonce word (ph.) 爲特殊的需要而臨時造出的詞語。

non-immigration visa (ph.) 非移民簽證。核發給外國人的非移民簽證，只暫時地允許在進入這個國家後，當個旅客、學生或是做生意而已。

normal fare (ph.) 普通票價。

non-refundable (adj.) 不可退還的，不可退款的。

non-refundable application fee (ph.) 審查費。

non-sked (adj.) (**non-scheduled**) 航空公司或是運輸公司在非固定的時

N

間裡所做的運輸服務，通常使用者可以得到比較低的費用。

non-stop (adj.) 直飛不停留的，不在任何地方做停留的。

non-stop flight (ph.) 直飛班機。

non-transferable (adj.) 不可轉讓的，指機票不可以轉讓給其他人使用。

noodle (n.) 麵條。

noop (n.) 不營運的。

Norman (n.) 諾曼第人；諾曼語。(adj.) 諾曼的；諾曼民族的；諾曼語的。

Norman French (ph.) 中世紀時使用的諾曼法語。

Normandy (n.) 諾曼第。

Norn (n.) 北歐神話中的命運三女神之一。

Norse (n.) 古代的北歐人；古挪威人。(adj.) 古代的斯堪地那維亞的；古代的斯堪地那維亞人的。

Norseman (n.) 古挪威人；古代斯堪地那維亞人。

North (n.) 位於赤道以北的工業發達的先進國家（北半球的國家大多為工業發達的先進國家）。

north (n.) 北；北方。(adj) 北的；北方的。(adv.) 向北方；在北方；自北方。

North America (ph.) 北美洲。

North American (ph.) 北美洲的。

north by east (ph.) (NbE) 北偏東的方向。

north by west (ph.) (NbW) 北偏西的方向。

North Carolina (ph.) 美國的北卡羅來納州。

North Country (ph.) 英格蘭北部。

North Dakota (ph.) 美國北達科他州。

North Korea (ph.) 北韓。

North Korean (ph.) 北韓人。

North Pole (ph.) 北極。

North Sea (ph.) 北海。

North Star (ph.) 北極星。

northbound (adj.) 向北行的。

northeast (n.) 東北；東北方。(adj.) 在東北的；朝東北的；東北部。
(adv.) 在東北；向東北；來自東北

northeast by east (ph.) (**NebE**) 東北偏東方向。

northeast by north (ph.) (**NebN**) 東北偏北的方向。

northeaster (n.) 東北風。

northeastern (adj.) 東北的；來自東北的；向東北的；東北部的；。

Northeastern (adj.) 東北部地區的；美國東北部區域的。

northeasterner (n.) 東北人；居住於東北部的人們。

northeastward (n.) 向東北。(adj.) 向東北的；來自東北的。(adv.) 在東
北；向東北。

norther (n.) 北風；強烈的北風。

northern (adj.) 向北的；來自北方的。

Northern (n.) 美國北方的方言。

northern hemisphere (ph.) 北半球。

Northern Ireland (ph.) 北愛爾蘭（英國的聯合王國之一部分）。

northern lights (ph.) 北極光。

northerner (n.) 北方人；住在北方的人們。

northernmost (adj.) 最北的；極北的。

northland (n.) 北國；北部地帶。

northlander (n.) 北方人；北部的居民。

Northman (n.) 古代的北歐人；古代的斯堪地那維亞人。

northmost (adj.) 最北的；極北的。

northward (n.) 向北方向的地區或是地點。(adj.) 向北的；來自北方的。
(adv.) 在北；向北。

northwest (n.) 西北方；西北。(adj.) 西北的；來自西北的；向西北的。

(adv.) 在西北；向西北；來自西北。

Northwest Airlines (ph.) 西北航空公司。

northwester (n.) 西北風；強烈的西北風暴。

northwestern (adj.) 西北的；來自西北的；向西北的。

northwestward (n.) 西北方。(adj.) 向西北的；來自西北的。(adv.) 在西北；向西北方。

Norw.(abbr.) **Norway** (n.) 挪威。**Norwegian** (n.) 挪威人；挪威語。(adj.) 挪威的；挪威人的；挪威語的。

Norway (n.) 挪威。

Norwegian (n.) 挪威人；挪威語。(adj.) 挪威的；挪威人的；挪威語的。

norwester (n.) 強烈的西北風暴；一杯烈酒。

nose count (ph.) 人口調查。

nose job (ph.) 鼻子整形手術（俚語）。

nose ring (ph.) 動物之鼻圈；鼻環。

nosebag (n.) 掛在馬等動物之頸部的飼料袋。

nosegay (n.) 花香撲鼻的花束。

nosewheel (n.) 飛機頭上的前輪。

nosewing (n.) 鼻翼。

NOSH (abbr.) **No Show** 沒有出現。

nosh (n.) 小吃快餐；小吃店；快餐店。

nosh-up (n.) 豐盛的人餐（英國）。

nostalgia (n.) 鄉愁；懷舊之情。

nostalgic (n.) 鄉愁的；懷舊之情的。

nosy (adj.) 好管閒事的；好追問的。

nosy parker (ph.) 好打聽，好管閒事的人（英國口語）。

notarize (v.) 對……做公證。

notary (n.) 公證人。

notebook (n.) 筆記本；手冊。

notebook computer (ph.) 筆記型電腦。

notecase (n.) 錢包；皮夾。

noted (adj.) 著名的。

Nouakchott (n.) 諾克少，茅利塔尼亞（Mauritania）的首都。

Noumea (n.) 法屬新加勒多尼亞（New Caledonia France）的首都。

nouveau riche (ph.) 暴發戶。

nova (n.) 新星。

Nova Scotia (ph.) 加拿大的新斯科細亞省。

November (n.) 十一月。

novena (n.) 天主教的連續九天的祈禱式。

NPS (abbr.) **National Park Service** 國家公園服務。

NPTC (abbr.) **Nonprofits in Travel Conference** 旅遊計畫者一年一度為非營利性的旅遊所舉行的會議。

NR (abbr.) **No Rate. Person does not have to pay** 免費的；無須付費的。

NRA (abbr.) **non resident alien** 外國來的遊客。

NRCF (abbr.) **Not reconfirmed** 未做確認的。

NRP (abbr.) **Non Revenue Passenger (a non-paying passenger)** 免費旅客。

NSML (abbr.) **No Salt Meal** 無鹽食物。

NSST (abbr.) **No Smoking Seat** 禁煙座位區。

NTA (abbr.) **National Tour Association** 全國旅遊協會，被認為是北美洲最專業最有聲望的旅行社或是旅遊供應商協會。

NTBA (abbr.) **Name to be advised** 會通知姓名的。

O

O (abbr.) **stopover** 指持全程機票的旅行所做的中途停留。

O / S (abbr.) **outside** 客輪裡可以看到窗外景色有窗的艙房。

OAG (abbr.) **Official Airline Guide** 官員的，正式的航空公司指南，內容包含了全世界各地的飛機起降時間之詳細資料與價目表。

Oahu (n.) 歐胡島，夏威夷群島的主島。

oak (n.) 橡樹；橡木；橡木傢俱。

oasis (n.) 沙漠中的綠洲。

oast (n.) 英國的烘房；烘爐。

oast house (ph.) 英國烘啤酒花、煙草以及麥芽等的烘房。

oat (n.) 燕麥；燕麥片；燕麥田；燕麥粥。

oat cake (ph.) 蘇格蘭等地的燕麥餅。

oater (n.) 西部電影或是電視節目（俚語）。

oatmeal (n.) 燕麥片；燕麥粥。

occupancy rate (ph.) 飯店客房的住房率。

ocean (n.) 海洋；海。

ocean sightseeing (ph.) 海洋觀光。

ocean front (ph.) 臨海。

Ocean State (ph.) 海洋州，美國的羅德島州別名。

oceanarium (n.) 海洋水族館。

oceanaut (n.) 海洋探險家。

oceanfront (n.) 沿海地帶。

oceangoing (adj.) 遠洋航行的。

Oceania (n.) 大洋洲。

Oceanian (n.) 大洋洲人。(adj.) 大洋洲的。

Oceanid (n.) 希臘神話裡的海洋的女神。

oceanography (n.) 海洋學。

oceanology (n.) 海洋學。

Oceanus (n.) 希臘神話裡的海洋之神。

ocker (n.) 未開化的澳洲人。

OCNFT (abbr.) **Ocean front** 臨海。

OCNVW (abbr.) **Ocean view** 海景。

ocotillo (n.) 仙人掌；墨西哥刺木。

October (n.) 十月。

octogenarian (n.) 八十歲到八十九歲的人。(adj.) 八十歲到八十九歲的。

octopod (n.) 八足類動物。(adj.) 有八臂或是八足的。

octopus (n.) 章魚。

octorpoon (n.) 有八分之一黑人血統的混血兒。

off peak (ph.) 遠離尖峰期，當航空公司乘客搭乘量最少的期間，飯店業房價最低的期間，以及大型會議的開會日之前與之後的日子都可稱之。

official guide (ph.) 全區導遊。

official passport (ph.) 公務護照。

off-line (adj.) 不連接到電腦線上的；離線。

offline connection (ph.) 當旅客更換班機也同時更換航空公司時稱之。

offline point (ph.) 當某航空公司的飛機沒有飛往某一城市的營運時稱之。

off-season (n.) (**low season**) 旅遊業淡季，在旅遊淡季時，包括機票、飯店、旅遊團費等費用，會有比較低的價位。

OHRG (abbr.) **Official Hotel and Resort Guide** 正式的飯店與休閒渡假聖地指南。

o.k. board (ph.) 登機許可。

Olympic Games (ph.) 古希臘人每隔四年即會在奧林匹克舉辦一次的競技會；現代的奧林匹克運動會。

Olympics (n.) **(Olympic Games)** 奧林匹克運動會。

Olympus (n.) 奧林帕斯山。

Oman (n.) 阿曼,位於阿拉伯半島東南方之一國。

OMCA (abbr.) **Ontario Motorcoach Association** 安大略長途旅遊巴士協會,是加拿大一個全國性質的協會。

omelette (n.) 煎蛋餅。

OMFG (abbr.) **Official Meeting Facilities Guide** 正式會議設備指南。

omnibus (n.) 舊時代的公車。

on own (ph.) 價錢不包括在套裝行程價內的,例如:Lunch, on own.午餐自行料理等。

on the rock (ph.) 加冰塊。

one way journey (ph.) 簡稱OW,單程行程。

one way ticket (ph.) 單程機票;車票或是火車票。

one way trip (ph.) 單程的行程。

one-armed bandit (ph.) 賭場裡的吃角子老虎機(口語)。

online connection (ph.) 轉機的航空公司與先前搭乘的飛機都是同一家航空公司的。

open bar (ph.) 免費飲料。

open sitting (ph.) 指在客輪上的餐廳用餐時,餐廳內的餐桌位置沒有人事先預訂,只要有空位則可以自行使用。

open ticket (ph.) **(open segment)** 機票上已列有幾個有效的目的地行程,但還未做訂位的機票稱之。

open segment (ph.) **(open ticket)** 機票上已列有幾個有效的目的地行程,但還未做訂位的機票稱之。

open-jaw ticket (ph.) 一個來回行程的機票,但是去程下機的城市並非回程的上機城市,因為方便中途的旅程可以搭乘火車、船、車等其他交通工具。

operation (n.) 運作。

option (n.) 選擇權;選擇自由。

optional (adj.) 隨意的;非必須的。

optional tours (ph.) 額外旅行,並不包括在套裝旅遊行程內的旅遊,在旅遊途中,旅行社會安排其他自費旅遊服務,旅客可依喜好自費自由參加,通常都是當天來回的旅遊。

ORBIS (abbr.) **National travel agency of Poland** 波蘭國家旅行社。

ordinary passport (n.) 普通護照。

Organization of American States (n.) 簡稱OAS,美洲地區國家組織。

Oriental (n.) 東方人;亞洲的東方國家;亞洲人。

orientation (n.) 對新生的熟悉環境等的介紹。

Orient Airlines Association (ph.) 東方航空運輸協會。

Orient Countries Assmble (ph.) 簡稱OCA,東方國家航空代表會議。

origami (n.) 日本的折紙藝術。

origin (n.) 出發地,即一個旅程的起點。

origin sin (ph.) 宗教說的原罪。

originality (n.) 創作力;獨創性。

originative (adj.) 有創作力的。

ORML (abbr.) **Oriental (Asian) Meal** 東方食物;亞洲食物。

Orlando (n.) 美國佛羅里達州的奧蘭多市,全球最大的迪斯尼世界即建立於此。

Oslo (n.) 奧斯陸,挪威(Norway)的首都。

OTG (abbr.) **Official Tour Directory** 官方的旅遊業的工商名錄,登錄大約二千個以上美國與加拿大地區的旅行社。

Ottawa (n.) 渥太華,加拿大(Canada)的首都。

otto (n.) 玫瑰油。

Ottoman (n.) 土耳其人。(adj.) 土耳其的;土耳其人的。土耳其民族的;

奧斯曼帝國的。

ottoman (n.) 沙發床或是沙發。

Ouagadougou (n.) 瓦加杜古，布基那法索國（Burkina Faso）的首都。

Our Lady (ph.) 聖母瑪利亞。

Our Lord (ph.) 耶穌基督；主。

OUT (abbr.) **Check-out date** 退房日期。

out of order (ph.) 故障。

out bound travel business (ph.) 海外旅遊業務。

outbound (adj.) 辦理旅客到外地或是國外旅遊的業務的。

outfitter (n.) 旅行用品的商店；運動用具店。

outrigger (n.) 用以防翻船所裝設的舷外浮材。

outside (n.) (**O / S**) 指有窗戶或是有舷窗的船艙，可以看到窗外的海景或是河景。

outskirts (n.) 郊外；郊區。

over sold (ph.) 超售機位。

overbooking (n.) (**oversale**) 航空公司以及飯店常用的慣例，因為常常有no show的旅客發生，為了不因旅客的no show而使得載客率與住房率下降所造成的損失，而做超額的訂位與訂房，因為機位與客房都有無法保存的特性。

overcrowding (n.) 過度擁擠。

overfllght privileges (n.) 飛越其領空之許可。

overhead (n.) 管理費用；經常開支費用。

overhead projector (ph.) 高射型投影機。

overland (adj.) 陸路的；陸上的；橫越大陸的。(adv.) 經由陸路；橫越大陸地。

overlook (v.) 眺望；俯瞰；監督；看漏。

overlord (n.) 封建軍主。

override (n.) (**override commission**) 美國的銷售傭金。

override commission (n.) (**override**) 美國的銷售傭金。

overseas (adj.) 海外的；國外的。(adv.) 在海外；在國外。

oversee (v.) 監視；監督；管理。

oversell (v.) 超賣。

overshoe (n.) 鞋套。

overside (adj.) 從船邊的。(adv.) 自船邊。

oversize (n.) 特大號。(adj) 特大的。

oversleep (v.) 睡過頭。

oversnow (adj.) 雪上交通的。

oversupply (n.) 過多的供應品。(v.) 過多的供給。

OW (abbr.) **One Way Journey** 單程行程。

P

pa (n.) 爸（口語）。

PA (abbr.) **Pennsylvania** 美國的賓夕法尼亞州。

p-a system (abbr.) **public address system** 有線廣播系統。

pa'pang (n.) 帕安卡，東加王國的貨幣單位。

paca (n.) 中南美洲的天竺鼠。

pace car (ph.) 在賽車預備圈跑道上帶頭行駛，卻不是參加比賽的定速車。

pacing (n.) 旅遊的行程中各項活動安排的步調，包括觀光、用餐時間、自由活動時間以及休息時間的分配。

pachuco (n.) 美國墨西哥裔的不良少年。

Pacific (n.) 太平洋。(adj.) 太平洋的。

Pacific Asia Travel Association (abbr.) 簡稱PATA，亞太旅行協會。

Pacific Island Club (ph.) 太平洋島嶼俱樂部。

Pacific Ocean (ph.) 太平洋。

Pacific Rim (ph.) 太平洋沿岸地區；太平洋沿岸國家。

Pacific Standard Time (ph.) 太平洋標準時間。

pacific time (ph.) 太平洋標準時間。

Pacific Travel Marts (ph.) 太平洋旅行交易會。

pack animal (ph.) 馱獸。

pack horse (ph.) 馱馬。

pack ice (ph.) 大塊的浮冰。

pack trip (ph.) 美國的騎馬遊鄉村。

package (n.) 包裹；有相關的一組事物。 (v.) 打包；包裝。

package (n.) 套裝，把機票、交通與其他旅遊服務結合，售以全備而單一的價格。

package deal (ph.) 整批的交易。

package holiday (n.) 一切由旅行社所安排的全備旅遊。

package tour (ph.) 全備；套裝旅遊，把機票與其他旅遊服務結合，再售以全備而單一價格的旅遊，而這個套裝旅遊亦可以分開來單一購買，依旅客的不同需求而定。

packed lunch (ph.) 可以攜帶的盒裝午餐。

packed out (ph.) 房間等被滿滿的人擠到水泄不通的。

packet boat (ph.) 客貨船；定期客船。

packing (n.) 包裝；包裝物；食物（美國俚語）。

packing case (ph.) 裝運貨物的箱子。

packinghouse (n.) 肉類食品包裝工廠。

packman (n.) 小販。

packsack (n.) 帆布背包或是皮製背包。

paddle (n.) 短而闊的槳。(v.) 用槳划船；划獨木舟；在淺水中涉水而行。

paddle tennis (ph.) 板網球運動。

paddleboard (n.) 衝浪板。

paddler (n.) 划獨木舟者；涉水的人。

paddling (n.) 划舟。

paddling pool (ph.) 兒童游玩的淺池。

Paddy (n.) 愛爾蘭人。

paddy (n.) 米；稻田。

paddy field (ph.) 水田；稻田。

pademelon (n.) 澳洲小袋鼠。

padre (n.) 神父。

padrone (n.) 主人；客棧老闆。

paedobaptism (n.) 幼兒的受洗禮。

paedophile (n.) 有戀童癖好的患者。

paedophilia (n.) 戀童癖。

P

paella (n.) 用平底鍋烹煮的西班牙菜飯。

page (n.) 旅館或是劇院裡的男侍或是聽差。(v.) 在公共場所廣播找人。

pageant (n.) 壯麗的場面；盛裝的遊行；彩車的慶典。

pageboy (n.) 聽差；長髮及肩，髮尾內捲的髮型。

pager (n.) 攜帶型的傳呼器。

Pago Pago (ph.) 巴哥巴哥，美屬薩摩亞群島的首府。

pagoda (n.) 東方寺院的塔；公園的涼亭。

PAI (abbr.) **Personal Accident Insurance** 汽車保險的一種。

PAK system (ph.) 聯合作業系統。

Pakistan (n.) 巴基斯坦。

palace (n.) 皇宮；宮殿；豪宅；豪華的娛樂場所。

palaeolith (n.) 舊石器。

palaeolithic (adj.) 舊石器時代的。

palaeontologist (n.) 古生物學家。

palaeontology (n.) 古生物學。

Panama (n.) 巴拿馬；巴拿馬草帽。

Panama City (ph.) 巴拿馬城，巴拿馬的首都。

Panama Canal (ph.) 巴拿馬運河。

Panama hat (n.) 巴拿馬草帽。

Panamanian (n.) 巴拿馬人。(adj.) 巴拿馬人的；巴拿馬的。

Pan-American (adj.) 泛美的；全美洲的。

pan-Asian (adj.) 泛亞的；全亞洲的；整個亞洲區域的人的。

panatela (n.) (**panatella**) 一種細長的雪茄菸。

Panay (n.) 彭內，位於菲律賓群島中部的一個小島。

pan-broil (v.) 油煎。

pancake (n.) 薄煎餅。

Pancake Day (ph.) (**Pancake Tuesday**) 薄餅日，懺悔節的前一日，要按照傳統吃薄餅。

pancake landing (ph.) 失速時的平降；平墜著陸。

pancake roll (ph.) (**spring roll**) 春捲。

Pancake Tuesday (ph.) (**Pancake Day**) 薄餅日，懺悔節的前一日，要按照傳統吃薄餅。

panda (n.) 大熊貓；大貓熊。

panda car (ph.) 英國的巡邏警車。

pandiculation (n.) 伸懶腰。

Pandora (n.) 潘朵拉，希臘神話裡的第一個到人間的女人。

Pandora's box (ph.) 潘朵拉的盒子，打開它，災禍就跑出來。

pandowdy (n.) 蘋果餅。

panhandle (n.) 伸入另外一洲的狹長土地（美國）；平底鍋的把柄。

panhandler (n.) 乞丐。

Panhellenic (n.) 大希臘的。

panic (n.) 恐慌；驚嚇。(v.) 使恐慌；使驚嚇。(adj.) 恐慌的。

pap (n.) 奶頭；似奶頭狀之物；粥類食物；半流質食物。

papa (n.) 爸爸（口語）。

papacy (n.) 教皇的地位或是權力。

paparazzo (n.) 專偷拍名人照片的攝影師（義大利）；狗仔隊。

papas (n.) 希臘教會之教區牧師。

papaw (n.) 巴婆樹；巴婆果。

papaya (n.) 木瓜。

Papeete (n.) 帕皮提，位於大溪地島的法屬玻里尼西亞（Polynesia）的首府。

paper clip (ph.) 迴紋針。

paper shop (ph.) 英國的菸報店。

Papiamento (n.) 住在Aruba、Bonaire以及Curacao三島嶼的人所說的一種以西班牙語爲基礎的Creole克里奧爾語。

Papua New Guinea (ph.) 巴布新幾內亞。

P

par (n.) 同等級；同價位；平價。(adj.) 與票面價值相等的。

par avion (ph.) 航空郵遞（法國）。

par exemple (ph.) 例如（法國）。

para (n.) 傘兵；帕拉，南斯拉夫幣名。

Parador (n.) 巴拉多，由地方或是州觀光局將古老而且具有歷史意義的建築，例如：修道院、教堂或是城堡改建成旅館。

Paraguay (n.) 巴拉圭。

Paramaribo (n.) 巴拉馬利波，蘇利南（Surinam）的首都。

parameters (n.) 因素；特徵。

parapet (n.) 用來保護士兵的胸牆；陽台或是橋邊等的低矮擋牆或是欄杆。

parcel (n.) 小包；包裹。

parcel bomb (ph.) 郵包炸彈。

pard (n.) 豹。

pariah (n.) 印度世襲階級中的賤民。

Parian (n.) 帕洛斯島人；帕洛斯陶器。(adj.) 帕洛斯島的；帕洛斯島人的。

Paris (n.) 巴黎，法國（France）的首都。

parish (n.) 教區；英國的地方行政區；美國路易斯安那州的郡。

parish church (ph.) 堂區的教堂。

Parisian (n.) 巴黎人。(adj.) 巴黎的；巴黎人的。

park (n.) 公園；遊樂場；運動場；鄉間的大庭園。(v.) 停放車輛。

parka (n.) 愛基斯摩人穿的有頭套的毛皮外套；戶外穿的派克大衣。

park-and-ride (n.) 一種將車輛泊於市郊的停車場，然後換乘公車或是其他公共交通工具進入市區，以減少市區的車流量的泊車換車制的作法。。

parking (n.) 停車場；停車。

parliamentary procedure (ph.) 議會程序。

parlor (n.) 客廳；起居室；飯店中的休息室或是接待室。

parlor car (ph.) 長途巴士或是火車內有特別的單人包廂座椅的客車廂。

partnership (n.) 合夥的合作關係；合股關係。

part time guide (ph.) 兼任導遊。

passenger (n.) (**traveler**) 旅客。

passenger (adult) (n.) 十三歲以上的乘客（指搭乘飛機的旅客）。

passenger (child) (n.) 二歲到十二歲之間的乘客（指搭乘飛機的旅客）。

passenger (infant) (n.) 二歲以下的乘客（指搭乘飛機的旅客）。

passenger (senior) (n.) 六十二歲以上的乘客（指搭乘飛機的旅客）。

passenger capacity (ph.) 客輪可以乘載的旅客容量。

passenger seat (ph.) 汽車駕駛座旁邊的乘客座。

Passenger Name Record (ph.) 簡稱PNR，旅客之訂位紀錄，一個在全球電腦訂位系統內的旅客紀錄，記載著某位旅客的旅遊計畫，包括飛行路線、飯店預訂與租車情況的詳細紀錄。

Passenger Sales Agent (ph.) (**a travel agent**) 旅遊經紀人；旅遊顧問。

Passenger Service Agent (ph.) (**PSA**) 航空公司的職員，工作內容是協助旅客辦理登機手續或是協助旅客登機。

Passenger Service Representative (ph.) (**PSR**) 航空公司的職員，工作內容是協助輪椅旅客或是給予旅客所需要的資訊。

Passenger Traffic Manger (ph.) (**PTM**) 航空公司的航空站經理；幫公司內部的員工安排各項旅遊行程的職員。

passenger's coupon 機票上的旅客存根。

passerby (n.) (**passer-by**) 行人；過路人。

passer-by (n.) (**passerby**) 行人；過路人。

passport (ordinary passport) 普通護照

passport (official passport) 公務護照

password (n.) 暗語；通關密語；使用電腦時的通路密碼。

P

PATA (abbr.) **Pacific Asia Travel Association** 亞太旅行協會。

pate de fois gras (ph.) 法國的肥鵝肝餅。

patron (n.) 贊助者；老主顧；老闆。

patron saint (ph.) 守護神；最高典範。

pavillon (n.) 公園或是花園中的涼亭；博覽會的展示館；球場的運動員更衣室或是休息室。

paw paw (n.) **(papaw)** 木瓜；可食用的水果；巴婆果。

pawn shop (ph.) 當舖。

Pawnee (n.) 美國波泥族印第安人；波泥語。

pax (n.) 航空公司或是旅遊業界稱呼乘客／旅客（俚語）。

pay cheque (ph.) 工資支票。

pay day (ph.) 發薪日。

paylord (n.) 人事費用。

PCL (abbr.) **Princess Cruise Line** 公主號客輪。

PDQ (abbr.) **Pretty Dame Quick** 馬上；盡快。

PDR (abbr.) **People's Democratic Republic** 人民民主共和國。

PDW (abbr.) **Physical Damage Waiver** 單日計費的出租汽車保險的一種，出租汽車發生意外時的身體損傷或是汽車損害之保險。與CDW（Collision Damage Waiver）相似。

peak (n.) 山頂；山峰。

peak tare (ph.) 旅遊旺季價，在旅遊旺季時，包括機票、飯店、旅遊團費等費用，會有比較高的價位。

peak hour (ph.) 交通的尖峰時刻。

peak season (ph.) **(high season, in season)** 旅遊業旺季，在旅遊旺季時，包括機票、飯店、旅遊團費等費用，會有比較高的價位。

peak time (ph.) 收看電視或是收聽廣播的高峰時間。

peanut (n.) 花生。

peanut butter (ph.) 花生醬。

peanut gallery (ph.) 廉價的劇院後排座（美國俚語）。

pear (n.) 洋梨。

pearl (n.) 珍珠。(v.) 用珍珠裝飾。

Pearl Harbor (ph.) 珍珠港。

pearl oyster (ph.) 珍珠貝。

peddler (n.) 小販。

pelota (n.) (**jai alal**) 迴力球。

penalty (n.) 當更改或是取消訂位或是訂房時被罰的款項。

penalty area (ph.) 足球的罰球區。

Penang (n.) 馬來西亞的檳榔島。

Penates (n.) 羅馬的家邦守護神。

pencplain (n.) 準平原。

penguin (n.) 企鵝。

peninsula (n.) 半島。

peninsular (n.) 半島居民。(adj.) 半島的；半島狀的。

penlinght (n.) 小手電筒。(adj.) 小手電筒的。

penman (n.) 抄錄員；書法家；作家。

pension (n.) 歐洲大陸國家供膳宿的寄宿地方或是小旅館。

penthouse (n.) 位於建築物頂樓的公寓。

penturbia (n.) 美國新興繁榮區。

peony (n.) 牡丹；芍藥。

people journailism (ph.) 名人新聞報導。

people movers (ph.) 大眾運輸工具，例如：有固定路線的自動人行道或
是載運乘客的單軌鐵路。

pepper (n.) 胡椒粉；辣椒粉；香辛調味品。

pepper mill (ph.) 胡椒碾磨器。

peppercorn (n.) 乾胡椒粒。

peppermint (n.) 薄荷；薄荷油。

pepperoni (n.) 義大利辣味香腸。

Pepsi (n.) 百事可樂飲料。

per diem (ph.) **per day** 按日，指按日計費的客輪。

per capita tour (ph.) 按人計算的旅遊。

per person (ph.) 房價的計算是依照人數來計價的。single是一個人一房；double是兩個人一房；triple是三個人一房；quad是四個人一房。

perestroika (n.) 指1980年代前蘇聯的經濟及政府機構的改革與調整。

perihelion (n.) 近日點。

perilune (n.) 近月點。

perishability (n.) 無法貯存性。

perishable (n.) 指容易腐壞的食品。(adj.) 容易腐壞的；容易腐敗的。

perishables (n.) 容易腐壞的食物。

perks (n.) 津貼；額外的補助。

perm (n.) 燙頭髮。(v.) 燙髮。

permafrost (n.) 永久凍土層。

permanent wave (ph.) 燙髮。

personal contact skill (ph.) 人際關係的溝通技巧。

personalized service (ph.) 人性服務。

Peru (n.) 秘魯。

petit (adj.) 沒價值的；細小的。

petit dejeuner (ph.) 法國的「早餐」之意。

petit four (ph.) 法國的小蛋糕。

petit suisse (ph.) 小圓形的新鮮乳酪。

petroglyph (n.) 岩石畫；岩石雕刻。

petroglyphic (adj.) 岩石畫的；岩石雕刻的。

petroglyphy (n.) 岩石雕刻藝術。

petrol (n.) 汽油（英國）。

petrol bomb (ph.) 汽油彈（英國）。

petrol station (ph.) **(gas station)** 加油站〔英國〕。

PFC or PFCS (abbr.) **Passenger Facility Charge** 旅客使用機場設備的費用，購買機票時已經包含在票價內了。

Philippines (n.) 菲律賓。

Phnom Penh (ph.) 金邊，柬埔寨〔Cambodia〕的首都。

photodrama (n.) 電影；舞台劇。

photofit (n.) 警方根據證人的描述而利用特徵來拼湊人像的方法。

photoflash (n.) 閃光燈。

piazza (n.) 義大利的露天廣場；露天市場；陽台。

pibroch (n.) 蘇格蘭的風笛曲。

picador (n.) 騎馬的鬥牛士。

Picasso (n.) 西班牙的畫家畢卡索。

Piccadilly (n.) 英國倫敦著名的皮卡迪利大道。

piccalilli (n.) 辣醃菜；辣泡菜。

piccolo (n.) 短笛。

pick-up date (ph.) 到租車公司領車的日期。

pick-up location (ph.) 到租車公司領車的城市地點所在。

pictograms (n.) **(pictographs)** 象形文字；用象形文字寫的文獻；古代的石壁畫；國際間為了克服語言的隔閡所使用的圖案、圖表或是符號等。

pictographys (n.) **(pictograms)** 象形文字；用象形文字寫的文獻；古石壁畫；國際間為了克服語言的隔閡所使用的圖案、圖表或是符號等。

pidgin (n.) 用兩種語言或是多種語言的混雜語；洋涇濱語。

pidgin English (ph.) 用構造簡化的英文文法，雜亂的字彙，並且混合華語；葡萄牙語或是馬來語的通商英語；洋涇濱英語。

pie crust (ph.) 派皮；餡餅皮。

pilgrimage (n.) 朝聖；進香團。

pilot (n.) 飛機的駕駛員；飛行員。

P

pilot balloon (ph.) 用以測風速與風向的測風氣球。

pilot fish (ph.) 鯖類海魚。

pilot house (ph.) 船隻的密閉掌舵室。

pilot whale (ph.) 巨頭鯨;圓頭鯨。

PIP (abbr.) **Personal Injury Protection** 汽車保險的一種,身體傷害時的保險。

pitch (v.) 飛機或船隻上座位之間的距離;飛機或船隻上下前後的顛簸與搖晃。

pitch-and-putt (n.) 小型的高爾夫球賽。

pitch-and-toss (n.) 擲硬幣遊戲。

pitcher (n.) 水壺;一壺的量;投手;高爾夫球的七號鐵頭球棒。

pitcherful (adj.) 一水壺的量。

pitchers have ears 隔牆有耳。

pitchman (n.) 攤販;商品宣傳者。

pitchout (n.) 投手故意投的壞球。

pithecanthrope (n.) 猿人。

Pithecanthropus (n.) 直立猿人。

pithecanthropus (n.) 猿人;爪哇猿人。

pitta (n.) **(pitt bread)** 一種圓扁形,中間可以夾沙拉或是肉類的麵包,在希臘以及中東等地區非常普遍的食物。

pitta bread (ph.) **(pitt)** 種圓扁形,中間可以夾沙拉或是肉類的麵包,在希臘以及中東等地區非常普遍的食物。

Pittsburgh (n.) 美國的匹茲堡。

pizza (n.) 義大利比薩餅;義大利肉餡餅。

Pizza Hut (n.) 必勝客比薩餐廳。

pizza parlor (ph.) 義大利比薩餅店。

plain (n.) 沒有樹的平原;曠野。

plain chocolate (ph.) 沒有加牛奶的純巧克力。

plain flour (ph.) 沒有加酵母的純麵粉。

Plains Indian (ph.) 美國平原遊牧的印第安人。

plainsman (n.) 平原居民。

plastic money (ph.) 信用卡。

plate (n.) 盤子；碟；一盤食物；金或是銀的餐具。

plate glass (ph.) 厚玻璃板。

plate-tectonics (n.) 地表板塊構造學。

plateau (n.) 高原。

plated (adj.) 鍍金的；裝甲的。

plateful (adj.) 一滿盤的。

platelayer (n.) 鐵路工人。

plate-rack (n.) 放置盤子、碟子等的餐具架。

platform (n.) 鐵路等的月台；電車等的旅客上下車的平台；講台；戲台。

platform game (ph.) 背景不動的電腦遊戲。

platform shoe (ph.) 厚底鞋；麵包鞋；木屐式鞋。

platinum blond (ph.) 淡金黃色頭髮的人。

Plato (n.) 柏拉圖，古希臘的哲學家。

Platonic (adj.) 柏拉圖式的；不切實際的；理想的。

Platonism (n.) 柏拉圖哲學學派；精神戀愛主義。

plimsoll line (ph.) (**plimsoll mark**) 貨船載貨的吃水線。

plimsoll mark (ph.) (**plimsoll line**) 貨船載貨的吃水線。

$^{++}$ (abbr.) **plus plus** 餐飲要加稅與小費，例如：Dinner is \$15.95^{++}。

p.m. (abbr.) **post meridiem** 下午，指從中午十二點到午夜十二點之間。

PMA (abbr.) **Pacific Maritime Association** 美國太平洋海運協會。

PNR (abbr.) **Passenger Name Record** 旅客之訂位紀錄，一個在全球電腦訂位系統內的旅客紀錄，記載著某位旅客的旅遊計畫，包括飛行路線，飯店預訂與租車情況的詳細紀錄。

P

poached eggs (ph.) 水煮蛋。

podium (n.) 放演講稿的講台；交響樂演奏的指揮台。

podunk (n.) 無名的小鎮；偏僻的小村落。

POE (abbr.) **Port of Entry** 進口港。

POE (abbr.) **Port of Embarkation** 載貨港。

point duty (ph.) 站崗；值勤。

point of no return (ph.) 飛航的極限點；不能回航點。

point of origin (ph.) 出發的地點。

point of view (ph.) 觀點；見地。

point to point (ph.) 某地點到某地點的單程票價。

Poland (n.) 波蘭。

polar (adj.) 北極的；南極的；極地的。

polar bear (ph.) 北極熊。

polar cap (ph.) 南北極的冰帽；行星兩極處的極冠。

polar circle (ph.) 南極圈；北極圈。

polar front (ph.) 氣候的冷空氣與暖氣流交接的區域。

polder (n.) 荷蘭的低窪開拓地。

Polaris (n.) 北極星。

Pole (n.) 波蘭人。

pole (n.) 柱；竿；地極區域；極地。

pole jump (ph.) (**pole vault**) 撐竿跳。

pole vault (ph.) (**pole jump**) 撐竿跳。

police action (ph.) 警察對於破壞國際和平的鎮壓行動。

police dog (ph.) 警犬。

police force (ph.) 警力。

police officer (ph.) 警官或是警員。

police state (ph.) 指一個國家的人民被一個專制的政權，透過警察勢力所控制，而且是秘密警察的警力

police station (ph.) 警察局。

policewomam (n.) 女警。

polis (n.) 都市國家。

Polish (n.) 波蘭語。(adj.) 波蘭語的；波蘭人的；波蘭的。

politburo (n.) 共產黨中央委員會的政治局。

political action committee (ph.) 美國產聯的政治行動委員會。

political asylum (ph.) 政治庇護。

political correctness (ph.) 識時務；合時宜。

political economy (ph.) 經濟學。

political football (ph.) 政治足球。

political geography (ph.) 政治地理學。

political interference (ph.) 政治干預。

polity (n.) 政府機構；有政府的地區或是國家。

polka (n.) 波爾卡舞；波爾卡舞曲；女用緊身短上衣。

polka dot (ph.) 圓點花樣。

polka dots (ph.) 衣料的圓點花樣。

Poll (n.) 鸚鵡。

poll (n.) 民意測驗；投票；投票所；選舉；劍橋大學的學士生們（俚語）。

poll tax (ph.) 人頭稅。

pollbook (n.) 選舉人名冊。

pollen (n.) 花粉。(v.) 給……傳授花粉。

pollen count (n.) 空中飄浮的花粉數量（在同一時區，二十四小時內會引起花粉熱症的數量）。

pollenosis (n.) **(pollinosis)**（醫學名詞）花粉熱，一種因為花粉過敏而會一直流眼淚，打噴嚏的症狀。

polygon (n.) 多邊形；多角形。

polygonal (adj.) 多邊形的；多角形的。

P

polygynous (adj.) 一夫多妻；一妻多夫的。

polygyny (n.) 一夫多妻制。

polymath (n.) 博學的人。(n.) 博學的。

Polynesia (n.) 太平洋群島中的玻里尼西亞。

Polynesian (n.) 玻里尼西亞人；玻里尼西亞語。(adj.) 玻里尼西亞的；玻里尼西亞人的；玻里尼西亞語的。

Polynesian Culture Center (ph.) 玻里尼西亞人文化中心。

polynia (n.) 北極海面不結冰部分的冰穴；冰間湖。

poncho (n.) 南美人穿的中間部分有個可以把頭套進去的裂縫的披風式外套。

pond (n.) 池塘。

pond lily (n.) 睡蓮。

pontoon (n.) 浮船塢；浮舟。

pontoon bridge (n.) 浮橋。

pony (n.) 矮種型的小馬；小型的東西。

ponytail (n.) 馬尾式辮子。

pony-trekking (n.) 騎馬旅行。

poof (n.) 吹熄蠟燭的聲音。

pool (n.) 游泳池；撞球；水塘。

pool hall (ph.) 桌球房；彈子房。

pool route (ph.) 兩家運輸公司共享所有的設備，所有的收入營利，甚至可以借用彼此的員工等。

pool table (ph.) 撞球桌。

poolside (n.) 游泳池邊。(n.) 游泳池邊的。

poop deck (ph.) 船尾樓甲板。

port (n.) 港、機場、航空站、船或是飛機的左舷；船的舷窗；紅葡萄酒。

Port Au Prince (ph.) 太子港，海地（Haiti）首都。

Port Louis (ph.) 路易斯港，模里西斯（Mauritius）首都。

Port Moresby (ph.) 摩爾斯比港，巴布亞新幾內亞（Papua New Guinea）首都。

ports of call (ph.) 船依據行程安排而停的停靠港。

port of entry (ph.) 進口港。

Port Of Spain (ph.) 西班牙港，千里達與拖貝哥國首都。

port side (ph.) 飛機或是客輪的左邊，當你面對著船或飛機時，在船的左邊或是飛機的左舷。

port taxes (ph.) 港口稅

portacrib (n.) 可攜帶式的嬰兒床。

portage (n.) 搬運；運輸；搬運費；運輸費；美國的兩條水路間的陸運或是陸運路線。

Portakabin (n.) 活動房屋。

portal (n.) 門；正門；入口。

portal site (n.) 電腦的入口網站，在連接全球資訊網時要首先進入的網站。

porter (n.) (**skycap**) 機場或是車站搬運行李的服務人員，搬完行李後，通常客人會給予小費；美國臥餐車或是特等車的服務員；銀行或是商店的雜物工或是清潔工。

porter (n.) 學校、醫院或是旅館等的門房或是警衛（英國）；黑啤酒（英國）。

porterage (n.) 行李的搬運管理。

porterhouse (n.) 小酒館；排骨餐館；美國的上等腰肉牛排。

porterhouse steak (ph.) 上等腰肉牛排。

porthole (n.) 飛機或是船的舷窗。

Porto Novo (ph.) 波多諾佛，貝南國（Benin）的首都。

Portugal (n.) 葡萄牙。

Port-Vila (n.) 維拉港，萬那杜（Vanuatu）的首都。

P

posada (n.) 西班牙語系國家所指的小旅館。

posh (adj.) 說的；奢侈的；漂亮的；第一流的（口語）。

position (n.) 位置；地點；方位。

post bellum (ph.) 美國內戰以後。

postal service (ph.) 郵政業務；郵政管理局。

postdate (n.) 延後日期。(v.) 把……延後日期。

postdiluvian (n.) 《聖經》裡的大洪水之後的人或是事物。(adj.) 《聖經》裡的大洪水之後的。

poste restante (ph.) 法國的郵件留局待領處。

poster (n.) 海報；廣告；布告。

postern (n.) 後門；地下通道；私人出入口。

potable (n.) 飲料。(adj.) 適於飲用的。

potage (n.) 法國濃湯。

pousada (n.) 小旅館。

postglacial (adj.) 冰河時期之後的。

pow wow (ph.) 舉辦一個會議；商談。

POW WOW TIA (Travel Industry Association of America) 美國旅遊業協會一年一度所舉辦的貿易展。

PP (abbr.) **per person** 按照每人的。

PPR (abbr.) **Passenger Profile Record** 乘客的個人資料紀錄。

PPT (abbr.) **Profit Per Transaction** 每筆交易的利潤。

Prague (n.) 布拉格，捷克共和國（Czech Republic）的首都。

Praia (n.) 普拉亞，維德角（Cape Verde Is.）的首都。

prairie (n.) 大草原；大牧場。

prairie dog (ph.) 北美大草原的土撥鼠。

Prairie State (ph.) 草原州，美國的伊利諾州別名。

PRC (abbr.) **People Republic of China** 中國。

precipice (n.) 斷崖絕壁。

pre-existing condition (ph.) 早已經存在的狀況。

prefab construction (ph.) 組合式建築。

prejudice (n.) 偏見；歧見。

premier class (ph.) 頭等艙的服務。

premium (n.) 出租汽車的頂級型車。

prepaid (adj.) 預先付的。

preparation works before group arrival (ph.) 接機前之準備作業。

pre-registration (n.) 預先辦理的住房登記手續，當有旅遊團要進住飯店時，飯店人員事先依照團體名單，預先排好旅客之房間，把鑰匙放入一個信封內，並在信封上寫上旅客名字，以減少團體check-in時所要等待辦理住房手續的時間。

preserve (v.) 禁獵；把……劃為禁止狩獵區。

prime meridian (ph.) 本初的子午線。

prime mover (ph.) 可以產生動力的風或是水等的自然力。

prime time (ph.) 廣播或是電視的播出黃金時間。

primitive (n.) 原始人；原始的事物；純樸的人。(adj.) 原始的；遠古的的；早期的。

principal (n.) 提供產品或是服務主要的供應商。

principality (n.) 公國；侯國；封邑；公國君主的職位、封地或是權力。

private butler (ph.) 在飯店內管理客房內的小酒吧補貨進貨的職員；飯店內住宿於總統套房的房客的私人管家。

private house (ph.) 私人住宅。

privy (n.) 戶外的廁所。(adj.)秘密參與的。

prix fixe (ph.) 固定價錢的客飯或是和菜，不可以替換的。

processing center (ph.) 處理中心。

profile system (ph.) **(frequent traveler file)** 記錄著常客的或是重要旅客的個人資料，並詳細註明這位客人的喜好、付款方式以及其他有關本旅客的重要資訊的紀錄本。

P

prom (n.) (**promenade**) 美國高中或是大學畢業前所舉辦的正式舞會。

promenade (n.) 散步；開車兜風；乘遊艇兜風；海濱的可散步的人行道。(n.) 散步；開車兜風。

promo (abbr.) (**promotional**) 電視節目預告；電視或是廣播中的推銷商品的廣告。

promotional fare (ph.) 特別票；為了提升銷售率的促銷價格。

proof of citizenship (ph.) 證明國籍的文件，例如：護照、身分證、出生證明等來證明自己的國籍。

propaganda (n.) 宣傳；宣傳活動。

property (n.) 指有住宿功能的設施，例如：hotel、motel、condo、resort……等。

proposal (n.) 建議、提議或是計畫等的提出；求婚。

proprietor (n.) 所有人；業主；經營者。

prorate (v.) 按比例分配。

prospective client (ph.) 預期中的客戶；潛在客戶。

protected commissions (ph.) 不管客戶有無取消，都不會影響傭金的付款。

prototype (n.) 原型；標準；模範。

Provincial Standard Time (ph.) (**Atlantic Standard Time**) 大西洋標準時間。

provisioned charter (ph.) 包租船隻或是快艇的業者，只提供船隻與燃料，但不提供隨船服務人員。

prow (n.) 船頭；船首；飛機的機頭。

PT (abbr.) **Pacific Time** 美國太平洋標準時間。

public carrier (ph.) 大眾的航空公司。

public charter (ph.) 飛機、巴士或是船隻等的包租業，有針對個人的出租，也有團體的包租。

public tour (ph.) (**scheduled tour**) 旅行社對大眾做廣告的已安排好行

程、已定價的旅遊。

Puerto Rico (US) (ph.) 美屬波多黎各。

pullman (n.) 鐵路的臥車。

PUP (abbr.) **Pick up**。

purdah (n.) 印度等地爲了使婦女不被男性或是其他陌生人看到而使用的
閨房窗簾。

purser (n.) 客輪或是班機上服務照顧旅客的事務長。

purveyor (n.) 伙食承包人；貨物、消息或是服務等的提供者。

Pusan (n.) 南韓的釜山港市。

pushcart (n.) 小販所用的手推車。

pushchair (n.) 可以摺疊的嬰兒車。

Pushto (n.) 阿富汗和巴基斯坦的普什圖人的語言；普什圖人。

pushup (n.) 伏地挺身。

pussy (n.) 兒語的小貓；貓咪。

pussy willow (ph.) 貓柳。

put up at (ph.) 投宿。

putt (n.) 高爾夫球的推球入洞。(v.) 推球入洞。

putter (n.) 高爾夫球的推球入洞者。

putting green (ph.) 高爾夫球的球穴區。

putto (n.) 愛神邱比特的裸像；巴洛克風格的男童天使。

Pyongyang (n.) 平壤，北韓（Korea, North）的首都。

観光旅運專業辭彙

Q

QADB (abbr.) **Quad room with bath** 有浴室的四人房。

QADN (abbr.) **Quad room without bath / shower** 沒有浴室／淋浴室的四人房。

QADS (abbr.) **Quad room with shower** 有淋浴室的四人房。

Qatar (n.) 卡達，位於阿拉伯半島東部的一個小國。

QINB (abbr.) **Quin room with shower** 有淋浴室的queen-size床的房。

QINN (abbr.) **Quin room without bath / shower** 沒有浴室／淋浴室的queen-size床的房。

QINS (abbr.) **Quin room with shower** 有淋浴室的queen-size床的房。

quad (n.) 一個可住四人的房間。

quad room with bath (ph.) 有浴室的四人房。

quad room with shower (ph.) 有淋浴室的四人房。

quad room without bath / shower (ph.) 沒有浴室／淋浴室的四人房。

qualifying (v.) 使具有資格；使合格；取得資格。

quality time (ph.) 珍貴的時光；與家人相聚的時光。

quarantine inspection (ph.) 檢疫單位。

quarter (n.) 四分之一；一刻鐘；美加25分的硬幣。

quarter day (ph.) 季結帳日。

quarter horse (ph.) 強壯純色的馬種。

quarter note (ph.) 四分音符。

quarter deck (ph.) 船尾上甲板部分的區域，通常這個地方會保留給船上的長官所使用。

quay (n.) 碼頭。

quayage (n.) 碼頭使用費。

quayside (n.) 碼頭周圍地區。

Quebec (n.) 加拿大的魁北克。

Queen Mary (ph.) 瑪莉皇后號。

Queen's English (ph.) 標準英語；規範英語。

queen-size (adj.) 大號的

queasy (n.) 因為暈船而嘔吐的。

queen room (ph.) queen-size床的房。

queen-size (adj.) 大號的

quest (n.) 尋找；追求；探索。

question mark (ph.) 問號。

question tag (ph.) 附加問句。

queue (n.) 人或是車輛的行列；長隊伍；髮辮。(v.) 排隊等候；把頭髮編成辮子。

queue-jump (v.) 插隊。

quid (n.) 一鎊金幣（英國俚語）。

quid pro quo (ph.) 賠償。

quin room with shower (ph.) 有淋浴室的queen-size床的房。

quin room without bath / shower (ph.) 沒有浴室／淋浴室的queen-size床的房。

quinquina (n.) 金雞納草。

quipu (n.) 古代秘魯人的結繩文字。

quirkish (adj.) 雙關語的。

quite the thing (ph.) 很時髦。

Quito (n.) 基多，厄瓜多爾共和國（The Republic of Ecuador）首都。

quixotic (adj.) 唐吉訶德式的；狂想的；不能實現的。

quixotism (n.) 唐吉訶德式的性格或是行為；不切實際的想法。

quiz (n.) 測驗；提問；小考。

quota (n.) 配額；限額。

quotation mark (n.) 引號。

R

RAA (abbr.) **Regional Airline Association** 地區航空公司協會。

Rabat (n.) 拉巴特，摩洛哥（Morocco）首都。

rabbi (n.) 猶太教祭司；猶太教律法專家。

Rabi (n.) 回曆的三月或是四月。

rabic (adj.) 狂犬病的。

rabies (n.) 狂犬病。

raccoon (n.) 浣熊。

race (n.) 人種；種族；民族。

race car (ph.) 賽車。

race riot (ph.) 種族暴動。

race track (ph.) 跑馬場。

racecourse (n.) 跑道；賽馬場；賽狗場。

racial discrimination (ph.) 種族歧視。

rack rate (ph.) 飯店業對一般大眾公開的客房定價。

rail travel (ph.) 火車旅行。

ramp (n.) 上下飛機用的活動式舷梯；船隻的下水滑道；斜坡。

ramp agent (ph.) 航空公司處理搬運旅客行李、貨物，以及乘客的機上食物到飛機上的員工。

rampart (n.) 城堡周圍的防禦土牆；堡壘。

ranch (n.) 北美地區的大牧場；大農場。(v.) 經營牧場或是經營農場。

ranch house (ph.) 大牧場或是大農場主人住的長方形平房。

ranchera (n.) 一種傳統的墨西哥鄉土音樂。

rancheria (n.) 在美國的西南部一種墨西哥牧者住的簡陋小屋。

ranchero (n.) 牧場工人。

rancho (n.) 農場工人住的簡陋小屋。

randan (n.) 三人划的小艇。

range (n.) 區域；山脈；放牧地；牧場；閒逛；漫遊；加滿燃料後的車輛等的最大行程；一排；一行。

ranger (n.) 美國森林的護林人員；國家公園的管理員。

Rangoon (n.) 緬甸首都仰光的舊稱，現在改名為Yangon。

rangy (adj.) 適於遠行的。

ranz des vaches (ph.) 阿爾卑斯山區的角笛曲。

rap music (ph.) 饒舌音樂。

rapid transit system (ph.) 都市裡的捷運系統。

rate desk (ph.) 航空公司內部一個專門負責計算旅行社或是旅客機票費用架構的特別部門。

rate hike (ph.) 價格上漲。

rate of exchange (ph.) 外幣的兌換率。

raze (v.) 拆毀；夷平。

RCCL (abbr.) **Royal Caribbean Cruise Line** 皇家加勒比海客輪。

ready made (ph.) 事先安排。

ready made package tour (ph.) 套裝旅遊產品。

ready made tour (ph.) 現成的行程。

rebate (v.) 退還部分的付款。

receiving agent (ph.) (**local agent, ground handler, ground handling agent, receptive tour operator**) 當地旅行社代理商，負責團體到達時的各種住宿、當地交通運輸、旅遊行程、餐飲等服務與安排。

reception (n.) 接待會；歡迎會；宴會。

reception room (ph.) 接待室；會客室。

receptionist (n.) 接待員；飯店櫃台的接待員。

receptive services (ph.) 旅客到達國外後需要的交通運輸、兌換外幣、導遊人員，以及翻譯人員的各項需求與服務。

R

receptive tour operator (ph.) **(local agent, ground handler, ground handling agent, receiving agent)** 當地旅行社代理商，負責團體到達時的各種住宿、當地交通運輸、旅遊行程、餐飲等服務與安排。

recession (n.) 經濟的衰退。

reclamation (n.) 廢物回收再利用；開拓；開墾。

recluse (n.) 隱居者；遁世者。(adj.) 隱遁的。

reclusion (n.) 隱居。

reconfirm (v.) 再確認。

reconfirmation (n.) 再確認。

record locator (ph.) **(PNR Number)** 旅客之訂位紀錄，一個在全球電腦訂位系統內的旅客紀錄，記載著某位旅客的旅遊計畫，包括飛行路線、飯店預訂與租車情況的詳細紀錄。

recorded delivery (ph.) **(certified mail)** 保證寄到的掛號信件。

recreation (n.) 消遣；娛樂。

recreational vehicle (ph.) **(RV)** 巨型的旅遊汽車；野營旅遊車；活動房屋旅遊車。

red cabbage (ph.) 紅葉捲心菜。

red carpet (ph.) 接待貴賓時用的紅地毯，以示隆重歡迎。

Red Cross (ph.) 紅十字會。

red hat (ph.) 天主教樞機主教的帽子；天主教樞機主教。

red herring (ph.) 燻青魚；轉移注意力的話題或事物。

Red Indian (ph.) 對北美的印第安人不尊重的稱法；紅番。

red meat (ph.) 指牛肉、羊肉等的暗紅色的生肉。

red packet (ph.) 紅包。

Red Sea (ph.) 紅海。

red triangle (ph.) 道路上用來警告來車前有故障車輛的紅色三角形警示標誌。

red wine (ph.) 紅葡萄酒。

redcurrant (n.) 紅醋栗。

redeye (n.) 鐵路平交道的危險訊號燈;夜航班機。

red-eye flight (ph.) 夜行班機,美國商務人士從東岸赴西岸出差,大多搭乘夜班飛機,到達西岸時已經是早晨時,還在睡眼惺忪,因此稱這種班機爲red-eye flight,對於那些不想錯過最佳的觀光時間的旅客來說也是一個不錯的飛行時間,而且夜行班機的費用也較便宜。

red-eyer (n.) 紅眼族,用來稱那些搭乘夜行班機的旅客。

redial (v.) 電話號碼的重新撥號。

red-letter (adj.) 用紅筆標示的可紀念的;可慶祝的。

red-letter day (ph.) 值得紀念或是慶祝的日子。

red-light district (ph.) 風化區;紅燈區。

reference (n.) 提及;參考。

reference book (ph.) 參考書籍;工具書。

reference library (ph.) 書籍不外借的參考書籍閱覽室。

refill (v.) 再裝滿;在美國的一些餐廳裡可以有咖啡或是可樂等飲料的免費續杯。

refund (v.) 退還。(n.) 退票;退款;在美國商店購物後,如果不喜歡的話,可以在其規定的期限內帶收據到商店的服務處要求退款。

regalia (n.) 上等的大雪茄。

regatta (n.) 帆船比賽;賽船大會。

regional carrier (ph.) 只服務於某個地區的運輸公司。

registered mail (ph.) (**certified mail**) 保證寄到的掛號信件。

registered post (ph.) (**certified mail**) 保證寄到的掛號信件。

reissue (v.) 重新再開一張新機票。

remittance (n.) 匯款;匯寄。

remittee (n.) 匯票的收款人。

remitter (n.) 匯票的匯款人。

remote (adj.) 遙遠的;偏僻的。

R

remote control (ph.) 遙控。

remote ticketing (ph.) 在別處開票的作業。

rent-a-car (n.) 租車。

rented farm (ph.) 出租農場。

repeat customer (ph.) 常客。

REP (abbr.) **representative** 代理；代表。

representative (n.) 代理；代表。

request & confirm 訂房前需要預先打電話詢問是有空房，並做確認。

rerouting (n.) 更改路線。

reservation (n.) 預訂；預訂的房間、席位或是各種交通工具的座位。

reserve price (ph.) 拍賣會場上的最低價格。

reside (v.) 居住。

residence (n.) 居住；合法居住資格。

residence visa (ph.) 居留簽證。

resident (n.) 居民。(adj.) 定居的。

residential care (ph.) 社會服務業。

residential hotels (ph.) 長期住宿旅館。

resort (n.) 休閒渡假聖地；名勝。

rest area (ph.) 高速公路旁的休息站，旅客可以在休息站內使用洗手間、拿地圖以及詢問旅遊相關的資訊。

restaurant (n.) 餐廳、飯館等用餐的地方。

restaurant car (ph.) 火車上的餐車（英國）。

restaurateur (n.) 餐館的老闆（法國）。

resting place (ph.) 休息處。

restricted articles (ph.) 限制物品（危險物品）托運的行李中，基於安全的理由，有些是需要特別處理的，有些是禁止托運的，有些一般家庭常使用的用品也是列為管制的，例如：氣霧劑、氣溶膠等。

restricted fare (ph.) 某個特價的旅遊產品，只能在一天內特定的時間內

或是一週內的特定日子內才能使用。

restricted travel dates (ph.) 在某段時間內，所有的旅行只有付某個特定或以上的價格才能被接受使用。

retail agency (ph.) 零售旅行社，指向大眾直接出售旅遊產品的旅行社。

retail travel agent (ph.) 零售旅行業。

retailer (n.) 零售商；零售業。

retroactive (adj.) 有追溯效力的。

return fare (ph.) 來回票的票價。

return ticket (ph.) 來回票。

return visit (ph.) 重訪。

returned (adj.) 歸來的；回國的。

Reunion (n.) 留尼旺島，位於印度洋的法國屬地。

reunion (ph.) 親友等的重聚；重聚聯歡會。

reuse (v.) 重複利用。

revenue (n.) 收入；收益；國家的稅收。

Revenue (n.) 稅務局。

Reykjavik (n.) 雷克亞維克，冰島（Iceland）的首都。

RFI (abbr.) **Request for Further Information** 要求更進一步的資訊。

rig (n.) 裝帆的船具。(v.) 給船隻裝上帆及索具。

Riga (n.) 里加，拉脫維亞（Latvia）的首都。

right (n.) 右；右邊。(v.) 糾正。(adj.) 右的；右邊的。(adv.) 向右。

right angle (ph.) 直角。

right bank (ph.) 河流的右岸。

right here (ph.) 就是這裡。

right now (ph.) 現在。

right of search (n.) 船長有權要求另外一艘外國籍的船停下來接受證明文件，以及船上貨物的檢查。

right of way (ph.) 車輛或是船隻的先行權、超行權。

R

right on (ph.) 表示支持或是鼓勵；對的（俚語）。

right there (ph.) 就是那裡。

riptide (n.) 洪濤；激流。

risk capital (ph.) 風險資本。

risotto (n.) 義大利一種用米、洋蔥以及雞肉等所烹煮的菜飯。

rissole (n.) 法國一種包上麵包屑來炸成的炸魚或是炸魚丸。

riviera (n.) 海邊的避寒渡假勝地。

rivulet (n.) 小河；小溪。

Riyadh (n.) 利雅德，沙烏地阿拉伯（Saudi Arabia）的首都。

riyal (n.) 利雅，沙烏地阿拉伯的貨幣單位。

riyal-omani (n.) 阿曼的貨幣單位。

road (n.) 公路；道路；馬路；街道；美國的鐵路。

road and rail pass (ph.) 鐵路聯票。

road hog (ph.) 美國口語的占用他人車道的自私又魯莽的駕駛員。

road house (ph.) 位於城市外圍的酒吧、夜總會等提供飲食的地方。

road warrior (ph.) 花很多的時間在作商務旅行的人。

ROC (abbr.) **Republic of China** 中華民國。

rococo (n.) 洛可可式，十八世紀後期風行於歐洲的一種建築裝飾風格。
　　(n.) 洛可可式的。

rodeo (n.) 馬術競賽；牧人套馬表演會。

rodman (n.) 垂釣者。

roll (n.) 麵包捲。(v.) 船隻搖擺晃動。

roll away (ph.) 可以從一地搬到另一地的可攜帶式的床。

Romania (n.) 羅馬尼亞。

Rome (n.) 羅馬，義大利（Italy）的首都。

room (n.) 房間。

room and board (ph.) 食宿。

room nights (ph.) 團體的住房數乘以住房天數，例如：二十五間房的團

體，住四個晚上，25 x 4 = 100 room nights

room service (ph.) 飯店內送餐飲到客房的服務。

room temperature (ph.) 室溫；常溫（約攝氏20度）。

rooming list (ph.) 團體到達前事先收到的團體名單，以做為事先的排房依據，並會註明是否有特別的需求的安排。

roomette (n.) 臥車的小房間。

rooming house (ph.) 出租的房間。

roommate (n.) (**room-mate**) 室友。

rooster (n.) 公雞。

rope tow (ph.) 濕潤的繩索，用來協助滑雪的人順利登上山頂。

Roseau (n.) 羅梭，多米尼克（Dominica）的首都。

roster (n.) 執勤的人員名冊。

rostrum (n.) (**podium**) 演講台。

rotunda (n.) 圓形建築；圓形大廳。

RT (abbr.) **Round Trip Journey** 來回旅程。

round trip (ph.) 來回旅程。

round trip Journey (ph.) 來回旅程。

Rule 240 240 法規，航空公司被指定要遵行的一個法規，即是當飛機起飛延後或是取消班機時，要協助旅客處理後續事宜的法規。

ROH (abbr.) **run-of -the-house** (**run of the house rate**) 把飯店內所有的房間，不管等級、大小與區域，全部以一個價位售出。

rum (n.) 蘭姆酒。

run of the house rate (ph.) (**run-of-the-house**) 把飯店內所有的房間，不管等級、大小與區域，全部以一個價位售出。

runner (n.) (**messenger**) 送郵件的信差。

running lights (ph.) (**navigation lights**) 飛機或是船隻的夜航燈。

rural (adj.) 農村的；田園的；生活於農村的。

rural delivery (ph.) 美國農村地區免費的郵件投遞；郵遞人員的直送服務。

R

rural free delivery (ph.) 美國農村地區免費的郵件投遞服務。

rush hour (ph.) 上下班時的交通尖峰時間。

Russia (n.) 俄羅斯，1917年以前為俄羅斯帝國，現在為獨立國協的一員。

rustic (n.) 鄉下人。(adj.) 農村的；鄉下的。

RV (abbr.) **recreational vehicle** 巨型的旅遊汽車；野營旅遊車；活動房屋旅遊車。

Rwanda (n.) 盧安達，位於非洲的一國。

rye bread (ph.) 裸麥麵包。

ryokan (n.) 日本的一種傳統式小旅館。

Ryukyu Islands (ph.) 琉球群島。

S

S&T (abbr.) **Shower and Toilet**。

SAA (abbr.) **South African Airways** 南非航空公司。

Saar (abbr.) 薩爾河。

Saaremaa (n.) 薩拉馬，愛沙尼亞共和國（Republic of Estonia）之一島。

sab (n.) 阻止他人進行獵狐等殺戮動物為休閒活動的人。

Saba (n.) 馬來西亞的沙巴島。

Sabbath (n.) 安息日；主日。

sabbath (n.) 安息日。

Sabbath-breaker (n.) 不守安息日的人。

sabbatic (n.) 安息年；休假年。(adj.) 休息的；休假的。

sabbatic year (ph.) 《聖經》中的安息年；休耕年。

sabbatical (n.) 公休；休假。(adj.) 休息的；安息日的。

sabbatical leave (ph.) 休假年，原指美國大學教授每七年得以休假一年，也指美國其他領域的人員，支全薪或是部分薪水的一年長假。

sabbatical year (ph.) 古猶太人的土地休種年。

sabra (n.) 土生土長的以色列人。

SABRE (AA) 北美地區使用的全球電腦訂位系統之一，由America Airlines所贊助。

Sac (n.) 美國的索克族印第安人。

SACEOS (abbr.) 新加坡會議暨展示組協會。

sachem (n.) 北美印第安人的酋長。

sachet (n.) 小袋；香囊。

sacred cow (ph.) 印度的聖牛。

sadhe (n.) 希伯來字母的第十八個字母。

sadhu (n.) 印度的聖人。

S

sadiron (n.) 熨斗。

safari (n.) 非洲的狩獵旅行；狩獵旅行隊。

safari park (ph.) 野生動物園。

safari shirt (ph.) 狩獵衫。

safari suit (ph.) 狩獵裝。

safe and sound (ph.) 安然無恙；平安歸來。

safe area (ph.) 安全區。

safe conduct (ph.) 安全通行證；安全通行權。

safe deposit (ph.) 保險箱；貴重物品的保管庫。

safe deposit box (ph.) 保險箱；貴重物品的保管庫。

safety belt (ph.) 安全帶。

safety curtain (ph.) 劇場的防火簾；安全幕。

safety glass (ph.) 安全玻璃；不碎玻璃。

safety in flight operation (ph.) 飛航安全。

safety island (ph.) 安全島。

safety lamp (ph.) 安全燈。

safety net (ph.) 安全網，以保護自高處落下的人或物。

safety pin (ph.) 安全別針。

safety razor (ph.) 安全刮鬍刀。

Sagittarian (n.) 人馬宮星座的人。(adj.) 人馬宮星座的。

Sagittarius (n.) 人馬星座；射手座。

sago (n.) 西谷米，煮熟後的西谷米稱爲西米露。

saguaro (n.) 北美洲的巨形仙人掌。

Sahaptin (n.) 美國的薩哈婆丁族的印第安人；薩哈婆丁語。

Sahara (n.) 位於北非的撒哈拉沙漠。

Sahel (n.) 把北非的撒哈拉沙漠從熱帶的西非與中非隔開來的乾燥區域。

Saigon (n.) 越南的西貢市，現在已改名爲胡志明市 （Ho Chi Minh City）。

sailboard (n.) 風帆滑水板；小型的風帆船。

sailboat (n.) 帆船。

sailcloth (n.) 帆布。

sailfish (n.) 旗魚。

sailing (n.) 航海；航行；遊艇比賽。

sailing boat (ph.) 帆船。

sailing ship (ph.) 大帆船。

sailplane (n.) 滑翔機。(v.) 駕駛滑翔機的飛行。

Saint Patrick's Day (n.) 美國的愛爾蘭後裔，每年的3月17日紀念古愛爾蘭的傳奇人物聖派屈克的聖派屈克節。

Saint Valentine's Day (n.) 情人節。

Saint-Denis (n.) 聖丹尼斯，留尼旺島（Reunion）的首都。

Saipan (n.) 塞班島。

sake (n.) (**saki**) 一種日本的米酒。

sakeen (n.) 野山羊。

Sakhalin (n.) 庫頁島。

saki (n.) (**sake**) 產於南美的狐尾猴；一種日本的米酒。

Sakyamuni (n.) 釋迦牟尼。

salaam (n.) 問安；致意。(v.) 問安；致意；向……問候。

salad (n.) 沙拉；做沙拉用的生菜；萵苣。

salad bowl (ph.) 沙拉碗。

salad cream (ph.) 放在沙拉上面的蛋黃醬。

salad days (ph.) 年少不經世事的青春期。

salad dressing (ph.) 生菜沙拉的調味醬。

salami (n.) 義大利的蒜味香腸；薩拉米香腸。

sales clerk (ph.) 售貨員；營業員。

sales department (ph.) 業務部；營業部。

sales representative (ph.) 銷售代表；推銷員。

S

sales talk (ph.) 推銷或是宣傳的文章；遊說；推銷的辭令。

sales tax (ph.) 營業稅。

salesgirl (n.) 女店員；女售貨員。

saleslady (n.) (**saleswoman**) 女店員；女售貨員。

salesman (n.) 男推銷員；男店員；男售貨員。

salespeople (n.) 推銷員；店員；售貨員。（複數）

salesperson (n.) 推銷員；店員；售貨員。（單數）

saleswoman (n.) (**saleslady**) 女店員；女售貨員。

Salisbury (n.) 索爾茲伯里市，辛巴威共和國（Republic of Zimbabwe）首都。

Salisbury steak (n.) 索爾茲伯里牛排。

Sally Lunn (ph.) 莎莉倫茶點，莎莉倫於十八世紀時在英國首製的佐茶糕點。

sally lunn (ph.) 烤好後要趁熱吃的一種甜點。

salmagundi (n.) 義大利式的冷菜拼盤。

salmon (n.) 鮭魚。

salmon pink (ph.) 橙紅色。

salmon trout (ph.) 一種類似鮭魚的鱒魚。

salon (n.) 客廳；會客室；客輪上的交誼廳；名流社交聚會；美術展覽館；畫廊；沙龍。

saloon (n.) 旅館或是客輪上的交誼廳、大廳；酒館；酒吧。

saloon bar (ph.) 高級酒店。

saloonkeeper (n.) 酒館的主人。

salsa (n.) 墨西哥食物中用番茄、洋蔥所做成的辣調味汁；一種舞曲。

salse (n.) 泥火山。

Salt Lake City (ph.) 美國的鹽湖城。

salt lick (ph.) 野獸愛舔食的鹽漬地。

salt shaker (ph.) 瓶蓋上有細孔的鹽瓶。

salt truck (ph.) 在道路上撒鹽以溶解冰雪的撒鹽車。

salt water (ph.) 海水；鹹水。

salubrious (adj.) 氣候或是空氣有益健康的；清爽的。

salud (n.) 西班牙語的 " God bless you " 當有人打噴嚏說的話。

salvadoran (n.) 薩爾瓦多人。(adj.) 薩爾瓦多人的；薩爾瓦多的。

samba (n.) 森巴舞；森巴舞曲。(v.) 跳森巴舞。

sambar (n.) 產於東南亞的一種大鹿。

sambo (n.) 男性黑人。

samekh (n.) 希伯來字母的第十五個字母。

Samnite (n.) 居住於古代義大利部落的薩摩奈人。(adj.) 薩摩奈的；薩摩奈人的。

Samoa (n.) 薩摩亞，位於西南太平洋的一個群島。

Samoan (n.) 薩摩亞人；薩摩亞語。(adj.) 薩摩亞人的；薩摩亞語的。

samosa (n.) 印度菜餃；印度肉餃；薩莫薩三角餃。

samovar (n.) 俄式的附有炭爐的茶壺；俄式茶飲。

Samoyede (n.) 居住於西伯利亞北部的蒙古人；薩莫耶德人；薩莫耶德語。

samp (n.) 玉米粥；玉米片。

sampan (n.) 舢舨；小船。

samsara (n.) 印度教與佛教的生死疾苦之輪迴。

samshu (n.) 中國的米酒。

samurai (n.) 日本封建時代的武士階級。

San Antonio (ph.) 美國德州的聖安東尼奧市。

San Bernardino (ph.) 美國加州的聖伯那地諾市。

San Diego (ph.) 美國加州的聖地牙哥市。

San Francisco (ph.) 美國加州的舊金山。

San Jose (ph.) 美國加州西部的聖荷西。

San Jose (ph.) 聖荷西，哥斯大黎加〔Costa Rica〕的首都。

San Juan (ph.) 波多黎各首都聖胡安。

San Marino (ph.) 位於南歐的聖瑪利諾。

San Salvador (ph.) 聖薩爾瓦多，薩爾瓦多（El Salvador）的首都。

Santo Domingo (ph.) 聖多明哥，多明尼加共和國（Dominican Republic）的首都。

Santiago (n.) 聖地牙哥，智利（Chile）的首都。

Sao Tome (ph.) 聖多美，聖多美與普林西比共和國的首都。

Sao Tome & Principe (ph.) 聖多美與普林西比共和國。

Sarajevo (n.) 塞拉耶佛，玻茲尼亞澤哥維那共和國（Bosnla-Herzegovina）的首都。

sari (n.) 印度婦女披裹身上的捲布，沙麗服。

SAS (abbr.) **Scandinavian Airlines** 斯堪地那維亞航空公司。

SATA (abbr.) **South American Tourism Association** 南美旅遊協會。

SATH (abbr.) **Society for the Advancement of Travel for the Handicapped** 殘障人士旅遊促進協會

SATO (abbr.) **Scheduled Airline Traffic Offices**。

Saturday-night stayover (ph.) 航空公司給予星期六在目的地多停留一晚的旅客的優惠票。

SATW (abbr.) **Society of American Travel Writers** 美國旅遊作家協會。

Saudi Arabia (ph.) 沙烏地阿拉伯。

savanna (n.) 美國東南部的無樹平原；亞熱帶的稀樹大草原。

Savannah (n.) 美國喬治亞州的沙凡那港市。

savoy cabbage (ph.) 一種甘藍捲心菜。

Scandinavia (n.) 斯堪地那維亞半島；北歐。

Scandinavian (n.) 斯堪地那維亞。(adj.) 斯堪地那維亞的。

SCAR (abbr.) **Standard / Full Size Car** 2,600cc以上的標準型車。

scend (n.) 船的隨浪上浮。(v.) 船隨浪上浮。。

S

scene (n.) 戲劇的一場;電視或是電影的一個鏡頭。

scenery (n.) 風景;景色。

scenic (adj.) 風景的;景色秀麗的;戲劇性的。

scenic railway (ph.) 觀光小鐵路。

scenic route (ph.) 需要大量時間來觀賞的風景優美的小徑或是道路。

scenically (adv.) 風景優美地。

scent (n.) 氣味;香味。(v.) 嗅到;聞。

scented (adj.) 有氣味的;有嗅覺的。

schedule (n.) 清單;目錄;火車等的時刻表;計畫表;日程或是行程的
安排表。(v.) 安排;預定。

scheduled airline (ph.) (**scheduled carrier**) 有對外公布定期時刻表與
路線的定期航空公司,除了定期運載業務外也有提供包機的業務。

scheduled air service (ph.) 定期航空班機服務。

scheduled carrier (ph.) (**scheduled airline**) 有對外公布定期時刻表與
路線的定期航空公司,除了定期運載業務外也有提供包機的業務。

scheduled tour (public tour) (ph.) 旅行社對大眾做廣告的已安排好行
程、已定價的旅遊。

schengen (n.) 申根條款。

schengen visa (ph.) 申根簽證。

schilling (n.) 先令,奧地利的貨幣單位。

schnapps (n.) 荷蘭杜松子酒;烈酒。

schnitzel (n.) 炸小牛肉片。

school board (ph.) 地方上的教育委員會。

school bus (ph.) 校車。

school day (ph.) 學校上課的日子。

school district (ph.) 學區。

school kid (ph.) 學童。

school year (ph.) 學年。

S

schoolfellow (n.) 同學；校友。

schoolhouse (n.) 校舍。

schoolmate (n.) 同學；校友。

schoolroom (n.) 教室。

schoolteacher (n.) 教師。

schoolwork (n.) 學校作業；課堂作業；課外作業。

schoolyard (n.) 校園；運動場。

scooter (n.) (**moterbike**) 小型摩托車。

scrambled eggs (ph.) 炒蛋。

scrimshaw (n.) 各種雕刻的手工藝品，例如：象牙雕製品或是鯨魚骨雕頭製品。

scrolling (n.) 電腦螢幕上的往上一頁或是往下一頁的移動方法。

scrollhead (n.) 船頭的渦形裝飾。

sea (n.) 海洋。

sea bass (ph.) 黑鱸魚。

sea bed (ph.) 海底；海床。

sea bird (ph.) 海鳥。

sea biscuit (ph.) 可以久藏的硬餅乾或是硬麵包。

sea bread (ph.) 可以久藏的硬麵包。

sea bream (ph.) 船上吃的硬麵包。

sea breeze (ph.) 海風。

sea captain (ph.) 船長；艦長。

sea chest (ph.) 水手用的儲物箱。

sea cow (ph.) 海牛；海象。

sea cucumber (ph.) 海參。

sea dog (ph.) 老練的水手。

sea duck (ph.) 海鴨。

sea eagle (ph.) 白尾鷲。

sea elephant (ph.) 海象。

sea fan (ph.) 扇珊瑚。

sea foam (ph.) 海面的泡沫。

sea front (ph.) 渡假聖地或是風景名勝的海岸邊。

sea green (ph.) 像海一樣的綠色。

sea gull (ph.) 海鷗。

sea horse (ph.) 海馬。

sea kale (ph.) 歐洲海甘藍。

sea lane (ph.) 海中的航道。

sea legs (ph.) 指當行船搖擺不定時，卻依然可以在甲板上沒有困難地行走的一種能力。

sea level (ph.) 海平面。

sea lily (ph.) 海百合。

sea lion (ph.) 海獅。

Sea Lord (ph.) 英國海軍軍務大臣。

sea mew (ph.) 海鷗。

sea mile (ph.) 海里；浬。

sea mist (ph.) 來自海上的海霧。

sea otter (ph.) 海獺。

sea power (ph.) 海軍強國。

sea shell (ph.) 海貝殼。

sea turtle (ph.) 海龜。

sea urchin (ph.) 海膽。

sea wall (ph.) 海岸的防波堤。

sea water (ph.) 海水。

seaboard (ph.) 海濱；沿海地區。(adj.) 海濱的；沿海地區的。

sea-born (adj.) 生於海中的。

seacoast (n.) 海岸；海濱。

S

sea-ear (n.) 鮑魚。

seafarer (n.) 船員；航海家。

seafaring (n.) 海上航行。(adj.) 航海的；以航海為業的。

sea-fish (n.) 海魚。

seafood (n.) 海產食品；海鮮。

seafowl (n.) 海鳥。

seafront (n.) 濱海區；城鎮等的面海地區。

sea-front (ph.) 濱海公路；臨海地區。

seagate (n.) 運河到海的通路。

seagirt (adj.) 被海所包圍的。

sea-god (n.) 海神。

sea-goddess (n.) 女海神。

seagoing (adj.) 從事航海業的；在大海洋中航行的。

seal (n.) 海豹。(v.) 捕海豹。

sealskin (n.) 海豹皮；海豹皮做的皮衣。

sea-maid (n.) 美人魚。

sea-maiden (n.) 美人魚；女海神。

seaman (n.) 海員；水手。

seamanship (n.) 航海技術。

seamark (n.) 航線標識；漲潮的水位線。

seamount (n.) 海底山。

seaplane (n.) 水上飛機。

seaport (n.) 海港；港都。

seaquake (n.) 海嘯；海底地震。

seascape (n.) 海景。

seashell (n.) 貝殼；海貝。

seashore (n.) 海岸；海濱。

seasick (adj.) 暈船的。

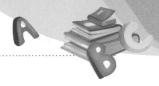

seasickness (n.) 暈船。

seaside (n.) 海邊；海濱。(adj.) 海邊的；海濱的。

season (n.) 季；季節。(v.) 給……調味；加味於……。

season (high season, in season, peak season) 旅遊業旺季，在旅遊旺季時，包括機票、飯店、旅遊團費等費用，會有比較高的價位。

season (low season, off-season) 旅遊業淡季，在旅遊淡季時，包括機票、飯店、旅遊團費等費用，會有比較低的價位。

season (shoulder season) 在旺季與淡季之間，在這段時間內，包括機票、飯店、旅遊團費等費用，屬於中價位的水準。

season ticket (ph.) 季票；定期車票。

seasonable (adj.) 合時宜的；應時的。

seasonal (adj.) 季節的；季節性的。

seasonal affective disorder (ph.) 季節性的情緒失調；季節性的情緒波動。

seasonality of demand (ph.) 需求的季節性。

seasoning (n.) 調味；調味料；佐料。

seat (n.) 座位。(v.) 使就座。

seat belt (ph.) 行車安全帶；飛行安全帶。

seat bulkhead (ph.) 在飛機上的座位，正好就在隔牆後面，通常這裡的座位會給乘客有比較大的放腳空間。

seat pitch (ph.) 飛機上前後座位之間的間隔距離，通常是使用英寸為測量單位。

seat recline (ph.) 飛機上前後座位之間，後背可以活動後仰的間隔距離，通常是使用英寸為測量單位。

seat rotation (ph.) 旅遊團在陸上旅遊時，搭乘的旅遊巴士的座位會每天往後挪一排，以便讓同車的旅客都可以公平地輪流地有好座位來欣賞窗外的景色。

seat width (ph.) 飛機上座位與座位之間的寬度，通常是使用英寸為測量

S

單位。

seater (n.) 有……座位的交通公具。

seatmate (n.) 在搭乘飛機或是其他交通工具時坐於某人隔壁座位的人。

seatrain (n.) 一種船，船上裝備有要讓船能夠轉搭火車的設備。

Seattle (n.) 西雅圖，位於美國華盛頓州的一個港口城市。

seawall (n.) 海堤；海塘。

seaward (n.) 朝海方向；臨海位置。(adj.) 朝海的；臨海的。(adv.) 朝海；向海。

seaware (n.) 海藻。

seaway (n.) 公海；海上航道。

seaweed (n.) 海藻；海草；海菜。

seaworn (n.) 因為在海上乘船所引起的精疲力盡。

seaworthy (adj.) 適於航海的；經得起風浪的。

sec (adj.) 沒有甜味的；沒有甜味的香檳酒的。

second force air line (ph.) 次要的航空公司。

second sitting (ph.) 搭乘客輪時，早餐、午餐與晚餐通常都有兩梯次的用餐時間，第一梯次的用餐（first sitting）的時間，早餐大約在早上六點半，午餐大約在中午十二點半，而晚餐大約在晚上六點半，第二梯次的用餐（second sitting）時間大約會晚一小時到一個半小時。

sector (n.) (**segment, a leg, a portion**) 旅遊行程的一段，一部分。

segment (n.) (**sector, a leg, a portion**) 旅遊行程的一段，一部分。

segmental analysis (ph.) 分析旅遊行程的每一段行程的利潤，以決定哪一部分的行程是最賺錢的一種分析過程。

seismography (n.) 地震儀。

self-catering (adj.) 自供伙食的。

self-catering apartment (ph.) (**an efficiency apartment**) 有廚房可以自己開伙的公寓。

self-color (n.) 原色；單色。

self-colored (adj.) 原色的;自然色的。

self-culture (n.) 自修。

self-defence (n.) 自衛;正當的防衛(英國)。

self-defense (n.) 自衛;正當的防衛。

self-drive (adj.) 租車自己駕駛的。

self-esteem (n.) 自尊。

self-service (n.) 自助。

selling point (ph.) 吸引顧客的產品特色;賣點。

selling price (ph.) 產品的銷售價格。

Seltzer (n.) 塞爾茲碳酸水,一種產於德國的礦泉水。

semiarid (adj.) 雨量非常少的;半乾旱的。

semiformal (adj.) 半正式的。

semiliquid (n.) 半流體。(adj.) 半流體的。

semiliterate (adj.) 半文盲的;對某種技術性知識所知有限的。

Seminole (n.) 塞米諾族印第安人;塞米諾族印第安語。

seminude (adj.) 半裸的。

semiofficial (adj.) 半正式的;半官方的。

semi-pension (n.) (**half pension**) 半寄宿。

semisavage (n.) 半野蠻人。(adj.) 半野蠻的。

semiskilled (adj.) 半熟練的。

semi-skimmed (adj.) 半脫脂奶的。

semisolid (n.) 半固體。(adj.) 半固體的。

semisweet (adj.) 半甜的。

Semite (n.) 閃米特人、猶太人或是阿拉伯人等。

Semitic (n.) 閃語族;包括希伯來語以及阿拉伯語等的閃語。(adj.) 半甜的。

semitropical (adj.) 亞熱帶的。

senator (n.) 參議員。

send-off (n.) 送行。

sene (n.) 薩摩亞的貨幣單位。

Senegal (n.) 位於西非的塞內加爾。

Senegalese (n.) 塞內加爾人。(adj.) 塞內加爾人的。

senhor (n.) 葡萄牙語的先生，相當於英文的Mr.或是Sir。

senhora (n.) 葡萄牙語的女士、夫人，相當於英文的Mrs.或是Madam。

Senhorita (n.) 葡萄牙語的小姐、未婚女子，相當於英文的Miss。

senior (n.) 較年長者；前輩；上司；資深者；大學四年級生。(adj.) 年長的；年齡較大的。

senior citizen (ph.) 六十五歲以上的老年人。

senior high school (ph.) 高中；美國學校的九年級到十二年級。

senor (n.) 西班牙語的先生，相當於英文的Mr.或是Sir。

senora (n.) 西班牙語的女士、夫人，相當於英文的Mrs.或是Madam。

senorita (n.) 西班牙語的小姐、未婚女子，相當於英文的Miss。

sense of direction (ph.) 方向感。

sense of humour (ph.) 幽默感。

sensurround (n.) 電影的環繞音效。

sentry (n.) 看守；警衛。

sentry box (ph.) 哨崗；崗亭。

Seoul (n.) 首爾，南韓（Korea, South）的首都。

Serbo-Croat (n.) 塞爾維亞 克羅地亞語。

Serbo-Croation (n.) 塞爾維亞—克羅地亞語。

Serbo-Croatian (n.) 塞爾維亞—克羅地亞語。(adj.) 塞爾維亞—克羅地亞語的。

serendipity (n.) 意外發現珍奇事物的本領；意外發現的東西。

series booking (ph.) 旅行社與航空公司或是飯店之間的年度訂位。

series tour (ph.) 年度訂位團。

servi-bar (n.) 飯店客房內放置飲料、酒類以及小點心的櫥櫃，飯店會依

照客人所使用的項目來計價收費。

service area (ph.) 為汽車駕駛人提供汽油以及飲食等的路邊服務區。

service charge (ph.) 服務費；退票手續費。

service compris (ph.) 服務費已經包括在帳單上（法國）。

service flat (ph.) 有提供清潔服務或是膳食的出租公寓。

service industry (ph.) 服務業。

service non compris (ph.) 服務費並未包括在帳單上（法國）。

service station (ph.) 加油站；修護站。

set menu (ph.) 套餐式。

settlement of exchange (ph.) 結匯。

Seychelles (n.) 塞席爾群島，位於西印度洋西部。

SFML (abbr.) **Seafood Meal** 海鮮餐。

SGLB (abbr.) **Single room with bath** 有浴室的單人房。

SGLN (abbr.) **Single room without bath / shower** 沒有浴室或是淋浴設備的單人房。

SGLS (abbr.) **Single room with shower** 有淋浴設備的單人房。

SGMP (abbr.) **Society of Government Meeting Planners** 政府會議計畫者協會。

shalom (int.) 口語的您好；再見；和平之意。

shampoo (n.) 洗頭；洗頭髮。(v.) 洗頭髮。

shandy (n.) 把啤酒調入烈性薑汁酒而成的啤酒飲料；加入檸檬汁的啤酒。

shaman (n.) 薩滿教的僧人；僧人。

shamanism (n.) 亞洲北部的薩滿教。

Shanghai (n.) 位於中國的上海。

Shangri-la (n.) 幻想中的世外桃源，香格里拉；美軍在太平洋的秘密基地。

shantytown (n.) 貧民窟。

S

share index (ph.) 股票指數。

sharebroker (n.) 股票經紀人。

shareholder (n.) 股東。

share code carrier (ph.) 使用別家航空公司代碼的航空公司。

shebeen (n.) 無執照的小酒館。

shebert (n.) 果汁冰淇淋。

sheikdom (n.) 酋長國；由酋長所管轄的嶺土。

Shekinah (n.) 神的顯現；上帝耶和華的神姿或是光雲。

shellback (n.) 老水手。

Shinto (n.) (Shintoism) 日本的神道。

Shintoism (n.) (Shinto) 日本的神道教。

shogi (n.) 日本的象棋。

shogun (n.) 日本幕府時代的將軍。

shogunate (n.) 日本幕府時代的將軍；幕府時代。

shooting star (ph.) (meteor) 流星。

shoptalk (n.) 職業用語。

shopwalker (n.) 百貨公司的巡視人員。

shopwindow (n.) 陳列窗。

shore (n.) 岸；濱；陸地。

shore excursion (ph.) 在客輪航行路線上的各個停靠港，都有提供需自費的短程觀光遊覽。

shore leave (ph.) 船員的上岸假期。

shore patrol (ph.) 海岸巡邏。

shoreline (n.) 海岸線；岸線地帶。

shoreward (adj.) 向岸的。(adv.) 向岸；朝向陸地。

shoulder season (ph.) 在旺季與淡季之間，在這段時間內，包括機票、飯店、旅遊團費等費用，屬於中價位的水準。

shoulder bag (ph.) 有肩帶的女用手提包。

shoulder harness (ph.) 駕駛員的安全帶。

showboat (n.) 一種設備有劇院或是其他娛樂節目的汽船。

shuttle (n.) 做短程距離之兩地間穿梭運行的車輛或是飛機等的運輸。

shuttle bus (ph.) 便捷接送；豪華轎車。

shuttlecock (n.) 毽子。

sic (adv.) 拉丁文的「如原文」。

Sicilian (n.) 西西里人。(adj.) 西西里島。

Sicily (n.) 西西里島，地中海中的最大之島嶼。

sidereal (adj.) 恆星的；星星的。

sidereal day (ph.) 恆星日。

sidereal year (ph.) 恆星年。

side-street (n.) 小街；後街。

sidestroke (n.) 側泳。(v.) 側泳。

sidewalk (n.) 人行道。

sidewalk artist (ph.) 路道邊的人像畫家。

sideway (n.) 小巷；小路；小徑；人行道。

sierra (n.) 山脈的範圍。

Sierra Leone (ph.) 獅子山，位於非洲西北部，靠大西洋岸的國家。

Sierra Nevada (ph.) 位於美國的內華達山脈。

siesta (n.) 西班牙以及義大利等地區的中午午睡，有些商店會在中午一點到下午四點之間最熱的時間關門休息。

sine (n.) 正弦。

sightseeing company (ph.) 與當地旅行社代理商的性質很類似，但是承辦的業務有限，大概只有提供當地嚮導與觀光景點的入場券。

sightseeing tour (ph.) 觀光。

sightworthy (adj.) 值得一看的。

signature (n.) 簽名。

simultaneous production and consumption (ph.) 服務的生產與消費

S

同時發生。

Singapore (n.) 新加坡

single (n.) 單人房客。

single entry visa (ph.) 一次入境簽證

single occupancy (ph.) (**single supplement**) 對於單獨參與旅行團的旅客所收取的附加費用，用以支付那些團費中的某些費用是需要雙份的支出的，例如住宿的飯店或是客輪是以雙人計費為標準的時候。

single supplement (ph.) (**single occupancy**) 對於單獨參與旅行團的旅客所收取的附加費用，用以支付那些團費中的某些費用是需要雙份的支出，例如住宿的飯店或是客輪是以雙人計費為標準的時候。

silent partner (ph.) 不過問業務的合夥人。

SIPP (abbr.) **Standard Interline Passenger Procedures**。

SITE (abbr.) **Society of Incentive Travel Executive** 獎勵旅遊執行協會。

site inspection (ph.) 到某個城市或是目的地去查看一些飯店以及它們的設備的一個過程。

SITI (abbr.) **Sold Inside, Ticketed Inside** 一種國際旅遊的機票交易代碼，例如：從邁阿密─倫敦─邁阿密的行程中，機票是在美國國內購買的。

SITO (abbr.) **Sold Inside, Ticketed Outside** 一種國際旅遊的機票交易代碼，例如：PTA的核發地點為美國，從洛杉磯─羅馬的行程中，機票是在墨西哥城所核發的。

sitting (n.) 搭乘客輪時，早餐、午餐與晚餐通常都有兩梯次的用餐時間，第一梯次的用餐（first sitting）的時間，早餐大約在早上六點半，午餐大約在中午十二點半，而晚餐大約在晚上六點半，第二梯次的用餐（second sitting）時間大約會晚一小時到一個半小時。

SKAL (abbr.) **A social organization of travel industry executives** 社會性的旅遊業經營管理組織。

skeetshooting (n.) 雙向飛碟或是泥盤射擊。

skeeter (n.) 小型水上滑行船。

skegger (n.) 一歲之內的鮭魚。

skeleton key (ph.) 萬能鑰匙。

skerry (n.) 多岩石的小島；礁。

sketch (n.) 速寫；素描。(v.) 寫生；畫素描。

sketchbook (n.) 寫生本。

ski boot (ph.) 滑雪靴。

ski bum (ph.) 在滑雪聖地靠打零工來換取滑雪費用的滑雪迷。

ski jump (ph.) 跳台滑雪助滑道。

ski lift (ph.) 滑雪電纜車。

ski pants (ph.) 滑雪褲。

ski plane (ph.) 雪上飛機。

ski pole (ph.) 滑雪杖。

ski run (ph.) 滑雪道。

ski slope (ph.) 滑雪坡。

skiable (adj.) 適於滑雪的。

skid row (ph.) 流浪漢或酒鬼經常出入的貧民窟。

skier (n.) 滑雪的人。

skiff (n.) 小型帆船。

skijoring (n.) 滑雪運動；由馬或是汽車來拉的滑雪運動。

skipper (n.) 小型商船的船長；飛機的機長。

Skopje (Skoplje) (n.) 史可普列，馬其頓（Macedonia）的首都。

skycap (n.) (**porter**) 機場或是車站搬運行李的服務人員，搬完行李後，
通常客人會給予小費。

Skye (n.) 位於蘇格蘭西部的斯凱島。

sky-high (adj.) 非常高的。(adv.) 高空中。

skyjacking (n.) 劫機。

Skylab (n.) 太空實驗室。

S

skylark (n.) 雲雀。

skylight (n.) 屋頂等的天窗。

skyline (n.) 地平線；天際。

skyscraper (n.) 摩天大樓；超高層大樓。

skyward (adj.) 向著天空的。(adv.) 朝天空。

skyway (n.) 航線。

skywrite (v.) 以飛機噴出的煙霧在天空中寫字。

slalom (n.) 障礙滑雪賽。

sleeper berth (ph.) (**sleeperette**) 許多長途飛行的飛機上的座椅都有特別設計的靠背，可以活動後仰的像是一張床一樣的座位。

sleeperette (ph.) (**sleeper berth**) 許多長途飛行的飛機上的座椅都有特別設計的靠背，可以活動後仰的像是一張床一樣的座位。

slip (n.) 造船台或是碼頭。

sloop (n.) 單桅帆船。

slots (n.) 飛機起飛前與著陸後的停泊處，與登機門無關，是上機與下機的區域。

Slovak Republic (ph.) 捷克斯洛伐克共和國。

Slovenia (n.) 斯洛維亞共和國。

smorgasbord (n.) 北歐式的餐前小菜；有供應北歐式餐前小菜的餐廳。

smoking area (ph.) 吸菸區。

smoking car (ph.) 火車上可以抽菸的車廂。

smoking room (ph.) 吸菸室。

smoking seat (ph.) 吸菸座位區。

smuggle (v.) 走私。

SN (abbr.) **Snappy car rental company** 汽車出租公司。

snack (n.) 快餐；點心；便餐。

snack bar (ph.) 速簡餐廳。

snow (n.) 雪；下雪；積雪；雪狀物；海洛因或是古柯鹼粉（俚語）。(v.)

下雪。

snow blindness (ph.) 雪盲症。

snow fence (ph.) 避雪牆。

snow goose (ph.) 雪雁。

snow leopard (ph.) 雪豹。

snow plough (ph.) 掃雪車。

snow route (ph.) 必須要清掃積雪的主要道路。

snow tire (ph.) 雪胎；在冬天的雪地裡所使用的防滑的深溝的輪胎。

snowball (ph.) 雪球。(v.) 擲雪球。

snowbank (ph.) 路旁的雪堆。

Snowbelt (ph.) 冬季的美國東北部與中西部的嚴寒地帶。

snowberry (ph.) 雪漿果。

snowbird (n.) 指冬天會從寒冷的北方搬到溫暖的南方居住的流動人口；
　　季節性工人。

snowblower (ph.) 可以將積雪吹到道路一旁的吹雪機。

snowboarding (n.) 滑雪板運動。

snowbound (adj.) 被大雪所困住的；被大雪所阻礙的。

snow-broth (n.) 融雪；冰冷的液體。

snowcap (n.) 山頂的積雪。

snowcapped (adj.) 頂部被積雪所覆蓋的。

snow-capped (adj.) 頂部被積雪所覆蓋的。

snow-clad (adj.) 被積雪所覆蓋的。

snow-covered (adj.) 被積雪所覆蓋的。

snowdrift (n.) 被風刮在一起的雪堆；隨風而飄的雪。

snowfall (n.) 降雪。

snowfield (n.) 雪原；萬年之積雪。

snowflake (n.) 雪花；雪片。

snowline (n.) 雪線；萬年雪線。

snowmaker (n.) 人工造雪機。

snowman (n.) 雪人。

snowmobile (n.) 雪車。

snowmobiler (n.) 雪車駕駛人。

snowplow (n.) 雪犁;除雪車。

snowshoe (n.) 雪鞋。

snowslide (n.) 雪崩;崩落的雪塊。

snowstorm (n.) 暴風雪。

snowy (adj.) 雪的;下雪的;多雪的;似雪的;雪白的。

social tourism (ph.) 社會觀光。

society of incentive travel executive (ph.) 簡稱SITE,獎勵旅遊執行協會。

Sofia (n.) 索非亞,保加利亞(Bulgaria)的首都。

soft departure (ph.) (**soft sailing**) 當觀光團要出發離開那天,卻只有少數的訂團客人。

soft-dollar savings (ph.) 旅遊時,某些支出是可以設法避開卻可以擁有超值享受的,例如:要求到的折扣或是免費的飛機座艙升級,以及免費的客房升級等皆是。

soft drink (ph.) 不含酒精飲料。

soft sailing (ph.) (**soft departure**) 當觀光團要出發離開那天,卻只有少數的訂團客人。

soiree (n.) 晚會;社交聚會。

sojourn (n.) 逗留;旅居。 (v.) 逗留;旅居。

sojourner (n.) 旅居者。

sola check (ph.) 本票。

solar (adj.) 太陽的;日光的;源自於太陽的。

solar battery (ph.) 太陽能電池。

solar cell (ph.) 太陽能蓄電池。

solar day (ph.) 太陽日。

solar eclipse (ph.) 日蝕。

solar flare (ph.) 日暈。

solar month (ph.) 太陽月。

solar panel (ph.) 太陽能電池板。

solar power energy (ph.) 太陽能。

solar system (ph.) 太陽系。

solar wind (ph.) 由太陽表面放射的離子所組成的離子流；太陽風。

solar year (ph.) 太陽年；回歸年。

solarium (n.) 日光浴室。

solarize (v.) 使受日光作用。

SOLAS (abbr.) **Safety of Life At Sea** 船隻的國際安全檢查標準程序。

sole proprietorship (ph.) 單一老闆的企業經營。

Solomon Is. (ph.) 所羅門群島。

solstice (n.) 夏至或是冬至。

Somalia (n.) 位於非洲東部的索馬利亞。

sommelier (n.) 餐廳裡的酒服務生。

son et lumiere (ph.) (**sound and light**) 晚間時刻在歷史的古蹟前，利用燈光與音響效果，並且配合戲劇的敘述演出，來呈現歷史的場面（法國）。

SOS (abbr.) (**save our soul**) 無線電的求救信號。

SOTI (abbr.) **Sold Outside, Ticketed Inside** 一種國際旅遊的機票交易代碼，例如：PTA的核發處是在美國，從巴黎－雅典的行程中，機票是在巴黎所核發的。

SOTO (abbr.) **Sold Outside, Ticketed Outside** 一種國際旅遊的機票交易代碼，例如：從雅典－伊斯坦堡的行程中，機票是在美國所核發的。

souk (n.) 在北非或是中東等的阿拉伯國家常見到的露天市場。

soul (n.) 靈魂；心靈。(adj.) 美國黑人的；美國黑人文化的。

S

soul brother (ph.) 黑人兄弟。

soul food (ph.) 美國南方的黑人傳統之食物，包括豬腳、豬小腸、甘藍菜以及蕪菁葉等。

soul kiss (ph.) (**French kiss**) 把舌頭深入對方口中的深情之吻；法式接吻。

soul mate (ph.) 性情相投合的人；情人。

soul music (ph.) 黑人的靈魂音樂。

soul sister (ph.) 黑人姐妹。

sound (n.) 聲音；海峽；海灣。(v.) 發聲；發音；測水深。(adj.) 健康的；健全的；明智的；完好的。(adv.) 十分地；充分地；健康的；健全的；明智的；完好。

soup (n.) 湯。

soup plate (ph.) 湯盤。

soup spoon (ph.) 湯匙。

soup-and-fish (n.) 男子的晚禮服（口語）。

sour (adj.) 酸的。

sour cream (ph.) 酸奶油。

South (n.) 南半球國家，大多數都是比較貧窮以及不發達的國家；一國或是一地區的南方；南極地區；美國南部各州。

south (n.) 南；南方。(adj.) 南的；南方的；南部的。(adv.) 在南方；向南方；自南方。

South Africa (ph.) 南非。

South African (ph.) 南非人。

South America (ph.) 南美洲。

South American (ph.) 南美洲人。(adj.) 南美洲的。

South Carolina (ph.) 位於美國南方的南卡羅來納州。

South China Sea (ph.) 南海。

South Dakota (ph.) 美國南達科他州。

South Korea (ph.) 南韓。

South Pole (ph.) 南極。

South Sea Islands (ph.) 南太平洋諸島。

South West Pacific (ph.) 包括巴布亞島（Papua）、新幾內亞（New Guinea）、紐西蘭（New Zealand）、澳洲（Australia）以及大溪地島（Tahiti）的西南太平洋地區。

southbound (adj.) 往南的。

Southdown (n.) 產於英格蘭南部的無角短毛羊。

southeast (n.) 東南；東南方。(adj.)東南的；向東南的；東南部的。(adv.) 在東南；向東南；來自東南。

southeaster (n.) 東南風。

southeastern (adj.) 東南的；向東南方的。

southeastward (n.) 東南。(adj.) 往東南的。(adv.) 往東南。

souther (n.) 南風。

Southern (n.) 南方人。

southern (adj.) 在南方的；向南方的。

Southern Cross (ph.) 南十字星座。

Southern Hemisphere (ph.) 南半球。

southern lights (ph.) 南極光。

southerner (n.) 南部人；南方人。

southernmost (adj.) 最南的；極南的。

southland (n.) 南部地區；南國。

southmost (adj.) 最南的。

southpaw (adj.) 用左手的。

Southwest (n.) 美國的西南部地區。

southwest (n.) 西南；西南方。(adj.)西南的；向西南的；西南部的。(adv.) 在西南；向西南；來自西南。

southwester (n.) 西南風。

southwestern (adj.) 西南的；向西南方的。

souvenir (n.) 紀念品。

spa (n.) 有礦泉的休閒渡假聖地。

space (n.) 已經被預定的客房或是餐廳的座位。

space available (ph.) 如果還有機位的話，可以以較低的價格提供給旅行業從業人員或是航空公司的員工使用。

space bank (ph.) 旅館預訂房制度。

Spain (n.) 西班牙。

special (n.) 出租汽車的特殊型車。

special fare (ph.) 特價，通常特價的產品都是有限額的，也有某些限制的，例如：要事先於規定的日期內購買才可以享受特價。

special group (ph.) 特別團。

special guide (ph.) 特殊導遊。

Special In-flight Meals (Infant's or baby's meal) 機內特別餐點（嬰兒餐），機內提供〇歲到二歲嬰兒的餐點。

Special In-flight Meals (child's meal) 機內特別餐點（嬰兒餐），機內提供二歲到十二歲兒童的餐點。

Special In-flight Meals (diabetic meal) 機內特別餐點（糖尿病患者餐），機內提供糖尿病患者的餐點。

Special In-flight Meals (Hindu meal) 機內特別餐點（印度教餐），機內提供印度教乘客的餐點，餐飲內沒有牛肉製品。

Special In-flight Meals (Kosher meal) 機內特別餐點（猶太教餐），機內提供合乎猶太教教規，並且嚴格包裝以示純淨的餐點給猶太教乘客。

Special In-flight Meals (low cholesterol / low fat meal) 機內特別餐點（低膽固醇／低油餐），機內提供的低膽固醇／低油餐點。

Special In-flight Meals (Muslim meal) 機內特別餐點（伊斯蘭教餐），機內提供伊斯蘭教徒乘客的餐點，餐飲內沒有豬肉製品也沒有

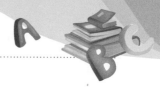

酒精成分，其他肉類的來源皆是從依照伊斯蘭教教義去宰殺動物的肉販，所提供的合乎伊斯蘭教律的合法食物。

Special In-flight Meals (vegetarian meal, Asian) 機內特別餐點（素食者餐），機內提供給吃素是為宗教信仰的素食者的餐點。

Special In-flight Meals (vegetarian meal, eggs and dairy OK) 機內特別餐點（素食者餐），機內提供給吃蛋與奶製品的素食者的餐點。

Special In-flight Meals (vegetarian meal, non-egg / non-dairy) 機內特別餐點（素食者餐），機內提供給不吃蛋與奶製品的素食者的餐點。

Special In-flight Meals (vegetarian meal, raw foods) 機內特別餐點（素食者餐），機內提供給吃生菜與水果的素食者的餐點。

special interest (ph.) 參團的團員是屬於對於某種事物有相同興趣而舉辦的旅遊，例如：農業旅遊考察團、英文研習團，或是鳥類觀賞團……等。

special interest package tour (ph.) 特殊興趣團體的全備旅遊。

special interest tour (ph.) 特殊興趣或是喜好的旅遊遊程，例如：品酒、賞鳥、考古、划獨木舟以及徒步旅行……等。

special service (ph.) 航空公司的條款，指出一個乘客有要求特別的服務，例如：要求協助上機與下機的服務，或是要求特別餐飲的服務。

special service requirement (ph.) 搭乘飛機時的特別服務的要求，例如：特別餐點的要求、輪椅的要求，或是特別座位的要求……等。

specialities (n.) 風味餐。

specialty vehicles (ph.) 在某些觀光景點有提供出租的為玩樂或是娛樂用的特別車輛，例如：槳有輪子的船，或是噴射式的滑雪板或是滑撬……等。

spectator sport (ph.) 會吸引大批觀眾的體育運動。

speed camera (ph.) 自動測速照相機。

S

speed limit (ph.) 車速的限度。

speed metal (ph.) 速度金屬,搖滾樂的一個分支。

speed reading (ph.) 速讀。

speed skating (ph.) 快速滑水。

speed trap (ph.) 在路旁取締超速駕駛的違規者;自動測速照相之裝置。

speedboat (n.) 快艇。

sphinx (n.) 希臘神話裡有翅膀獅身女怪;古埃及的獅身人面像。

spic (n.) (**spik**) 有貶意的西班牙裔美國人。

spice (n.) 香料;調味品。(v.) 加香料於……。

spiced (n.) 加香料的;調過味的。

spider crab (ph.) 蜘蛛蟹。

spider monkey (ph.) 產於中南美洲的蜘蛛猿。

spik (n.) (**spic**) 有貶意的西班牙裔美國人。

spike heel (ph.) 高跟鞋的後跟。

spike lavender (ph.) 產於歐洲的一種薄荷。

spinner (n.) 當旅客上飛機時發現自己的座位已經有人,因為航空公司的錯誤疏失而核發了兩張相同座位的登機證。

split payment transaction (ph.) 當客人付款時使用兩種不同的方式來付款,例如:付一半現金而一半付信用卡,或是使用兩張不同的信用卡來支付同一筆款項。

split ticketing (ph.) 有些因為特價的關係而開兩張單程的機票,以取代開一張來回的機票。

SPML (abbr.) **Special Meal** 機內特別餐。

sports car (ph.) 跑車。

sports centre (ph.) 大型的室內體育館(英國)。

sports coat (ph.) 便裝外套。

sports day (ph.) 學校的體育運動比賽日;運動賽。

squall (n.) 突然起的強烈暴風。

squash (n.) 壁球運動。

squash rackets (n.) 壁球運動。

squatter (n.) 到新開墾地的定居者。

squire (n.) 護衛；侍從。(v.) 護衛；侍從。

Sri Lanka 斯里蘭卡。

St. George's (ph.) 聖喬治，格瑞那達〔Grenada〕的首都。

St. John's (ph.) 聖約翰，安地卡與巴布達〔Antigua & Barbuda〕的首都。

St. Lucia (ph.) 聖路西亞，位於西印度群島。

St. Vincent & Grenadines (ph.) 聖文生及格瑞那丁。

STA Travel World Wide 國際學生青年旅遊聯盟。

stabilizer (n.) 船隻的安定裝置。

stalactite (n.) 鐘乳石。

stalactitic (adj.) 鐘乳石的；像鐘乳石一般的。

stalagmite (n.) 石筍；石筍狀。

stalagmitic (n.) 石筍的；石筍狀的。

standard (n.) (**full size**) 出租汽車的標準型車，約2,600cc以上。

standard of living (ph.) 生活水準，一些維持一般生活水準的物品，以及服務來滿足各人或是團體的需求，如果需要更高水準的物品或是服務，那就需要花費更多的金錢。

standard operation procedures (ph.) 簡稱SOP，標準作業流程。

standard room (ph.) 飯店或是汽車旅館所提供的最基本、較便宜的一般標準客房。

standard time (ph.) 標準時間。

standby (n.) 候補；補位，當機位客滿或是飯店的房間客滿時，候補的旅客要等到已確認的旅客都被服務到了，有多餘的機位或是客房才有機會給候補的旅客。

Stanford-Binet test (ph.) 一種智商的測驗，由美國史丹佛大學根據

French Binet-Simon的智商測試所做的修正版。

stanhope (n.) 單座位的輕便馬車。

stannary (n.) 錫礦區。

STA travel world wide (ph.) 國際學生青年旅遊聯盟。

STAR Service (ph.) 一種飯店以及客輪的指南。

Star of David (ph.) 由兩個正三角所疊成的六角形的猶太人的一種標記，也叫「大衛之星」。

star sign (ph.) 星座。

star turn (ph.) 主要的節目之演出；演出的主要演員。

star wars (ph.) 星際大戰。

starboard (n.) 船或是飛機的右舷。(v.) 向右轉舵。(adj.) 右舷的。

starboard side (ph.) 飛機或是客輪的右邊，當你面對著船或是飛機時，在船或是飛機的右邊。

starburst (n.) 光芒四射的亮光。

starch (n.) 澱粉。(v.) 給衣服上漿。

starchy (n.) 澱粉的。

starcraft (n.) 占星學。

stardust (n.) 宇宙塵；星團。

starfish (n.) 海星。

starfruit (n.) 楊桃。

starlight (n.) 星光。(adj.) 有星光的。

starling (n.) 擋水的木樁。

Stars and Stripes (ph.) 星條旗。

stateroom (n.) 客輪的客艙或火車的包房；特等艙；單間臥舖或是包廂。

station (n.) 車站；各種機構的站；廣播電台；電視台；基地。

station agent (ph.) (**station master**) 站長。

station break (ph.) 節目與節目之間所播放的廣告

station house (ph.) 警察局；派出所；消防隊。

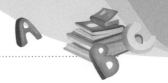

station wagon (ph.) 旅行用的汽車。

stationary front (ph.) 滯留鋒。

stationer (n.) 文具店；文具商。

stationery (n.) 文具用品。

Stations of The Cross (ph.) 苦路十四處，為耶穌受難經歷的圖像，以供人膜拜。

station-to-station (adj.) 接通後即開始計費的長途電話服務。

status (n.) 身分；地位。

status quo (ph.) 現狀。

status symbol (ph.) 社會地位象徵。

statute mile (ph.) 法定英哩，5,280英尺或是1,609公尺。

steamer (n.) (**steamship**) 汽船；輪船。

steamship (n.) (**steamer**) 汽船；輪船。

steeple (n.) 尖塔；尖頂。

steeple chase (ph.) 越野障礙賽馬或是賽跑。

steeplechaser (n.) 參加越野障礙賽的人或是馬。

steerage (n.) 船的轉向性能；掌舵裝置。

steerer (n.) 舵手。

steering column (ph.) 汽車等的轉向柱。

steering wheel (ph.) 汽車等的方向盤；駕駛盤。

steersman (n.) 舵手。

stein (n.) 啤酒杯；一杯啤酒的量。

step-on guide (ph.) 伴隨旅遊的嚮導只出現在一個旅遊行程的某一個部分，只負責某部分需要特別的專業知識的解說。

steppe (n.) 西伯利亞一帶沒有樹木的大草原；乾草原。

stern (n.) 客輪的船尾。

steward (n.) 船或是飛機上的服務人員。

sticker (n.) 標籤。

S

Stockholm (n.) 斯德哥爾摩，瑞典（Sweden）的首都。

stopover (n.) 指持全程機票的旅行再在中途所做的停留；中途所做的停留。

stopover visa (ph.) 停留簽證。

stopping distance (ph.) 前後兩車之間的安全距離。

stopping train (ph.) 途中有許多站要停的慢車。

stopwatch (n.) 秒錶。

storecard (n.) 商店所發的信用卡。

storefront (n.) 店面。

storehouse (n.) 倉庫。

storeroom (n.) 倉庫；儲藏室。

storey (n.) 樓層（英國）。

storm (n.) 暴風雨。

storm belt (ph.) 暴風帶。

storm cellar (ph.) 暴風來時的避難地窖或是掩體。

storm center (ph.) 暴風中心；暴風眼。

storm cloud (ph.) 暴風雲。

storm door (ph.) 擋風雪的板門。

storm lantern (ph.) 防風燈。

storm window (ph.) 擋風雪的窗板。

story (n.) 樓層（美國）。

story telling (ph.) 一種嚮導，導遊常使用的解說技巧，包含了當地發生的事實、日期與歷史，用比較有娛樂性像是在敘說故事般的方式來解說。

storyboard (n.) 安排電影拍攝程序的記事板。

storyline (n.) 故事情節。

storyteller (n.) 說故事的人；說書人。

stotinka (n.) 斯托丁卡，保加利亞的貨幣單位。

stoup (n.) 酒杯；滿滿一杯的量。

STPB 新加坡旅遊促進局

stowaway (n.) 逃票的乘客；偷渡者。

strait (n.) 海峽。

strategic alliance (ph.) 策略同盟。

Straits Settlements (ph.) 英屬海峽殖民地。

street (n.) 街道。

streetcar (n.) 美國城市中的有軌電車。

streetlamp (n.) 街燈；路燈。

streetlight (n.) 街燈；路燈。

streetsmart (adj.) 懂得在充滿敵意的都市裡生存的。

streetwalker (n.) 當街拉客的妓女。

streetwise (adj.) 懂得民間疾苦的；曾在下層社會打過滾的。

strip (v.) 脫光衣服。

strip club (ph.) 脫衣舞夜總會。

strip mall (ph.) 美國的單排商業區；沿公路的商業區。

strip mine (ph.) 露天礦。

strip search (ph.) 警察對嫌犯的光身搜查。

strip shop (ph.) 一長形建築物，分隔成許多的商店而形成的一長條形的商店區。

strip show (ph.) 脫衣舞表演。

strobe light (ph.) 閃光燈。

STTE (abbr.) **Society of Travel and Tourism Educators** 社區的觀光旅遊導師。

student and youth air ticket (ph.) 國際學生及青年機票。

student card (ph.) 學生證。

student visa (ph.) 學生簽證。

studio (n.) (efficiency) 客房內設有廚房功能的設備，類似公寓，也稱為

S

efficiency；沙發床。

studio apartment (ph.) 一套小型公寓房間。

studio couch (ph.) 沙發床。

studio flat (ph.) 一室的公寓房。

subcontractor (n.) 轉包商。

subsidy (n.) 津貼；補助款。

subsoil (n.) 下層土；底土。

substation (n.) 分析。

substratum (n.) 下層土壤；下層。

subtemperate (adj.) 次溫帶的。

subterranean (n.) 在地下工作或是生活的人。(adj.) 地下的。

subtropical (adj.) 亞熱帶的。

subtropics (n.) 亞熱帶；副熱帶。

suburb (n.) 城市周圍的近郊住宅區。

suburban (adj.) 近郊的；郊區的。

suburbia (n.) 近郊；郊區；郊外。

subway (n.) 地下鐵；地下鐵火車（美國）。

subzero (adj.) 華氏零度以下的；零下的。

Sudan (n.) 蘇丹，位於非洲。

suite (n.) 飯店內有起居室以及臥房的套房，有時還會有廚房等設備。

suite hotels (n.) 套房式之飯店。

sukiyaki (n.) 壽喜燒，一種日本料理，將薄肉片與蔬菜用醬油、糖及sake酒來烹煮。

sultana (n.) 蘇丹的妻子、母親、姐妹或是女兒。

sultanate (n.) 伊斯蘭教君主的領土。

sultaness (n.) 回教國王妃。

Sumiyaki (n.) 一種日本式的炭燒咖啡。

summit (n.) 山的尖峰；峰頂；最高官階；高峰會。

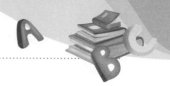

sumo (n.) 日本的相撲。

sun (n.) 太陽。(v.) 曬太陽。

sun block (ph.) 防曬乳液。

sun cream (ph.) 防曬霜。

sun deck (ph.) 客輪的上層甲板；建築物或是游泳池等之做日光浴的地方。

sun god (ph.) 日神。

sun hat (ph.) 防曬草帽；遮陽帽。

sun lounge (ph.) 用玻璃建造的日光浴室。

sun lounger (ph.) 日光浴用的浴床。

sun porch (ph.) 用玻璃圍起來的走道。

sunbath (n.) 日光浴。

sunbathe (v.) 做日光浴。

sun-bathe (v.) 做日光浴。

sunbed (n.) 做日光浴或是太陽燈浴用的浴床。

Sunbelt (n.) 指美國南方的陽光普照的地帶。

sunbonnet (n.) 女用的闊邊遮陽帽。

sunbow (n.) 虹。

sunburn (n.) 曬傷；曬斑。(v.) 曬傷皮膚；曬黑。

sunburst (n.) 從雲隙照下來的陽光。

sundae (n.) 聖代冰淇淋。

Sunday (n.) 星期天。

Sunday best (n.) 禮拜服；節日服。

Sunday driver (n.) 業餘駕駛（俚語）；新手駕駛。

Sunday school (n.) 主日學校。

sundial (n.) 日規。

sundries (n.) 雜貨；雜物。

sunfast (adj.) 晾曬也不會褪色的。

sunfish (n.) 太陽魚；翻車魚。

S

sunflower (n.) 向日葵。

Sunflower State (ph.) 葵花州，美國的堪薩斯州之別名。

Sung (n.) 中國的宋朝。

sunglass (n.) 可以在日光下引火的凸透鏡。

sunglasses (n.) 太陽眼鏡。

sunglow (n.) 晚霞。

sunlight (n.) 日光。

sunlit (adj.) 日光照射的。

Sunna (n.) 回教之傳統教規。

sunny (adj.) 陽光充足的；暖和的。

sunny-side up (adj.) 只煎單面可以看到蛋黃在上面的荷包蛋。

sunrise (n.) 日出時間；黎明。

sunrise industry (ph.) 新興工業。

sunroof (n.) 可以開關的汽車頂。

sunset (n.) 日落時間；日落。

sunset industry (ph.) 逐漸沒落的夕陽工業。

sunshade (n.) 遮陽傘；遮陽篷；遮光罩。

sunshine (n.) 陽光。

Sunshine State (ph.) 陽光州，美國的佛羅里達州之別名。

sunspot (n.) 太陽黑子。

sunstroke (n.) 中暑。

suntan (n.) 曬黑；棕色；古銅色。

suntan lotion (ph.) 防曬乳液。

suntanned (adj.) 皮膚曬成古銅色的。

suntrap (n.) 避風的向陽處。

sunup (n.) 日出。

sunward (adj.) 朝著太陽的。 (adv.) 朝著太陽。

sunwards (adv.) 朝著太陽。

sunwise (adv.) 向右轉地。

super bowl (ph.) 超級盃足球賽

superhighway (n.) 超級高速公路。

superintendent (n.) 監管人；企業機購的負責人。

superior room (ph.) 飯店或是汽車旅館裡的等級較高的客房，可能是有很好的觀景窗或是有提供特別用品與服務的客房。

supermarket (n.) 超級市場。

supermodel (n.) 超級名模。

supernaculum (n.) 最上等的酒。

supernova (n.) 最近發現的超級新星。

superpower (n.) 超級強國；巨大的力量。

supersaver (n.) 一種可以享受到非常大折扣的飛機票價，但卻有著非常多的限制。

supersonic (n.) 超音波。(adj.) 超音波的。

supersonic transport (ph.) 超音速的飛機。

superstar (n.) 超級明星。

superstate (n.) 超級大國。

superstition (n.) 迷信；迷信的行為。

superstitionist (n.) 迷信者。

superstore (n.) 大型商場。

supertax (n.) 附加稅。

supplement (n.) (**single supplement**) 對於單獨參與旅行團的旅客所收取的附加費用，用以支付那些團費中的某些費用是需要雙份的支出的，例如：住宿的飯店或是客輪是以雙人計費為標準的時候。

surcharge (n.) 額外費用，例如：要求較高級的飯店或是客房，旅遊的行程安排在假日的時候，以上的情況下，需要多付額外費用。

Surinam (n.) 蘇利南，位於南美洲。

surname (n.) 姓。

S

surrey (n.) 雙人乘坐的輕型四輪遊覽馬車。

sursum corda (ph.) 彌撒開始時的用語，意爲「以心仰向天國」。

surtax (n.) 附加稅。

survey (n.) 問卷調查。

Suva (n.) 蘇瓦，斐濟〔Fiji〕的首都。

swabbie (n.) (**swabby**) 水手。

swabby (n.) (**swabbie**) 水手。

swami (n.) (**swamy**) 印度教老師。

swamy (n.) (**swami**) 印度教老師。

swamp (n.) 沼澤；沼澤地。

swamp fever (ph.) 瘧疾。

swampland (n.) 沼澤；沼澤地。

swampy (adj.) 沼澤的。

swan (n.) 天鵝。

Swaziland (n.) 史瓦濟南，位於非洲東南部。

Sweden (n.) 瑞典。

swing sift (ph.) 上班時間是從下午四點到晚上十二點的中班工作者。

swingboat (n.) 兩人面對面坐的船型鞦韆。

Switzerland (n.) 瑞士。

swizzle stick (ph.) 調酒棒。

syce (n.) 印度的馬夫。

sycee (n.) 中國古時候所使用的銀錠。

Sydney (n.) 澳洲的一個城市，雪梨。

Sydney pass (ph.) 雪梨市的觀光券。

symposium (n.) 座談會；討論會；酒宴。

Syria (n.) 敘利亞。

Systemone (n.) 旅行社所使用的電腦訂位系統。

Szechwan (n.) 位於中國西南部的四川省。

T

T (abbr.) **toilet** 洗手間；廁所。

T & E (abbr.) **Travel and Entertainment** 旅遊與娛樂。

TA (abbr.) **Travel Agent** 旅行社職員。

TAA (abbr.) **Trans-Australian Airlines** 澳洲航空。

Taco Bell (ph.) 墨西哥式食物的速食店。

tab (n.) 帳款；費用；帳簿上用來供翻頁用的凸出的部分；標籤。

Tabasco (n.) 一種辣醬；塔巴斯哥辣醬。

table d'hote (ph.) 客飯；公司餐；桌菜。

table lamp (ph.) 檯燈。

table linen (ph.) 餐巾；桌布。

table manners (ph.) 餐桌禮儀。

table salt (ph.) 餐桌上的調味鹽。

table service (ph.) 餐桌。

table talk (ph.) 用餐時說些愉快輕鬆話題的閒聊。

table tennis (ph.) 桌球。

table top (ph.) 桌面。

table water (ph.) 礦泉水。

table wine (ph.) 用餐時喝的淡酒。

tableau (ph.) 如畫的描述；動人的場面；戲劇性的場面；由活人來扮演
靜態的畫面。

tableau vivant (ph.) 由活人在台上扮演靜態的畫面。

tablecloth (ph.) 桌布。

table-hop (v.) 宴席時，周旋於各餐桌間與人交談。

tableland (n.) 高地；台地。

tablespoon (n.) 大湯匙；大調羹；一大湯匙的量。

T

tableware (n.) 餐具的總稱。

tabloid (n.) 文摘；報導轟動性題材的小報。

taboo (n.) 禁忌。(adj.) 禁忌的。(v.) 把……列爲禁忌。

taboo words (ph.) 禁忌語。

tabor (n.) 吹笛者表演時用來自我伴奏的小鼓。

tachometer (n.) 轉速計。

Tagalog (n.) 塔加拉族語，菲律賓語的一種。

Tahiti (n.) 大溪地道島。

taiga (n.) 針葉樹林地帶。

tai chi (ph.) 太極；太極拳。

tailor-made tour (ph.) 訂製遊程。

Taipei (n.) 台北，台灣（Taiwan）的首都。

Taiwan (n.) 台灣。

Taiwan rail tour service (ph.) 聯營旅遊產品。

Tajikistan (Tadzhikistan) (n.) 塔吉克共和國，原爲蘇聯的加盟共和國，1991年加入新成立的「獨立共和國國協」，1993年與烏茲別克、土庫曼、吉爾吉斯以及哈薩克等國另組「中亞人民聯盟」。

Tallinn (n.) 塔林，愛沙尼亞（Estonia）的首都。

Talmud (n.) 猶太教的法典，《塔木德經》。

Talmudic (adj.) 猶太教法典的。

talon (n.) 猛禽的爪。

tamale (n.) 一種墨西哥烹調。

tamarack (n.) 美洲落葉松。

tamarau (n.) 侏儒水牛。

tamasha (n.) 印度的娛樂節目演出；典型。

tambala (n.) 馬拉威的貨幣單位。

tamboura (n.) 塔布拉琴，印度的琵琶類樂器。

Tamil (n.) 南印度與錫的蘭島的坦米爾人；坦米爾語。(adj.) 坦米爾人

的；坦米爾語的。

Tammuz (n.) 希伯來曆的第十個月。

tam-ó-shanter (n.) 蘇格蘭式的便帽。

tandem (n.) 兩匹馬前後縱列拉的雙輪馬車。

tandem bicycle (ph.) 可以坐兩人或是兩人以上的腳踏車。

tandoori (n.) 一種使用泥爐炭火烹煮食物的印度唐杜里烹調法。

Tang (n.) 中國的唐朝。

tangerine (n.) 橘子。

tango (n.) 南美的探戈舞；探戈舞曲。(v.) 跳探戈舞。

tank (n.) 貯水箱；貯油箱；坦克車；貯水池。

tank town (ph.) 非常小的城鎮；不重要的城鎮；火車停車裝水的小鎮。

tank up (ph.) 給……加滿油箱。

tankard (n.) 有把手以及杯蓋的大啤酒杯；一大杯之量。

Tanzania (n.) 坦桑尼亞，位於非洲東部，屬於大英國協的一個共和國。

Taoism (n.) 道教。

tapa cloth (ph.) 桑田皮布。

tap-dance (v.) 跳踢躂舞。

tapas (n.) 點心。

tariff (n.) 價目表，收費表。

tarmac (n.) 柏油碎石；柏油碎石路面或是飛機跑道。

tarmacadam (n.) 用來鋪路用的柏油碎石。

tarn (n.) 山中小湖；冰斗湖。

taro (n.) 芋頭。

tarot (n.) 共有二十二張的義大利式塔羅紙牌，可以用來算命。

tarpan (n.) 一種於十八世紀時絕種的草原小野馬。

tarpaper (n.) 防水紙。

tarrangon (n.) 西班牙甜酒。

TARS (abbr.) **Travel Allowance Restrictions** 觀光消費上限。

T

Tashkent (n.) 塔什干，烏茲別克斯坦共和國（Uzbekistan）的首都。

TAT 泰國觀光局。

tartan (n.) 地中海的單桅帆船；格子呢；方格子花玟。

tartar sauce (ph.) 食用海鮮食物時沾用的調味醬。

taxi (n.) (cab) 計程車，或是出租馬車。

taxi rank (ph.) 計程車候客站（英國）。

T-bar lift (ph.) 丁字架。

Tbilisi (n.) 第比利斯，喬治亞（Georgia）的首都。

T-bone (n.) 帶骨牛排；丁字骨嫩牛排。

T-bone steak (n.) 丁字骨的腰部嫩牛排。

Tchaikovsky (n.) 俄國作曲家，柴可夫斯基。

tchick (n.) 趕馬的聲音，「乞」。

TCASII (abbr.) **Traffic Alert and Collision Avoidance Systems** 當
有其他飛行體的潛在威脅時，用來警告飛行員的一種電腦化的工具。

tea (n.) 茶；茶葉；下午茶；茶會；青草茶；藥茶。

tea bag (ph.) 茶包。

tea ball (ph.) 濾茶球。

tea break (ph.) 吃茶點之休息時間。

tea caddy (ph.) 茶葉盒；茶葉罐。

tea cloth (ph.) 吃茶點用的小台布；擦拭茶具的抹布。

tea cosy (ph.) 茶壺外面的保溫套。

tea party (ph.) 茶會。

tea service (ph.) (**tea set**) 一套茶具。

tea set (ph.) (**tea service**) 一套茶具。

tea shop (ph.) 茶館。

tea table (ph.) 茶桌；茶几。

tea towel (ph.) 擦拭茶具杯盤的抹布。

tea tray (ph.) 茶盤。

tea trolley (ph.) 有輪子的茶具台。

tea wagon (ph.) **(teacart)** 有小腳輪的茶具車。

tea with lemon (ph.) 檸檬茶。

tea with milk (ph.) 奶茶。

teaboard (n.) 茶盤。

teacake (n.) 茶點心。

teacart (n.) **(tea wagon)** 有小腳輪的茶具車。

teacup (n.) 茶杯；一杯之量。

teakettle (n.) 茶壺；水壺。

team (n.) 團隊。

teapot (n.) 茶壺。

tearoom (n.) 茶室；小餐館。

teaspoon (n.) 茶匙；小匙；一茶匙的量。

teataster (n.) 專業品茗者。

teatime (n.) 下午茶時間。

technical conference (ph.) 技術會議。

TEE (abbr.) **Trans-European Express** 歐洲的高速豪華火車，也叫 Euro-City trains。

Tegucigalpa (n.) 德古斯加巴，宏都拉斯（Honduras）的首都。

Tehran (n.) 德黑蘭，伊朗（Iran）的首都。

telecast (n.) 有線電視節目。(v.) 以有線電視播放。

telecommunications (n.) 電信，例如：電話、電報、電視以及收音機；長途電信。

telemark (n.) 滑雪時用來改變方向的屈膝旋轉法。

telemarketing (n.) 電視或是電話的行銷。

telephone (n.) 電話機。(v.) 打電話。

telephoto (n.) 傳真電報；傳真照片。(adj.) 遠距照相的。

telephoto lens (ph.) 攝影機的遠距鏡頭。

teleplay (n.) 電視劇。

telesales (n.) 電話銷售。

telescope (n.) 單筒望遠鏡。

temblor (n.) 地震。

temperate (adj.) 氣候溫和的;溫暖的。

temperate zone (ph.) 溫帶。

temperature (n.) 溫度;氣溫。

temperature inversion (ph.) 逆溫差。

tempura (n.) 天婦羅,一種日式料理,將蔬菜、海產,用麵粉等之糊狀物包起來再油炸的食物。

tenant (n.) 房客;承租人。

tender (n.) 當船無法駛向碼頭時,一種把乘客載到岸邊的小船,有時也可當成救生艇。

tenement house (ph.) 把一間房屋或是一棟建築物,隔間成許多間套房,用以出租。

tent (n.) 帳篷;帳棚;住所;產於西班牙用於聖餐的深紅色葡萄酒。(v.) 住帳篷;宿營。

tentet (n.) 被某組織或是專家所信奉的意見、信條原則或是教義。

tepee (n.) 美國印第安人的圓錐形帳篷。

tepefaction (n.) 微溫。

tepidarium (n.) 古羅馬澡堂的溫水浴室。

tequila (n.) 龍舌蘭酒,一種產自墨西哥的蒸餾酒。

tequila sunrise (ph.) 一種石榴色的墨西哥雞尾酒。

tercentenary (n.) 三百年;三百週年紀念。(adj.) 三百年的;三百週年紀念的。

teriyaki (n.) 一道日本料理,串烤魚貝。

terminal (n.) 在機場的上機或是下機的區域,或是火車站的上車或是下車的地方。

terms and condition (ph.) 買賣與服務的各項責任與條款。

terra firma (ph.) 拉丁語的大地；陸地。

terra incognita (ph.) 拉丁語的未被發現的地域；知識上未知的領域。

terrace (n.) 大陽台；庭院中的露台；球場的露天階梯看台。

terrain (n.) 地面；岩層；地形；知識的領域。

terrane (n.) 地面；岩層；地形。

terrestrial (n.) 地球人；陸地生物。(adj.) 地球的；陸地的。

Territory (n.) 美國還未成為州的地區；加拿大還未成為省的地區。

territory (n.) 領土；版土；領地；商業上的推銷區域；知識的領域。

terrorism (n.) 恐怖主義；恐怖行動。

terrorist (n.) 恐怖主義者；恐怖分子。

tetrahedron (n.) 有四面體的三角形金字塔。

TGC (abbr.) **Travel Group Charters** 團體旅遊的包租業。

TGV (abbr.) **Train a la grand vitesse** 主要行駛於法國巴黎與里昂之間的快速火車。

Thailand (n.) 泰國。

The Delivered Merchandise System (ph.) 全球免稅商店的經營方式之一的送貨制度。

The Diners Club Credit Card (ph.) 大來卡。

The Discover Credit Card (ph.) 發現卡。

the executive committee (ph.) 會員。

The European Conference on Security and Cooperation (ph.) 歐洲安全與合作會議。

The General Assembly (ph.) IUOTO國際官方組織聯合會的大會。

The Hague Protocol (ph.) 為維護民航安全的海牙公約。

The Helsinki Accord (ph.) 赫爾辛基協定，簽署國承認國際觀光業對各民族之間互相了解的發展，對各國的經濟、社會，以及文化的進步等都有許多的貢獻。

T

The Organization for Economic Cooperation and Development (ph.) 簡稱OECD，經濟合作與開發組織。

The Regional Committee (ph.) IUOTO國際官方組織聯合會的地區委員會。

The Renaissance (ph.) 文藝復興，發源於義大利而逐漸傳播到全歐洲，由十四世紀到十七世紀間的西方文化歷經啟蒙、改變，以及探索等等的文化發展，此時，人們的行為從宗教的思想跳脫出來，開始思考「人」的問題，因此「人文主義」再度抬頭。

The Secretariat General (ph.) IUOTO國際官方組織聯合會的總秘書處。

The Technical Committee (ph.) IUOTO國際官方組織聯合會的技術委員會。

The Traditional Store System (ph.) 全球免稅商店的經營方式之一的傳統商店制度。

The Warsaw Convention (ph.) 華沙公約，主要內容為統一制定國際空運有關的機票、行李票、提貨單，以及航空公司在營運時，對於旅客本身、旅客的行李以及貨物有所損傷時所應負的責任與賠償。

theme park (ph.) (**amusement park**) 主題樂園或是遊樂園，例如：迪斯尼樂園。

theme restaurant (ph.) 主題式餐廳，例如：TGI Friday's星期五餐廳。

thermal spring (ph.) 溫泉。

Thimphu (n.) 辛布，不丹（Bhutan）的首都。

third class (ph.) 第三類郵件，指美國郵制的分類，包括報紙以及雜誌以外重量在16盎司以下的一切印刷品。

third world (ph.) 第三世界，泛指全球未開發或是開發的國家。

thoroughfare (n.) 主要的幹線道路；大街；大道。

Thrift Class (K) (ph.) K-class，飛機上的平價艙，位於機尾的位置。

through fare (n.) (**published fare**) 直接票價。

through guide (n.) 全區導遊。

throwaway (n.) 廣告傳單；宣傳的小冊子。

thunderclap (n.) 雷鳴。

thunderhead (n.) 雷暴雲頂。

thundershower (n.) 雷陣雨。

thunderstorm (n.) 大雷雨。

Thursday (n.) 星期四。

TIA (abbr.) **Travel Industry Association of America** 美國旅遊業協會，它的北美地區會員對國際上的旅行社行銷旅遊，POW WOW是它每年的行銷貿易展。

ticket (n.) 機票，當有效地完成購買機票後，不管是紙機票或是電子機票，都成為旅客與航空公司之間的合約。

ticket center (ph.) 票務中心。

ticket consolidator (ph.) 機票躉售的行業。

ticket cost (ph.) 機票價格，已包含了旅客使用機場設備費用及營業稅。

ticket number (ph.) 機票號碼。

ticketing airline (ph.) 售出旅遊機票的某家航空公司。

ticketing time limit and reservation (ph.) 填發機票期限與訂位。

tidal (adj.) 潮汐的；受潮汐影響的。

tidal wave (ph.) 海嘯；滿潮。

tidbit (n.) 美味食物的一小口；小片的珍饈。

tide (n.) 潮汐；潮水。

tide pool (ph.) 潮水過後所留下來的水窪。

tideland (n.) 漲潮時被水所淹的地帶。

tidemark (n.) 漲潮點。

tidewaiter (n.) 海關的海上稽查人員。

tidewater (n.) 潮水。

tier (n.) 階梯式座位的「排」。

T

tiered pricing (ph.) 階梯式的售價結構，旅遊供應商以此結構銷售旅遊產品給各種不同的市場，定價（rack or public price）為最高售價，團體價有10%以下的折扣，主要是售給group leaders，而旅行社以及批發商的價格約為定價的20%～25%折扣。當地旅行社代理則有定價25%～30%的折扣。

tie-up (n.) 合作；聯合；美國因為罷工而引起的業務停頓；交通阻塞。

TIM (abbr.) **Travel Information Manual** 旅遊資訊手冊，其中集合了三百一十四家的航空公司，對二百個不同國家，對不同國籍的人士之入境有不同的規範。

timatic (n.) 旅遊資訊系統。

time difference (ph.) 時差。

time share and resort condominiums (ph.) 輪住式及渡假公寓。

time zone (ph.) 時區。

tip (n.) 小費；提示；內部機密。

Tirana (n.) 地拉那，阿爾巴尼亞（Albania）的首都。

toddy (n.) 用溫水加威士忌酒，以及一些香料所調製的熱酒。

Togo (n.) 多哥，位於西非的一個共和國。

Tokyo (n.) 東京，日本（Japan）的首都。

toll call (ph.) 要收費的長途電話費用。

toll road (ph.) (**tollway**) 要收費的道路。

toll free number (ph.) 不需要付任何費用的長途電話，例如：電話號碼前面是1-800的號碼都是不需要付費的。

tollway (ph.) (**toll road**) 要收費的高速公路。

tong (n.) 幫會；美國的中國秘密幫會。

Tonga (n.) 位於南太平洋的一群島國，東加國。

tonga (n.) 輕便的雙輪馬車。

Tonga Islands (n.) 東加群島。

tongue twister (ph.) 繞口令。

tonnage (n.) 船的噸位。

tope (n.) 佛教的圓頂塔；印度塔。

topee (n.) 印度產的遮陽帽。

top-hat (adj.) 上流社會的。

topography (n.) 地誌；地形圖；地形。

toreador (n.) 西班牙騎馬的鬥牛士。

torero (n.) 徒步的西班牙鬥牛士。

torii (n.) 鳥居，日本神社前的牌坊。

tornado (n.) 龍捲風；旋風。

toro (n.) 西班牙鬥牛用的工牛；產於美國佛羅里達半島西海岸的一種食用魚。

Toronto (n.) 位於加拿大安大略省的多倫多港市。

torrent (n.) 水或是熔岩的奔流；洪流；雨的傾注。

torrid zone (ph.) 熱帶。

torrid (adj.) 炎熱的；曬熱的。

torte (n.) 油膩味濃的蛋糕。

tortellini (n.) 圓形的肉餡水餃。

tortilla (n.) 墨西哥的玉米粉薄烙餅。

touch-tone telephone (ph.) 按鍵式電話。

tour (n.) 遊程；預先設計安排好的套裝旅遊，行程與價格都已事先知道。

tour broker (ph.) 個人或是公司從事於旅遊產品的安排與行銷。

tour coordinator (ph.) 旅遊協調者，主要負責旅遊要件與設備的選擇及購買、價格的談判、行程的安排、訂房與訂位、員工的徵募與訓練，以及旅遊品質的控制……等。

tour conductor (ph.) (**escort, tour escort, tour leader, tour manager**) 旅遊團的領隊、嚮導，有可能是從頭到尾參與整個旅遊團，從出發到結束的一位負責帶團嚮導，以及幫忙旅遊團員解決問題的人員，也可能

觀光旅運專業辭彙

T

只是負責在某一個行程目的地的解說嚮導員,到達目的地後,還會安排當地導遊來解說嚮導行程的服務。

tour de force (ph.) 精心的傑作;絕技。

tour conductor's fare (ph.) 領隊優惠票。

tour control (ph.) 團控。

tour desk (ph.) 在機場或是飯店內提供旅客旅遊服務的窗口。

tour destination (ph.) 旅遊目的地。

tour director (ph.) 與領隊性質相同,但卻要擔負更多的責任與需要更多的旅遊經營管理的訓練。

tour escort (ph.) (escort, tour escort, tour leader, tour manager) 旅遊團的領隊、嚮導,雖然到達目的地後,旅行社還會安排當地導遊來解說嚮導行程的服務,但這位人員是指從頭到尾參與整個旅遊團從出發到結束的一位負責帶團嚮導,以及幫忙旅遊團員解決問題的人員,另外也可以指只是負責在某一個行程目的地的解說嚮導員。

tour leader (ph.) (escort, tour escort, tour leader, tour manager) 旅遊團的專任領隊、嚮導,雖然到達目的地後,旅行社還會安排當地導遊來解說嚮導行程的服務,但這位人員是指從頭到尾參與整個旅遊團從出發到結束的一位負責帶團嚮導,以及幫忙旅遊團員解決問題的人員,另外也可以指只是負責在某一個行程目的地的解說嚮導員。

tour manager (ph.) (escort, tour escort, tour leader, tour manager) 旅遊團的專任領隊、嚮導,雖然到達目的地後,旅行社還會安排當地導遊來解說嚮導行程的服務,但這位人員是指從頭到尾參與整個旅遊團從出發到結束的一位負責帶團嚮導,以及幫忙旅遊團員解決問題的人員,另外也可以指只是負責在某一個行程目的地的解說嚮導員。

tour operator (ph.) 遊程承攬旅行業;旅行社,開發設計與(或)行銷費用全包的套裝旅遊,以及(或)執行旅遊的服務,把套裝旅遊賣給其他旅行社,旅遊中間代理人,或是直接賣給大眾。

tour planner (ph.) 旅遊規劃者，開發從頭到尾的旅遊產品線，包括新產品的開發、舊產品的修改等等都有著短程與長程的目標。

tour planning (ph.) 團企劃。

tour report after services completed (ph.) 團體結束後的作業。

tour wholesaler (ph.) 躉售旅行業，旅行業批發商擁有雄厚財力與經驗人才，依旅客需求與喜好設計出屬於自己品牌的行程，再交由同業去代為推廣而形成定期之團體全備旅遊。

touring car (ph.) 敞篷的旅遊大巴士。

tourism (n.) 觀光業、旅遊業，提供旅遊的銷售、營運管理、旅遊設備與服務給旅客。

tourist (n.) 旅遊者；觀光者；飛機或是輪船的經濟艙。(adj.) 旅遊的；觀光的。 (adv.) 搭乘經濟艙。

tourist (n.) (**visitor**) 觀光客，一位離家超過150英哩的旅客，其旅遊的目的不是為了做生意。

tourist attraction (ph.) 自然的或是人造的觀光景點；旅遊觀光聖地。

tourist class (ph.) 飛機上及火車上的經濟艙，或是客輪上的二等艙。

tourist office (ph.) 旅客諮詢服務業。

tourist trap (ph.) 敲旅客竹槓的地方。

tournament (n.) 比賽；錦標賽。

tournedos (n.) 嫩牛肉片。

tourney (n.) 比賽；錦標賽。

township (n.) 小鎮；村。

townsman (n.) 鎮民；同鄉人。

TR (abbr.) **Tropical** 汽車出租公司。

trade fair (ph.) 商品交易會；展銷會。

trade gap (ph.) 貿易差額。

trade mission (ph.) 貿易訪問團；貿易代表團。

trade name (ph.) 商品命名。

trade route (ph.) 商隊路線；商船的航線。

trade show and conference tour (ph.) 貿易以及會議行程。

Traffic Advisory Committee (ph.) 運務咨議。

Traffic Conference Areas (Area 1, Area 2, Area 3) (ph.) 飛行區域，Traffic Conference 1 (TC1) 飛行區域的第一大區域，西起白令海峽包括北美洲、中美洲、南美洲、阿拉斯加、太平洋中的夏威夷群島以及大西洋的格林蘭；東至百慕達為止。Traffic Conference 2 (TC2) 飛行區域的第二大區域，西起冰島、包括大西洋中的Azores群島、歐洲、非洲以及中東；東至蘇俄的烏拉山脈以及伊朗。Traffic Conference 3 (TC3) 飛行區域的第三大區域，西起烏拉山脈、阿富汗、巴基斯坦，包括亞洲全部、澳洲、紐西蘭、太平洋中的關島、威克島、南太平洋中的美屬薩摩亞；東至太平洋中的法屬大溪地。

trail (n.) 一條被「創造」出來的小道，有可能是被觀光的人走出來的，被騎腳踏車或是機車的人騎出來的，也有可能是滑雪板的人滑出來的；荒野中的小道。

traipse (n.) 閒蕩；遊蕩。(v.) 閒蕩；遊蕩。

tram car (ph.) (**street car**) 有軌電車（英國）。

tramline (n.) 電車軌道。

tramway (n.) 電車軌道；電車線路；纜車索道。

tramontane (n.) 住在山那邊的人。(adj.) 異邦的。

trans- (pref.) 穿越；通過。

transalpine (n.) 阿爾卑斯山那一邊的人。(adj.) 阿爾卑斯山那一邊的。

transactions (n.) 交易、買賣，舉凡向航空公司、飯店、租車公司或是透過旅行社所購買的機票、飯店、租車，或是旅遊產品的交易等。

transaction date (ph.) 交易日，對於一個行程的機票、飯店、租車，或是旅遊產品等的購買日、更換日，取消日或是退費日稱之。

transaction type (ph.) 交易類型，對於有關機票的交易類型，包括預訂、購買、更換、取消、退費，或是部分退費稱之。

transatlantic (adj.) 橫度大西洋的；大西洋彼岸的。

trans-canal (n.) 旅行穿越巴拿馬運河Panama Canal。

transcon (abbr.) **transcontinental** 橫貫大陸的；大陸那一邊的。

transcontinental (adj.) 橫貫大陸的；大陸那一邊的。

transcurrent (adj.) 橫貫的；橫過的。

transfers (n.) 指當地的交通運輸，例如：從機場到飯店，從飯店到旅遊景點……等。

transfer in procedures (ph.) 由機場接團送往飯店之作業。

transfer out procedures (ph.) 由飯店送往機場之車上作業。

transient (n.) 短暫的過往旅客；短暫居住者。

transit camp (ph.) 臨時的難民營。

transit lounge (ph.) 轉機時的候機室。

transit point (ph.) 過境點。

transit visa (ph.) 過境簽證。

transit without visa (ph.) 過境七十二小時免簽證。

transitory (adj.) 短暫的。

translator (n.) 翻譯；翻譯員。

translatress (n.) 女翻譯員。

transmarine (adj.) 海外的；海那邊的。

transmigrant (n.) 移民。(adj.) 移居的。

transmigrate (v.) 宗教的輪迴；移居。

transmigration (n.) 移居；宗教的輪迴。

trattoria (n.) 義大利的飲食店；餐飲店。

travel (n.) 旅行；遊歷。(v.) 旅行。

travel advisory (ph.) 由美國國務院發表的聲明，指出到某地區的旅遊警告。

travel activities (ph.) 旅遊活動。

travel agency (ph.) (**travel bureau**) 旅行社，提供旅客機票、火車票、

T

　　車票及訂位的聯絡，旅遊團的訂位等有關旅遊相關事宜的公司。

travel agent (ph.) 旅行社職員。

travel allowance restrictions (ph.) 簡稱TARS，觀光消費上限。

travel and entertainment card (ph.) 旅遊卡。

travel bureau (ph.) (**travel agency**) 旅行社。

travel check (ph.) 旅行支票。

travel consultant (ph.) (**travel agent**) 旅行社的職員；旅遊顧問。

travel counselor (ph.) 旅行社的職員；旅遊顧問。

travel date (ph.) 旅程開始的那一天。

travel information (ph.) 旅遊資訊。

travel manager (ph.) 旅遊經理。

travel marts (ph.) 旅行交易會。

travel protection (ph.) 結合了保險的利益保障與緊急事故的熱線服務，
　　以保障旅客在旅遊途中財物與身家安全的旅遊保險。

travel suppliers (ph.) 觀光消費供應者。

travel voucher (ph.) 旅遊服務憑證。

traveler (n.) (**passenger**) 旅客。

travel date (ph.) 旅程開始的那一天。

Travelhost (n.) (**consortium**) 合夥；聯合。

travelog (n.) (**travelogue**) 使用幻燈片或是影片來做講解的旅行見聞講
　　座；旅行紀錄片；旅行觀感。

travelogue (n.) (**travelog**) 使用幻燈片或是影片來做講解的旅行見聞講
　　座；旅行紀錄片；旅行觀感。

Travesavers (n.) (**consortium**) 合夥；聯合。

traverse (n.) 穿過；越過。(v.) 橫度；穿過；越過。(adj.) 橫貫的；橫過
　　的；交叉的。(adv.) 穿過；越過；橫過；交叉。

trawler (n.) 拖網漁船；拖網捕魚者。

trawlerman (n.) 拖網漁民；拖網漁船船員。

trekking (n.) 遠足；徒步旅行。

trestle (n.) 高架橋。

tribune (n.) 講台；講壇；論壇。

Trinidad & Tobago (ph.) 千里達托貝哥，位於西印度群島。

tributary (n.) 進貢國；附庸國。(adj.) 進貢的；附庸的；從屬的。

trip (n.) 旅行；航行；行程。

triple (n.)一個可以住三個人的房間。

Tripoli (n.) 的黎波里，利比亞（Libya）的首都。

troglodyte (n.) 史前的穴居人。

troika (n.) 俄國的三架馬車；三頭政治。

trolley (n.) (streetcar, trolleybus) 有軌電車（美國）；無軌電車（英國）。
(v.) 搭乘電車。

tropical storm (ph.) 熱帶風暴，風速在每小時75英哩以下。

tropical (adj.) 熱帶的；位於熱帶的。

troposphere (n.) 對流層。

troupe (v.) 巡迴的演出。

trouper (n.) 戲團或是馬戲團的團員。

TRPB (abbr.) **Triple room with bath** 有浴室的三人房。

TRPN (abbr.) **Triple room without bath / shower** 沒有浴室／淋浴設
備的三人房。

TRPS (abbr.) **Triple room with shower** 有淋浴設備的三人房。

trundle bed (ph.) 有腳輪，不使用的時候可以推進另一張一般床的床下
的矮床。

trust territory (ph.) 聯合國的託管地。

truth-in-advertising (n.) 要求做生意的商人在販賣物品時要給予顧客準
確的商品訊息。

tsunami (n.) 海嘯；由於海底發生地震或是火山爆發所引起的地震海嘯。

Tsushima Strait (ph.) 對馬海峽。

T

tube (n.) **subway** 地下鐵；電視。

tug (n.) 拖船；滑翔機的拖航飛機。

tundra (n.) 凍原；凍土地帶。

Tunis (n.) 突尼斯，突尼西亞（Tunisia）的首都。

Tunisia (n.) 突尼西亞，位於北非的一個共和國。

turbulence (n.) 海洋或是天氣的狂暴；氣體的亂流搭乘飛機時常會遇到的亂流。

tureen (n.) 盛菜時，所使用的有蓋子的碗。

turista (n.) **(Montezuma's revenge)** 腹瀉；嘔吐。

Turkey (n.) 土耳其。

Turkmenistan (n.) 土庫曼，原為蘇聯的共和國之一，於1991年的10月獨立，現為獨立國協之一員。

turn around point (ph.) 折回點，來回票之行程中，開始返回目的地的那個城市即為折回點。

turn signal (ph.) 汽車前後轉向的指示燈。

turnaround (n.) 船或是飛機的歸航。

turndown service (ph.) 高級豪華飯店所提供的「夜床服務」，即由房務部的服務人員在傍晚時候將客房的床被的一角翻折過來，使客人可以很輕易地上床蓋上被子，並且在枕頭上放置薄荷、巧克力或是糖果等的服務。

turnover (n.) 公司的員工的流動率；客人被服務的流通率；餐廳客人座位的流動率。

turnpike (n.) 公路；收費的高速公路。

turnstile (n.) 在大眾運輸等地區控制旅客進出的十字轉門。

turret (n.) 塔樓；角塔。

turtle (n.) 海龜。

turtle dove (n.) 斑鳩。

turtleneck (n.) 高領的毛衣；圓的翻領毛衣。

Tuscan (n.) 塔斯卡尼人；標準的義大利語。

Tuvalu (n.) 西太平洋之一群島，吐瓦魯。

tux (n.) 男士的半正式無尾晚禮服（口語）。

tuxedo (n.) 男士的半正式無尾晚禮服。

TV (abbr.) **television** 電視。

TV dinner (ph.) 電視餐，一種冷凍的盒裝食品，加熱後就可以食用而不會因此而中斷看電視的時間。

TV game (ph.) 要配合使用電視遊樂器的電視遊戲。

TV home shopping (ph.) 無需出門的電視購物。

twin (n.) 有兩張床的兩人客房。

twin room with bath (ph.) 有浴室的兩張床的兩人客房。

twin room with shower (ph.) 有淋浴設備的兩張床的兩人客房。

twin room without bath / shower (ph.) 沒有浴室或是淋浴設備的兩張床的兩人客房。

twister (n.) 龍捲風；旋風。

TWNB (abbr.) **Twin room with bath** 有浴室的兩張床的兩人客房。

TWNN (abbr.) **Twin room without bath / shower** 沒有浴室或是淋浴設備的兩張床的兩人客房。

TWNS (abbr.) **Twin room with shower** 有淋浴設備的兩張床的兩人客房。

TWOV (abbr.) **Transit without visa** 過境七十二小時免簽證。

tycoon (n.) 企業界的大亨。

typhoon (n.) 颱風。

tyranny (n.) 暴政；專制。

Tyrol (n.) 提洛爾，橫亙奧地利西部與義大利北部的阿爾卑斯山脈的一個區域。

U

Ubangi (n.) 中非共和國的女性，其特徵是在嘴唇的地方刺穿並嵌入木製的圓盤物，讓嘴唇膨脹擴張起來。

UBOA (abbr.) **United Bus Owners of America** 美國聯合巴士的經營者。

U-boat (n.) 德國潛水艇。

UC (abbr.) (**upper case, capital letters**) 大寫字體。

UCCCF (abbr.) **Universal Credit Card Charge Form** 通用的信用卡收費單。

UCLA (abbr.) **University of California, Los Angeles** 美國加洲大學洛杉磯分校。

U-drive (n.) (**self-drive**) 租用汽車來自己駕駛。

UFO (abbr.) **Unidentified flying object** 幽浮；飛碟；不明飛行物。

UFTAA (abbr.) **Universal Federation of Travel Agents' Association** 全聯邦的旅行社職員協會。

ufology (n.) 不明飛行物研究；飛碟學。

Uganda (n.) 烏干達。

UHT (abbr.) **Ultra heat treated** 高溫處理的。

UHT milk (ph.) 高溫消毒牛奶。

Uigur (n.) 維吾爾人；維吾爾語。

U.K. (abbr.) **United Kingdom** 大英聯合王國。

Ukraine (n.) 烏克蘭，原為蘇聯的共和國之一，於1991年8月獨立，現為獨立國協之一員。

Ulan Bator (ph.) 庫倫，蒙古（Mongolia）的首都。

UM (abbr.) **Unaccompanied minor** 無成年人伴隨的未成年者。

UMA (abbr.) **United Motorcoach Association** 聯合的長途旅遊巴士協

會，之前稱United Bus Owners of America。

umiak (n.) 愛基斯摩人所用的木架皮舟。

Umtata (n.) 阿姆塔塔，南非川斯凱共和國（Transkei）的首都。

U.N. (abbr.) **United Nations** 聯合國。

UN (abbr.) **Unable** 不能的；沒有辦法的。

UNDP (abbr.) 聯合國發展方案。

UNESC (abbr.) 聯合國經濟社會理事會。

UNESCO (abbr.) 聯合國教育科學文化組織。

unbiased (adj.) 無偏見的。

undercarriage (n.) 汽車的底盤；飛機的起落架。

undercliff (n.) 海岸之斜面地層。

undercoating (n.) 塗在汽車底部的底部防鏽層或是底漆。

undercooked (adj.) 煮得不夠熟的；還未煮熟的。

undercurrent (n.) (**undertow**) 暗流；海面下的下層逆流；海水的退波。

undercut (n.) 牛或是豬的腰肉部位。

underdress (v.) 穿著太過樸素。

underdeveloped (adj.) 發展不完全的；國家不發達的；發育不良的。

underground railroad (ph.) (**subway**) 地下鐵。

undertow (n.) (**undercurrent**) 暗流；海面下的下層逆流；海水的退波。

uninterrupted international air transportation (ph.) 國際航線的班機不在美國本土內的任何一個地點，做超過十二個小時以上的中途停留。

Union jack (ph.) 英國的國旗。

union suit (ph.) 連衫褲。

unit (n.) 單位，指一個出租公寓的單位。

United Airlines (ph.) 聯合航空公司。

U

United Arab Emirates (ph.) 阿拉伯聯合大公國。

United Kingdom (ph.) 英國；領土包括英格蘭、蘇格蘭、威爾斯以及北愛爾蘭的大英聯合王國。

United Nations (ph.) 聯合國，主要宗旨是要促進與維護世界和平與安全。

United States of America (ph.) 美利堅合眾國；美國。

universalism (n.) 普遍性；一般性。

universal (n.) 普遍性；普遍現象。(adj.) 普遍的；全體的；宇宙的；全世界的；萬能的。

universal time (ph.) (**Greenwich Time**) 格林威治標準時間。

unlimited mileage (ph.) 租車時，租車公司給予租車者無限制的哩程數使用，不需要再付額外的哩程費用。

unscheduled (adj.) 事先未做安排的；不按計畫的。

unspoiled (adj.) 未損壞的；沒被破壞的。

untouchable (adj.) 達不到的；不可觸摸。(n.) 印度最低階層級的賤民是不可接觸的。

untraveled (adj.) 很少有旅客走過的；不習慣旅行的。

upgrade (v.) 使升等；升級，例如：旅客在搭乘飛機時由經濟艙被升級到比較高等級的艙位，或是住客在飯店住宿時被升等到比較貴、比較高等級的客房，卻不用再額外付費。

uphill (n.) 登高；上升；上坡。(adj.) 位於高處的；上坡的。(adv.) 往上坡。

upkeep (n.) 房屋以及設備等得保養與維修；保養費；維修費。

upland (n.) 高山；山地。(adj.) 高山的；山地的。

upper case (ph.) 大寫字母。

upper class (ph.) 上層階級；上等階層。

upper crust (ph.) 上流社會；麵包表層的皮。

upper-class (adj.) 上層社會的；上等階層的。

uproot (v.) 遷離；改變生活方式。

upscale (adj.) 高檔的；高收入的；銷售對象為高收入者的。

upwind (adj.) 迎風的；逆風的。(adv.) 迎風地；逆風地。

urban (adj.) 城市的；居住於城市的。

urban forest (ph.) 城市森林。

urban renewal (ph.) 都市環境改造重建計畫。

urban sprawl (ph.) 都市向郊區擴張的現象。

urbanite (n.) 都市人。

urbanity (n.) 都市風格。

urbiculture (n.) 都市生活特有的習俗。

Urdu (n.) 通行於印度與巴基斯坦的烏都語。

Uruguay (n.) 烏拉圭，位於南美洲。

usquebaugh (n.) 愛爾蘭與蘇格蘭的威士忌酒。

U.S. (abbr.) **United States** 美國。

U.S. A. (abbr.) **United States of America** 美國。

USS (abbr.) **United States Ship** 美國船艦。

USTDC (abbr.) **United States Travel Data Center** 美國旅遊資料中心。

USTOA (abbr.) **United States Tour Operators Association** 美國旅行社協會，一個大約只有五十個高營業額的旅行社所組成的團體，每個成員都可以負擔得起五百萬的消費者保護計畫基金。

USTTA (abbr.) **United States Travel and Tourism Administration** 美國觀光旅遊管理部門。

usury (n.) 高利貸。

U.S. Waters (abbr.) 美國領海，在美國領土以及沿岸十二海哩內的作業船隻都要尊守某些美國法律與規定。

UT (abbr.) **Utah** 美國猶他州。

UTA (abbr.) **French Airlines** 法國航空公司。

UTDN (abbr.) **Unattended Ticket Delivery Network**

utilitarianism (n.) 功利主義。

utility room (ph.) 洗衣房;暖氣機間。

Utopia (n.) 《烏托邦》,Sir Thomas More著,內容爲理想中的美好世界。

utopia (n.) 烏托邦,理想國;理想的完美世界。

U-turn (n.) 車輛的迴轉。

U.V. (abbr.) **ultraviolet** 紫外的;紫外線的。

Uzbekistan (n.) 烏茲別克斯坦,原爲蘇聯的共和國之一,於1991年8月獨立,現爲獨立國協之一員。

V

V and A (abbr.) **Victoria and Albert Museum** 英國倫敦的維多利亞和阿伯特博物館。

V. P. (abbr.) **Vice President** 副總裁；副總統。

V. V. (abbr.) **Vice Versa** (adv.) 反之亦然。

V sign (ph.) 用手指比出的V字形手勢以表贊成之意。

vac (abbr.) **vacuum** 真空吸塵器。

vacancy (n.) 空的房間。

vacation (n.) 休假；假期。(v.) 渡假。

vacationist (n.) 休假者；渡假者。

vaccinal (adj.) 痘苗的；疫苗的；預防接種的。

vaccinal (v.) 種牛痘；注射疫苗。

vaccination (n.) 種痘；接種。

Vaduz (n.) 瓦都茲，列支敦斯登〔Liechtenstein〕的首都。

vagabond (n.) 流浪者。(adj.) 流浪的。

vagabondage (n.) 流浪；流浪的習慣。

vale (n.) **valley** 溪谷。(int.) 再見。

valediction (n.) 告別；告辭。

valedictorian (n.) 畢業典禮時致告別辭的學生代表。

valencia (n.) 西班牙的瓦倫西瓦城或是瓦倫西瓦省。

valentine (n.) 情人；每年的2月14日的情人節，送給情人的禮物或是卡片。

Valentine's Day (n.) 情人節，每年的2月14日。

valet (n.) 僕從；旅館中洗燙衣服的侍者；幫客人停車的人。

valet de chambre (ph.) 法國私人的男侍從。

valet parking (ph.) 代客泊車。

V

validation (n.) 批准;確認。

validity dates (ph.) 旅遊的生效日。

Valletta (n.) 瓦勒他,馬爾他(Malta)的首都。

valley (n.) 山谷;溪谷;流域;低凹處。

vallum (n.) 古羅馬之壁壘。

Value Added Tax (ph.) 增值稅。

value season (ph.) 指各種旅遊價格較低的淡季。

van (n.) 箱型客貨兩用車。

Vancouver (n.) 溫哥華,位於加拿大西岸的海港。

Vandal (n.) 破壞羅馬文化的日耳曼民族之一的汪爾達人;惡意破壞文化與藝術品的人;野蠻人。

Vandalic (adj.) 汪爾達人的;惡意破壞公物或是文化與藝術品的人的。

vandalism (n.) 故意破壞公物或是文化與藝術的行為。

vanity (n.) 虛榮;女性用來放梳妝用品的小手提包。

vanity case (ph.) 女性用來放梳妝用品的小手提包。

Vanity Fair (ph.) 浮華世界。

vanity plate (ph.) 特別選定的汽車牌照,車牌上有車主姓名的第一個字母,或是車主的職業,是一種虛榮的作法。

vanity press (ph.) 專門提供自費作者印刷書籍等服務的出版社。

Vanuatu (n.) 位於大西洋的萬那杜共和國。

vaporetto (n.) 在威尼斯運河中載客的公共汽艇。

variety meat (ph.) 雜肉。

variety show (ph.) 雜耍表演。

variety store (ph.) 商品價格不是很貴的雜貨店。

VAT (abbr.) **Value Added Tax** 加值稅,歐洲的一種商品稅,在某些情況之下,這些稅是可以申請退稅的。

vault (n.) 拱頂;地窖;銀行等的貴重物品保管處。(v.) 跳躍。

vaulting horse (ph.) 練習跳躍用的鞍馬。

variability (n.) 可變性。

variety store (ph.) 販賣價格不是很貴的商品的雜貨店。

VCB (abbr.) **visitor & convention bureau** 觀光者與會議的詢問處。

vector (n.) 航向；航線。(v.) 用無線電引導；爲……導航。

veer (n.) 方向或是位置的改變。(v.) 轉向；改變方向。

veld (n.) (**veldt**) 非洲南部不長樹木的大草原；大草原。

veldt (n.) (**veld**) 非洲南部不長樹木的大草原；大草原。

veleta (n.) 類似華爾滋的三拍交際舞。

velocity (n.) 速度；迅速。

velodrome (n.) 自行車或是摩托車的賽車場。

Venezuela (n.) 委內瑞拉。

vender (n.) (**vendor**) 小販。

vending machine (ph.) 自動販賣機。

vendor (n.) (**vender**) 小販；自動販賣機；賣主。

venture capital (ph.) 風險資本。

veranda (n.) (**verandah**) 陽台；走廊。

verandah (n.) (**veranda**) 陽台；走廊。

verbatim (n.) 逐字；逐字翻譯。(adj.) 逐字的。(adv.) 逐字地。

verboten (adj.) 禁止的。

verdant (adj.) 指田野青翠的；植物嫩綠的；長滿綠色植物的。

verification (n.) 確認；證明。

vermouth (n.) 苦艾酒。

vernacular (n.) 本國語；方言；行話。(adj.) 用本國語的；用方言的；白話的。

vertical file (ph.) 剪報、小冊子等以垂直的、立式的方式擺放以方便使用。

vertical tasting (ph.) 同一種葡萄酒的不同年分的試喝。

vertigo (n.) (**dizziness**) 眩暈；頭昏眼花。

V

vessel (n.) 船；飛船；上飛機。

vestibule (n.) 門廳；前廳；火車廂末端的通廊。

vet (n.) (**veterinarian**) 獸醫。

veteran (n.) 老兵；老手；經驗豐富的人。

veteran car (ph.) 老式汽車。

Veterans Day (ph.) 每年11月11日的美國退伍軍人節。

veterinarian (n.) (**vet**) 獸醫。

VFR (abbr.) **Visiting Friends and Relatives** 拜訪朋友與親戚。

VGML (abbr.) **Vegetable Meal** 蔬菜餐。

via (prep.) 經由；取道。

via crucis (ph.) 猶如耶穌走過的苦難之路；十字架之路。

via media (ph.) 中庸之道。

viaduct (n.) 高架橋；高架道路。

viaticum (n.) 旅行津貼；旅費；旅行用的食糧。

viator (n.) 旅客。

vice (adj.) 副的；代理的。

vice versa (adv.) 反之亦然。

vicinity (n.) 附近地區；近處。

vicinity travel (ph.) 只在一個城市內或是局部性的區域做旅遊。

Victoria (n.) 維多利亞，塞席爾群島〔Seychelles〕的首都。

Victorian (n.) 英國的維多利亞女王時代的人。(adj.) 1837年到1901年的維
多利亞女王時代的；維多利亞女王的；維多利亞王朝風格的。

Victoriana (n.) 維多利亞時代的文物。

video (n.) 錄影；錄影節目；錄影機或是錄影帶。(adj.) 錄影的；電視的。

video arcade (ph.) 美國的電子遊戲廊。

video camera (ph.) 攝影機。

video cassette (ph.) 卡式錄影帶。

video cassette recorder (ph.) 卡式錄放影機。

video conferencing (ph.) 電視會議。

video game (ph.) 電動遊戲。

video jockry (ph.) 電視錄影節目主持人。

video nasty (ph.) 口語的恐怖影片。

video porn (ph.) 色情錄影帶。

video recorder (ph.) 錄影機。

video shop (ph.) **(video store)** 出售或是出租錄影帶的商店。

videoconference (n.) 通過閉路電視所舉行的遠距離視訊會議。

videodisc (n.) 影碟。

videodisk (n.) 錄影碟。

videotape (n.) 錄影帶；錄影像。(v.) 將節目錄到影帶上。

Vienna (n.) 維也納，奧地利（Austria）首都。

Vientiane (n.) 永珍，寮國（Laos）的首都。

Vietnam (n.) 越南。

vignette (n.) 小風景圖片；郵票圖案；書籍頭尾的小圖案。

villa (n.) 別墅；豪華的房屋。

Vilnius (n.) 維爾紐斯，立陶宛（Lithuania）的首都。

vintage (n.) 上等的葡萄酒；優良品牌的葡萄酒。

VIP (abbr.) **Very Important Person / Passenger** 貴賓；重要的大人物。

Vir. Is. (abbr.) **Virgin Islands** 維爾京群島。

Virgin Is. (US) (ph.) 美屬維爾京群島。

vis-a-vis (n.) 面對面的談話；面對面的人或是東西。(adj.) 面對面的。
    (adv.) 面對面地。(prep.) 與……面對面。

visa (n.) 簽證。

visa center (ph.) 海外簽證業務中心。

visa credit card (ph.) 威士卡。

visa free (ph.) 免簽證。

visa gold card (ph.) 威士金卡。

V

visa granted upon arrival (ph.) 落地簽證

VISIT FLORIDA 總部位於佛羅里達州首府Tallahassee，1996年取代了佛羅里達州觀光旅遊部門（Florida Division of Tourism），主要負責國內與國際的佛州旅遊銷售與旅遊宣傳等，扮演一個佛羅里達州觀光旅遊的行銷機構的角色，由Florida Commission on Tourism所監督管理。

Visit USA 一個行銷到美國觀光旅遊業務的組織。

visitor (n.) **(tourist)** 觀光客。

vista (n.) 景色；遠景；回顧；展望。

vistadome (n.) 墨西哥的Copper Canyon地區特有的一種觀景用的火車。

visitor visa (ph.) 觀光簽證。

visitor center (ph.) 遊客中心。

visitor information center (ph.) 遊客中心。

volcanism (n.) 火山作用。

vodka (n.) 伏特加酒。

volplane (n.) 空中滑翔。

volume incentive (ph.) 銷售目標達成後的量獎金。

volunteer (n.) 義工。

voluntary refund (ph.) 自願退票。

Volunteer State (n.) 志願軍州，美國田納西州別名。

vomit (n.) 嘔吐。(v.) 嘔吐。

vomitous (adj.) 想嘔吐的。

voodoo (n.) 非洲的巫毒教。

voodoo economics (n.) 誘惑人但卻是不實用的經濟觀念。

vortex (n.) 渦；旋渦。

voucher (n.) **(coupon)** 票據或是紙張證明某項由航空公司、飯店，或是旅行社提供的服務，已經付清款項，憑證即可得到服務的證明，例如：客人可以憑飯店內餐廳的早餐券換取一份早餐，不需要再付錢。

voyage (n.) 航海；搭船旅行。

W

wade (v.) 涉水而行。

wadi (n.) (**wady**) 乾河床；乾涸的溪谷。

wading bird (ph.) 鶴或是鷺鷥等的涉禽類。

wading pool (ph.) 淺水池。

wady (n.) (**wadi**) 乾涸的河道；乾涸的河床；沙漠的綠洲。

wafer (n.) 薄酥餅；天主教做彌撒時用的聖餅。

wafer-thin (adj.) 很薄的。

waffle (n.) 鬆餅；華夫餅。

waffle iron (ph.) 烤奶蛋格子餅的鐵製模型。

wafflestompers (n.) 寬底的旅行鞋。

wagon (n.) 旅行車；送食品或是飲料的推車。

wagonette (n.) 有兩排面對面座位的四輪遊覽馬車。

wagon-headed (adj.) 拱形的。

wagon-lit (n.) 歐洲鐵路的臥車。

wagonload (n.) 一貨車的貨物。

Wahabi (n.) 清靜派伊斯蘭教徒。

Wahhabi (n.) 伊斯蘭教徒。

wahines (n.) 夏威夷語的女性之意。

Wailing Wall (ph.) 位於耶路撒冷城中的哭牆。

waiter (n.) 男服務生。

waiting list (ph.) 後補名單，當航空公司的某班機機位全售出後，在後補名單上的旅客只好等待是否有其他已訂位的旅客取消訂位，才能依次遞補。

waiting room (ph.) 等候室。

waitlist (n.) 後補名單，當航空公司的某班機機位全售出後，在後補名

單上的旅客只好等待是否有其他已訂位的旅客取消訂位，才能依次遞補。

waitress (n.) 女服務生。

waiver (n.) 放棄；棄權證書。

wake (v.) 醒著；醒來。(n.) 船的航跡。

Wales (n.) 威爾斯，位於大不列顛島西南部，屬於英國的一部分。

Walk of Fame (ph.) 星光大道；好萊塢的星光大道。

walkabout (n.) 澳洲土著的短期叢林流浪生活；徒步旅行；沒有特定目的地的旅行。

walkies (n.) 口語的溜狗。

walkie-lookie (ph.) 手提式的電視攝影機。

walkie-talkie (ph.) 手提式的無線電話機。

walk-in (n.) 沒有事先做預約而來的客人。(adj.) 沒有事先做預約而來的。

walking dictionary (ph.) 活字典；博學的人。

Walkman (n.) 隨身聽。

walk-on (n.) 戲劇裡的跑龍套的角色；體育的臨時隊員。

walkout (n.) 聯合罷工；戀愛關係。

walkup (n.) 無電梯的大樓或是公寓。(adj) 無電梯的。

walkway (n.) 走道；通道。

walky-talky (ph.) 手提式的無線電話機。

wall painting (ph.) 壁畫。

wall plug (ph.) 牆上插座。

Wall Street (ph.) 位於美國紐約市的美國金融中心的華爾街。

wander (n.) 漫遊；閒逛。(v.) 漫遊於；漫遊；閒逛；徘徊。

wanderlust (n.) 漫遊癖好；流浪癖。

Warsaw (n.) 華沙，波蘭（Poland）的首都。

Washington, DC (n.) 華盛頓，美國（United States of America）的首都。

wasteland (n.) 荒地；未經開墾的地；荒漠。

wat (n.) 泰國或是柬埔寨的佛寺或是僧院。

WATA (abbr.) **World Association of Travel** 世界旅行社聯合會。

water ballet (ph.) 水上芭蕾舞。

water bottle (ph.) 水壺。

water buffalo (ph.) 水牛。

water caltrop (ph.) 菱角。

water cannon (ph.) 鎮暴水槍。

water celery (ph.) 空心菜。

water closet (ph.) 抽水馬桶；廁所。

water cure (ph.) 水療法。

water cycle (ph.) 水循環。

water fountain (ph.) 飲水器；供應飲用水之處。

water gap (ph.) 溪澗所流過的峽谷。

water gate (ph.) 水門。

water glass (ph.) 水底觀景鏡；玻璃杯。

water gun (ph.) 玩具水槍。

water ice (ph.) 直接由水結成的冰塊。

water level (ph.) 水平面；地下水位；船的吃水線。

water lily (ph.) 睡蓮；荷花。

water line (ph.) 水位；吃水線。

water meadow (ph.) 浸水的草地。

water nymph (ph.) 水之女神。

water popo (ph.) 水球。

water power (ph.) 水力。

water proof (ph.) 防水的；雨衣。

water resistant (ph.) 抗水但不完全防水。

water shed (ph.) (**watershed**) 分水嶺。

觀光旅運專業辭彙

W

water ski (ph.) 滑水板；滑水橇。

water skiing (ph.) 滑水運動。

water sport (ph.) 水上運動。

water sprite (ph.) 水中女仙子。

water supply (ph.) 供水系統。

water table (ph.) 地下水位。

water tower (ph.) 水塔。

water vapour (ph.) 水汽；水蒸汽。

water way (ph.) 水路；航線；運河。

water wheel (ph.) 水車。

water wings (ph.) 學習游泳的浮袋。

waterage (n.) 貨物的水道運輸費。

waterbed (n.) 水床；電熱充水床墊。

waterblink (n.) 北極地區地平線陰暗浮影的天空，由水域反射而產生的水映空。

waterborne (adj.) 漂流的；浮在水面上的。

waterbuck (n.) 非洲大羚羊。

watercourse (n.) 水道；運河。

watercraft (n.) 駕駛船的技能。

waterfall (n.) 瀑布。

waterfowl (n.) 水鳥；水禽。

waterfront (n.) 城市裡的濱水地區。(adj.) 濱水地區的。

waterhead (n.) 江河的水源頭。

waterhole (n.) 水坑。

watering hole (ph.) 酒吧；賣酒處。

watering place (ph.) 溫泉區；海水浴場。

waterline (n.) 船的吃水線。

waterman (n.) 船工；船隻的划手。

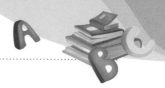

waterpark (n.) 有各種水上活動的水上樂園。

waterscape (n.) 水景；海景。

watershed (n.) (**water shed**) 分水嶺。

waterside (n.) 水邊。(adj.) 沿水邊居住的。

WATS (abbr.) **Wide Area Telephone Service**。

way station (ph.) 鐵路小站。

way of life (ph.) 生活方式。

waybill (n.) 乘客名單。

wayfarer (n.) 徒步旅行者；旅人。

wayfaring (n.) 徒步旅行。(adj.) 徒步旅行的。

waygoing (n.) 動身出發。(adj.) 出發的。

waymark (n.) 路標。(v.) 設路標。

waymarked (adj.) 設有路標的。

way-out (adj.) 遙遠的；超出常規的。

wayside (n.) 路邊。(adj.) 路邊的。

waystation (n.) 小站。

waywise (adj.) 熟悉路途的；經驗老道的。

wayworn (adj.) 旅途勞累的。

W.C. (abbr.) **water closet** (**wash closet**) 洗手間；盥洗室。其他有關洗手間的說法〔Bathroom, Gentlemen's room, Ladies' room, Lavatory, Men's room, Women's room, Rest room, Toilet, Washroom, Boys' room, Girls' room, john〕。

WCHC (abbr.) **Wheelchair -Passenger completely immobile** 坐輪椅的旅客是完全不能行動的。

WCHR (abbr.) **Wheelchair** 輪椅。

WCHS (abbr.) **Wheelchair- cannot ascend / descend stairs** 輪椅無法升 / 降樓梯。

well (n.) 井；水井；油井；天然氣井。

W

well off (ph.) 富有的。

well-adjusted (adj.) 完全適應環境的。

well-balanced (adj.) 心智健全的；勻稱的。

well-being (n.) 康樂。

well-beloved (adj.) 很受人喜愛的。

wellborn (adj.) 出生名門的。

well-born (adj.) 出生名門的。

well-bred (adj.) 受過良好教養的。

well-brought-up (adj.) 教養良好的。

well-cut (adj.) 指衣服裁剪精良的。

well-defined (adj.) 定義明確的。

well-designed (adj.) 設計與構思甚佳的。

well-documented (adj.) 有許多文件可證明的。

well-done (adj.) 完全煮熟的；全熟的；做得好的。

well-dressed (adj.) 烹調合宜的；穿著體面的。

well-fed (adj.) 吃得好的；營養充分的；肥胖的。

well-formed (adj.) 身材苗條的。

wellhead (n.) 水源；泉源。

well-heeled (adj.) 富有的。

wellhole (n.) 井孔。

well-informed (adj.) 見多識廣的；消息靈通的。

Wellington (n.) 紐西蘭首都威靈頓。

well-known (adj.) 出名的；眾所皆知的。

wellspring (n.) 水源；泉源。

well-stocked (adj.) 貯藏量充足的。

well-to-do (adj.) 富有的。

well-traveled (adj.) 旅遊經歷甚廣的；交通繁忙的。

well-travelled (adj.) 旅遊經歷甚廣的；經常旅行的。

Wellington (n.) 威靈頓，紐西蘭〔New Zealand〕的首都。

Welsh (n.) 威爾斯人；威爾斯語。(adj.) 威爾斯的；威爾斯人的；威爾斯語的。

Welsh dresser (ph.) 威爾斯式的餐具櫥櫃，上層為擱板，下層為抽屜以及放寬碗的廚櫃。

Welsh rabbit (ph.) 啤酒乳酪醬。

Welsh rarebit (ph.) 威爾斯乾酪。

Welshman (n.) 威爾斯人。

Weltanschauung (n.) 世界觀。

Wendy house (ph.) 溫蒂屋，英國的一種兒童遊戲室。

Wesleyan (n.) 衛理公會教徒；循道宗教徒。(n.) 衛理公會派的；循道宗教的。

Wesleyanism (n.) 基督教新教的衛斯理宗教教義。

Wessex (n.) 威塞克斯，位於英國西南部的一個由中古時代的盎格魯撒克遜人所建立的王國。

West (n.) 美國西部地區；西方各國；歐美國家；西洋；西風。

west (n.) 西；西方。(adj.) 西的；西方的。(adv.) 向西；在西方；自西方。

West Bank (ph.) 約旦河西岸，原為巴勒斯坦所有但於1967年被以色列所占領。

West Coast (ph.) 美國西海岸。

West County (ph.) 英格蘭西南部各郡。

West End (ph.) 英國倫敦的西區。

West Germany (ph.) 西德。

West Indian (ph.) 西印度群島的。

West Indies (ph.) 西印度群島。

Western Sahara (ph.) 西撒哈拉。

West Virginia (ph.) 美國的維吉尼亞州。

W

westbound (adj.) 向西行的。

wester (n.) 西風。(adj.) 西方的；在西方的。(v.) 太陽西移；朝西前進。

westering (adj.) 西下的。

western (adj.) 西方的；西部的；西的；朝西的。

Western (n.) 美國的西部片。

Western Empire (ph.) 西羅馬帝國。

Western Hemisphere (ph.) 西半球。

Western Samoa (ph.) 位於大洋洲的西薩摩亞。

Westerner (n.) 美國西部人；西歐人。

westerner (n.) 美國西部人；西方人；歐美人。

westernization (n.) 西洋化；歐化。

westernize (v.) 使西洋化；使歐化。

westernized (adj.) 西洋化的；歐美化的。

westernmost (adj.) 最西的。

Westminster (n.) 西敏寺，英國國會議事廳；英國國會。

west-northwest (n.) 西北西。(adj.) 在西北西的；向西北西的。(adv.) 在西北西；向西北西。

west-southwest (n.) 西南西。(adj.) 在西南西的；向西南西的。(adv.) 在西南西；向西南西。

westward (n.) 西方。(adj.) 向西的。(adv.) 向西。

westwards (adv.) 向西。

wet bar (ph.) 小酒吧；調酒櫃桌。

wet fish (ph.) 在店裡出售的新鮮魚。

wet lease (ph.) 提供服務人員以及一切所需的出租汽車。。

Wet Paint (ph.) 油漆未乾。

wetback (n.) 美國口語指的非法入境的墨西哥勞工；非法入境的勞工。

wetlands (n.) 沼澤地。

WFC (abbr.) **World Food Council** 聯合國世界糧食理事會。

wharf (n.) 碼頭；停泊處。(v.) 使船靠碼頭。

wharfage (n.) 碼頭的使用；碼頭費。

wharfinger (n.) 碼頭的老闆。

wharfman (n.) 碼頭的工人。

whistle stop (n.) 快車不會停的小鎮；小鎮的車站。

whistle-stop (n.) 火車見到有信號燈才會停的小站。(adj.) 小鎮的；小站的；暫時停留的。

wheat (n.) 小麥。

wheat toast (n.) 全麥土司。

Willemstad (n.) 荷屬大小安第列斯群島〔Netherlands Antilles (Neths)〕的首都。

whistle-stop tour (ph.) 只是短暫停留的拜訪。

Whit Sunday (ph.) 復活節後的第七個星期天，也是基督教的聖靈降臨節。

white cap (ph.) 泡沫似的浪峰。

White Christmas (ph.) 下雪的白色聖誕節。

white-kunckle flyer (ph.) 害怕飛行的人。

white toast (n.) 白吐司。

white wine (n.) 白酒。

WHO (abbr.) **World Health Organization** 聯合國世界衛生組織。

whole earther (ph.) 生態保護者。

whole food (ph.) 不含任何添加物而且沒有經過加工的天然健康食品。

whole milk (ph.) 全脂牛奶。

whole sale (ph.) 躉售業務。

wholesaler (ph.) 躉售商。

wholegrain (adj.) 用全麥做的；含全麥的。

wholemeal (n.) 全麥麵粉。(adj.) 用全麥做的；含全麥麵粉的。

wholesale (n.) 批發。(adj.) 批發的。

W

wholesaler (n.) 批發商。

wide-bodied aircraft (ph.) 廣體型的飛機,有兩個走道的飛機,並可以搭載大量的旅客,例如:Airbus空中巴士的A300、A310、A330、A340;Boeing波音747、767、777; McDonnell Douglas的DC10、MD11,以及 Lockheed的L1011。

wigwam (n.) 印第安人用樹皮或是獸皮所覆蓋而成的棚屋;簡陋的小屋。

wild boar (ph.) 野豬。

wild life (ph.) 野生的鳥獸類。

wild man (ph.) 未開化的人;野蠻人。

wild rice (ph.) 菰米。

Wild West (ph.) 拓荒時代的美國蠻荒的西部。

wildlife (n.) 野生生物。(adj.) 野生生物的。

wild park (ph.) 野生動物園。

wilderness (n.) 荒野;無人煙的荒漠。

wildwood (n.) 原始的叢林。

windchill (n.) 風寒的指數。

windbreaker (n.) 一種防風的上衣。

Windhoek (n.) 溫特和克,那米比亞(Namibia)的首都。

windjammer (n.) 帆船;帆船船員。

windmill (n.) 風車。

windward (n.) 上風面;迎著風面。(adj.) 上風的;迎著風面的;向風的。(adv.) 上風;迎風;頂風。

Windward Islands (ph.) 位於加勒比海的群島,包括了多明尼加、格瑞納達(拉丁美洲島國)、聖露西亞以及聖文森。

window dresser (ph.) 商店櫥窗的設計布置者。

window dressing (ph.) 商店櫥窗展售品的裝飾。

window seat (ph.) 靠窗的座位。

window shade (ph.) 遮陽窗簾。

windowshop (v.) 不買東西只是瀏覽櫥窗內的商品而已。

window-shop (v.) 不買東西只是瀏覽櫥窗內的商品而已。

window-shopping (n.) 不買東西只是瀏覽櫥窗內的商品而已。

windscreen (n.) 汽車的擋風玻璃。

windscreen wiper (ph.) 汽車擋風玻璃的雨刷。

windshield (n.) 汽車的擋風玻璃。

windshield wiper (ph.) 汽車擋風玻璃的雨刷。

Windsor (n.) 溫莎，位於倫敦西方的城市。

Windsor knot (ph.) 雙活結。

Windsor tie (ph.) 一種蝴蝶結式的絲質寬領帶。

windstorm (n.) 風暴。

windsurf (v.) 做風帆衝浪的運動。

windsurfer (n.) 風帆衝浪板；風帆衝浪的運動員。

windsurfing (n.) 風帆衝浪的運動。

wine (n.) 葡萄酒；水果酒。

wine and dine (ph.) 以好酒菜來款待。

wine bag (ph.) 酒袋；酒鬼。

wine bar (ph.) 以供應葡萄酒為主的酒吧。

wine buff (ph.) 品酒專家。

wine cellar (ph.) 藏酒的貯藏室；藏放於地窖的酒。

wine cooler (ph.) 冷酒器。

wine glass (ph.) 玻璃酒杯。

wine list (ph.) 酒單；酒菜單。

wine shop (ph.) 賣酒的商品。

wine vinegar (ph.) 酒醋。

wine writer (ph.) 專門著述論酒的記者。

winebottle (n.) 葡萄酒酒瓶。

wine-colored (adj.) 深紅色的。

W

wineglass (n.) 葡萄酒酒杯；高角的葡萄酒杯。

wineglassful (n.) 一酒杯的量。

winegrower (n.) 栽種葡萄以及釀造葡萄酒的業者。

winery (n.) 釀酒廠。

wing mirror (ph.) 汽車兩側的反照鏡。

wing-ding (n.) 一種社交的聚會或是慶典。

wing-footed (adj.) 迅速的；健步如飛的。

wingmanship (n.) 飛行術。

wingover (n.) 飛機的橫轉。

wiretap (n.) 竊聽；竊聽裝置。(v.) 竊聽。(adj.) 竊聽的。

wiretapper (n.) 竊聽；竊聽器。

WOAG (abbr.) **Worldwide Official Airline Guide** 正式的世界航空公司指南。

workshop (n.) 研討會；專題討論會。

workstation (n.) 工作站。

world (n.) 世界；宇宙；地球。

world power (ph.) 強國；世界列強之一。

World Tourism Organization (ph.) 簡稱WTO，世界觀光組織。

world view (ph.) 世界觀；人生觀。

world war (ph.) 世界大戰。

World War I (ph.) 第一次世界大戰。

World War II (ph.) 第二次世界大戰。

World Wide Web (ph.) 全球資訊網。

world-class (adj.) 世界級的；國際水準的；世界一流水準的。

world-famous (adj.) 舉世聞名的。

world's fair (ph.) 世界博覽會。

Worldspan (n.) **Computer Reservation System** 一種電腦訂位系統，目前由American、Continental、Delta以及Northwest等航空公司所贊

助。

worldwide (adj.) 全球的；遍及全世界的。(adv.) 在世界各地；遍及全世界。

world-wise (adj.) 老於世故的。

write-off (n.) 從帳目上勾銷；勾銷的呆帳。

WTCIB (abbr.) **Women's Travellers Center And Information Bank**。

WTO (abbr.) **World Tourism Organization** 世界觀光組織。

wurst (n.) 德國式的香腸。

Wyoming (n.) 美國懷俄明州。

X

Xanadu (n.) 世外桃源。

XBAG (abbr.) **Excess baggage** 超重行李。

X-certificate (n.) 十八歲以下的年齡不宜觀看的影片；X級的影片。

xebec (n.) 小型三桅帆船。

xeme (n.) 北極鷗。

xenium (n.) 對外國大使的贈物。

xenodochium (n.) 古代招待外人的旅館；旅館。

xenoglossia (n.) 使用陌生語言的超能力。

xenoglossy (n.) 使用陌生語言的超能力。

xenomania (n.) 外國狂。

xenophile (n.) 喜歡外國人；喜歡外國事物的人。

xenophobe (n.) 仇視外國人；仇視外國事物的人。

xenophobia (n.) 對外國人的無理的仇視與懼怕。

Xerox machine (ph.) 影印機。

Xhosa (n.) 非洲的一個民族，科薩人；科薩語。

xi (n.) 希臘文的第十四個字母。

Xingu (n.) 巴西的河流之一的申谷河。

Xizang (n.) 西藏。

XL (abbr.) **extra large** 特大號。

Xmas (abbr.) **Christmas** 聖誕節。

xoanon (n.) 原始雕像；原始石像。

x-radiation (n.) X光線放射；X光檢查。

X-rated (adj.) X級的影片；限成人觀看的。

x-ray (n.) X光放射線；X光。(adj.) X光線的。(v.) 用X光線檢查。

xylanthrax (n.) 木炭。

xylograph (n.) 木版畫；木版印刷。
xylography (n.) 木版印刷法。
xylophone (n.) 木琴。
xylophonist (n.) 木琴演奏者。

Y

YA (abbr.) **young adult** 年輕人。

yacht (n.) 快艇；遊艇。(v.) 駕駛快艇；乘坐遊艇。

yachter (n.) 乘快艇者。

yachtsman (n.) 駕駛遊艇者；遊艇所有人；帆船運動員。

yachtsmanship (n.) 駕駛遊艇的技術。

yachtswoman (n.) 女性遊艇駕駛者；女性遊艇所有人；女帆船運動員。

yager (n.) 獵人。

Yahoo (n.) 電腦網路上的一個搜尋引擎。

Yahweh (n.) 耶和華；上帝。

Yahwism (n.) 以耶和華為上帝之名。

yak (n.) 犛牛。

yakin (n.) 扭角羚。

yakitori (n.) 日式燒雞。

Yakut (n.) 前蘇聯境內的突厥民族的雅庫特人。

Yale (n.) 美國耶魯大學。

y'all (pron.) 你們大家（美國口語）。

Yalta (n.) 烏克蘭共和國的雅爾達港市。

yam (n.) 山藥；山芋。

Yamagata (n.) 位於日本本州北部的山形縣。

yamma (n.) 駱馬。

Yamoussoukro (n.)象牙海岸（Ivory Coast (cote d' lvoire)）的首都。

yang (n.) 中國道家思想的「陽」。

Yangon (n.) 仰光，緬甸（Myanmar）首都。

Yankee (n.) 美國人；美國北方各州的人。(adj.) 美國人的；美國北方各州的人的。

Yankeedom (n.) 美國人；美國北方各州的人； 美國北方各州；新英格蘭洲。

Yankeefied (adj.) 美國化的。

Yankeeism (n.) 美國作風；美國腔。

yanqui (n.) 美國人。

Yaounde (n.) 雅恩德，喀麥隆（Cameroon）首都。

Yap (n.) 位於加羅林群島西部的雅浦島。

Yaqui (n.) 印第安人的雅基族；雅基語。

yard (n.) 院子；天井；庭院。

yard sale (ph.) 美加地區在自家的庭院裡出售舊的物品。

Yaren (n.) 諾魯（Nauru）的首都。

yarmulka (n.) 猶太人在禮拜時，男子所戴的無邊小圓帽。

yarmulke (n.) 猶太人在禱告或是在正式場合時，男子所戴的園頂小帽。

yashmak (n.) 回教婦女所用的面紗。

yaw (n.) 偏離航線。(v.) 使船或是飛機等偏離航線。

yawn (n.) 哈欠。(v.) 打哈欠。

Y-class 經濟艙。

yeah (adv.) 口語的「是」

year (n.) 年；年紀；時代。

yearbook (n.) 年鑑；年報。

year-round (adv.) 一年到頭地。(adj.) 整年的。

yeast (n.) 酵母。

yellow line (ph.) 表示停車受限制的黃色標線。

Yellow Pages (ph.) 電話簿內刊登公司或是廠商電話的黃頁。

yellow pages (ph.) 電話簿內的工商分類部分。

yellow peril (ph.) 黃禍，指黃種人對於西方白人的威脅。

Yemen (n.) 位於西南亞的葉門。

yen (n.) 日本的貨幣單位。

yeoman (n.) 美海軍的文書軍士。

Yeoman of the Guarde (ph.) 英國王室的衛士。

yep (adv.)「是」（俚語）。

Yerevan (n.) 埃里溫，亞美尼亞共和國（Armenia）的首都。

yeshiva (n.) (**yeshivah**) 正統的猶太小學。

yeti (n.) 傳說中喜瑪拉雅山的雪人。

YHA (abbr.) **Youth Hostels Association** 英國的青年招待所協會。

yid (n.) 貶意的猶太人。

Yiddish (n.) 猶太人所使用的混合德語、希伯來語的混合語。(adj.) 猶太人的；意第緒語的。

yield (n.) 產量；收穫量；利潤。(v.) 出產；讓於；使屈服。

yield management (ph.) 根據收入或是期望的收入來設定機位票價或是客房的定價。

yin (n.) 中國道家思想的「陰」。

yin and yang (ph.)「陰」與「陽」。

Y.M.C.A. (abbr.) **Young Men's Christian Association** 基督教青年會。

yokel (n.) 鄉下佬；粗野之人。

Yokosuka (n.) 日本的海港城市之一的橫須賀。

Yom Kippur (ph.) 猶太教的贖罪日。

Yemen (n.) 葉門，位於西南亞的國家。

young lady (ph.) 小姐；女士。

young fold mountain (ph.) 新褶曲山脈。

young lady (ph.) 小姐；女士。

young man (ph.) 青年；男友。

young meteor (ph.) 白手起家的模特兒、攝影師、服裝設計師；搖滾樂歌手等的少年流星。

Young Turk (ph.) 激進分子。

youth (n.) 青春時代；青少年時期；小伙子。

youth club (ph.) 青年俱樂部。

youth culture (ph.) 青年文化；青年人的愛好或是價值觀。

youth fare (ph.) 提供給十二歲到二十二歲，或是十二歲到二十五歲的人士的折扣費用。

youth hostel (ph.) 青年招待所；青年寄宿所。

youth hostelling (ph.) 住青年招待所；住青年寄宿所。

youth park (ph.) 青年公園。

Yucatan (n.) 東墨西哥的半島。

yuck (n.) 討厭的東西。

yucky (adj.) 討人厭的；噁心的。

Yugoslav (n.) 南斯拉夫人。(adj.) 南斯拉夫的；南斯拉夫人的。

Yugoslavia (n.) 南斯拉夫。

Yukon (n.) 加拿大西北部地區的育空；育空河。

yule (n.) 耶誕節；耶誕季節。

yule log (n.) 耶誕柴，耶誕節前夕放在爐裡燒的木材。

yuletide (n.) 耶誕季節。

yum (int.) 好吃。

Yuma (n.) 美國以及墨西哥的印第安之一族的優馬族人；優馬族語。

Yuman (n.) 優馬語系。

yummy (n.) 美味的東西；令人喜愛的東西。(adj.) 美味的；好吃的。

yum-yum (int.) 好吃；好棒。

Yunnan (n.) 位於中國西南部的雲南省。

YUP (abbr.) **yuppie, yuppy (young urban professionals)** 美國的雅痞人士，其特徵是住大城市，擁有專業的知識技能、收入高、生活優渥，講求生活品味的少壯職業人士。

Yuppie (n.) 雅痞人士。

yuppie (n.) **(young urban professionals)** 美國的雅痞人士，其特徵是

住大城市，擁有專業的知識技能、收入高、生活優渥，講求生活品味的少壯職業人士。

yuppy (n.) (**young urban professionals**) 美國的雅痞人士，其特徵是住大城市，擁有專業的知識技能、收入高、生活優渥，講求生活品味的少壯職業人士。

yurt (n.) 遊牧地區的人用獸皮或是毛毯所蓋成的圓頂帳篷。

Y.W.C.A. (abbr.) **Young Women's Christian Association**基督教女青年會。

Z

Z-time (n.) **Zulu time** 與格林威治標準時間一樣。

zabaglione (n.) 薩巴里安尼，以蛋白、砂糖、葡萄酒做成的義大利甜點。

Zacharias (n.) 《聖經》中的施洗者，約翰之父。

zag (n.) 急轉；急彎；急變。(v.) 急轉；急彎；急變。

Zagreb (n.) 扎格拉布，克羅埃西亞共和國（Croatia）的首都。

Zagros Mountains (ph.) 扎格洛斯山脈。

Zaire (n.) 薩伊，位於非洲中西部的共和國。

zaire (n.) 薩伊共和國的貨幣單位。

Zambia (n.) 尚比亞。

Zamboanga (n.) 三寶顏，菲律賓的一個城市。

zany (n.) 小丑。(adj.) 小丑的。

zanyism (n.) 滑稽表演；耍寶。

Zanzibar (n.) 位於非洲的桑吉巴。

zapateado (n.) 西班牙舞蹈的一種，有節奏性的踏足。

zaptiah (n.) 土耳其的警察。

Zarathustra (n.) 古波斯祆教的始祖。

zayin (n.) 希伯來文的第七個字母。

za-zen (n.) 佛教禪宗的打坐。

Z-car (n.) 英國的巡邏警車。

Zealand (n.) 丹麥最大的島。

Zealot (n.) 堅貞的猶太教徒。

zealot (n.) 狂熱者；熱心者。

zebec (n.) (zebeck) 地中海地區的三桅小帆船。

zebra (n.) 斑馬。(adj.) 有斑紋的。

zebra crossing (ph.) 有斑馬條紋的人行穿越道。

Z

zebra fish (ph.) 斑馬魚，有斑馬條紋的胎生觀賞魚。

zemi (n.) 西印度群島的精靈。

Zen (n.) 佛教的禪宗。

zenana (n.) 印度或是波斯等富豪人家的閨房；閨中婦女。

Zend (n.) 古代波斯語。

Zendic (n.) 無神論者。

zendo (n.) 禪宗的沉思室。

zenith (n.) 最高點；頂點；極盛時期。

Zenith (n.) 天頂。

Zenithal hourly rate (ph.) 在可以看到6.5等星的無雲夜空裡，當流星雨的幅射點位於正天頂時，每小時出現的流星數。

zephyr (n.) 和風；微風；輕薄的織物。

zeppelin (n.) 齊柏林飛艇。

zero hour (ph.) 行動開始的關鍵時刻。

zero population growth (ph.) 人口的零成長。

zero-rated (adj.) 免付商品贈與稅的（英國）。

zero-zero (adj.) 能見度為零的。

ZI (abbr.) **Avis** 租車公司。

Zimbabwe (n.) 辛巴威，位於南非洲的一個共和國。

Zionism (n.) 猶太復國主義；猶太復國運動。

zip code (ph.) 郵遞區號。

zit (n.) 青春痘（俚語）；面皰；吻痕。

zither (n.) 齊特琴，歐洲的一種扁形弦樂器。

ziti (n.) 管狀的義大利乾食麵。

ZL (abbr.) **National** 租車公司。

zloty (n.) 茲拉第，波蘭的貨幣單位。

ZN (abbr.) **General** 租車公司。

zocalo (n.) 西班牙的city square城市廣場。

zodiac (n.) 有十二宮以及十二星座的黃道帶。

zoetic (adj.) 生命的。

zone (n.) 地帶；地區。(v.) 使分成帶；使分成區；分成區。

zone of wave attack (n.) 波浪侵蝕地帶。

Zonian (n.) 居住於巴拿馬運河區內的美國人。(adj.) 居住於巴拿馬運河區內的美國人的。

zoning (n.) 都市的區域劃分；郵區的劃分。

zoo (n.) 動物園。

zoology (n.) 動物學。

zoom (v.) 用照相機的變焦距鏡頭把畫面推進或是拉遠；攝影機的迅速接近或是離開被拍攝的對象。

zoom in (ph.) 用照相機的變焦距鏡頭把景物放大。

zoom lens (ph.) 可以連續變更焦距及成像倍率，而且可以維持焦點正確的攝影鏡頭。

zoom out (ph.) 用照相機的變焦距鏡頭把景物縮小。

zoomagnetism (n.) 動物磁氣。

zoomorphic (adj.) 獸形的。

zoomy (adj.) 利用促鏡拍攝的。

zoophile (n.) 愛護動物者。

zoophilist (n.) 愛護動物者。

ZR (abbr.) **Dollar** 租車公司。

zori (n.) 日本式便鞋；草鞋。

Zoroaster (n.) 祆教始祖。

ZT (abbr.) **Thrifty** 租車公司。

zucchetto (n.) 天主教神父等戴的室內圓形便帽。

Zulu (n.) 南非的祖魯人；祖魯語。(adj) 祖魯人的。

Zululand (n.) 位於南非的祖魯蘭。

Zurich (n.) 蘇黎世，位於瑞士北部的一省。

Z

zwieback (n.) 德國特製的加蛋烤麵包片。

zydeco (n.) 美國路易斯安納州南部流行的黑人舞曲。

觀光旅運專業辭彙

編 著 者 / 朱靜姿

出 版 者 / 揚智文化事業股份有限公司

發 行 人 / 葉忠賢

總 編 輯 / 閻富萍

執行編輯 / 胡琡珮

地　　址 / 台北縣深坑鄉北深路三段 260 號 8 樓

電　　話 / (02)8662-6826

傳　　真 / (02)2664-7633

網　　址 / http://www.ycrc.com.tw

　E-mail / service@ycrc.com.tw

印　　刷 / 鼎易印刷事業股份有限公司

ISBN / 978-957-818-963-8

初版一刷 / 2010 年 7 月

定　　價 / 新台幣 400 元

國家圖書館出版品預行編目資料

觀光旅運專業辭彙＝ The travel dictionary / 朱靜
姿編著. -- 初版. -- 臺北縣深坑鄉：揚智文化，
2010.07
　　面；　公分.
　　ISBN　978-957-818-963-8（平裝附光碟）

　1.英語　2.旅遊　3.詞彙

805.12　　　　　　　　　　　　　　99011744